Tanja Eickholt

Wo der Wind von Liebe flüstert

AF237790

SUZA SUMMER

WO DER *Wind* VON *Liebe* FLÜSTERT

SUSU
BOOKS

Impressum

1. Auflage Oktober 2022
Copyright © 2022 Tanja Eickholt, Lorch
tanja.eickholt69@web.de

Umschlaggestaltung: Constanze Kramer, coverboutique.de

Bildnachweise: ©Composer, ©tomertu,
©bannosuke, ©parinya – stock.adobe.com
envatoelements.com, rawpixel.com

Buchsatz: Constanze Kramer, coverboutique.de

Herstellung und Verlag:
BoD – Books on Demand, Norderstedt

ISBN 978-3-75433-269-6

Gewidmet all jenen liebevollen Herzen,
die ihrer Seele klar machen müssen, dass sie von einem
geliebten Menschen getäuscht wurden.
Nehmt euren Mut und eure Kraft zusammen,
steht auf und geht vorwärts!
Die Liebe wird euch finden.

Kapitel 1

Das Schicksal ereilte einen immer im Moment der Ahnungslosigkeit. In meinem Fall hatte es sich als harmlose Alltagsbegebenheit getarnt angeschlichen, um mir ohne jeden Übergang den Boden unter den Füßen wegzureißen. Es nahm mir nicht nur die Standfestigkeit, sondern meine Zukunft, die Gegenwart und wie sich später herausstellte auch meine Vergangenheit.

Hätte ich geahnt, dass durch dieses Telefonat mein Alltag komplett aus den Fugen geriete, wäre ich nie an den Apparat gegangen. Ich hätte das penetrante Klingeln ignoriert, mir aus dem Kühlschrank eine Cola geangelt und mich mit Bruce auf die verschlissene Ledercouch gelümmelt. Das Glas wäre nicht zerbrochen. Alles wäre so geblieben, wie es war. Stressvoll, manchmal nervend, jedoch vorhersehbar und heil. Allerdings besaß ich keine hellseherischen Fähigkeiten. Leider.

Nachdem ich das Gespräch beendet hatte, startete eine neue Zeitrechnung und mein Leben begann sich unaufhaltsam und in sämtliche Richtungen aufzulösen.

»Esther, bist du's? Hey, du Workaholic, was gibt's so spät?« Ich klemmte mir das Telefon zwischen Ohr und Schulter, während ich die Kühlschranktür öffnete und meinen linken Arm akrobatisch über die Milchflasche in den hinteren Bereich des Faches schob. Irgendwo hier musste sich die Cola-Dose versteckt haben. Das Bild von einem dick belegten Thunfischsandwich mit Majo und Tomaten tauchte in meinem Kopf auf. Ich hatte vergessen, genügend zu essen, und mein Magen beschwerte sich jetzt mit einem beleidigten Grummeln.

Als ich die Cola endlich blind zu fassen bekam, stieß ich versehentlich an die Milch und die halbvolle Glasflasche kippte mir entgegen und zerplatzte mit einem berstenden Geräusch auf den Fliesen.

»Mist, verdammter! Warte kurz, Esther, ich lege dich eine Sekunde weg«, vertröstete ich die Anruferin, schmiss ein Küchentuch auf die Milchlache und sperrte anschließend den Kater in die untere Etage, damit er sich nicht an den Scherben die Pfötchen zerschnitt.

»Nur zu deiner Sicherheit! Ich hol dich gleich wieder, Bruce, keine Sorge.«

Ehe ich den Hörer erneut aufnahm, schwor ich mir, nach dem Anruf erst meinen Hunger zu stillen, bevor ich das Chaos beseitigen würde. Der Tag war schweißtreibend genug gewesen und irgendwann musste ich lernen, Prioritäten zu setzen, sonst würde ich vor die Hunde gehen. In letzter Zeit kam ich nicht einmal mehr dazu, Grundbedürfnisse zu befriedigen. Wahrscheinlich, so spekulierte ich, war Esther noch etwas *Lebenswichtiges* eingefallen und ich schmunzelte trotz meines Missgeschicks mit der Milchflasche.

Meine Freundin und gleichzeitig Chefin Esther war so engagiert, wie sie es als Eventmanagerin nur sein konnte. Sie hatte sich mit ihrer Agentur auf Hochzeiten spezialisiert und kannte keine Pause. Das Wort Feierabend kam in ihrem Wortschatz nicht vor. Jedes Brautpaar, das uns buchte, wurde mit Feuereifer auf seinem Weg zum Traualtar begleitet. Ihr Handy war zweifelsfrei schon längst an ihr festgewachsen, dafür florierte der Laden und wir bekamen Aufträge von namhaften Persönlichkeiten, weit über die Stadtgrenzen Aachens hinaus. Dass das *White Yes* boomte, kam klarerweise auch mir zugute, denn ich agierte als Esthers gut bezahlte rechte Hand, die sich unter anderem um die ausgefallene Deko und die Kulinarik kümmerte. Meine Disziplin war nicht nur die Verwirklichung der mehrstöckigen Brauttorten, sondern des gesamten Buffets. Das bedeutete, ich war verantwortlich für den Appetizer vorneweg, für den Hauptgang bis hin zum passenden Dessert und den Drinks, die einem Fest zu dem verhalfen, was es sein sollte: pompös, grandios, unvergesslich. Dabei galt stets: Das Brautpaar hatte die Entscheidungshoheit. Wenn die Braut einen lila Aperitif mit grünen Eiswürfeln nebst goldenen Halmen wollte, dann war es mir ein Befehl, ihrem Wunsch nachzukommen und einen Caterer zu finden, der sich darauf einließ. Im Extremfall musste ich selber ran und ich hatte inzwischen mehr als einmal ungemein originelle Hochzeitstorten kreiert. Wir zauberten Träume wahr und verkörperten ein klasse Team. Das beste überhaupt. Zu unserer eingeschworenen Crew gehörte ansonsten nur noch der heiße, südamerikanische Typ namens Kaffee, denn Koffein war der wahre Lebensgefährte eines jeden Eventmanagers. Ohne die richtige Dosis am Tag ging gar nix. Wir trickten unser natürliches Bedürfnis nach Ruhe und Schlaf aus, da wir uns es einfach nicht leisten konnten, auf der faulen Haut zu liegen. Fünf Stunden Schlaf war das absolute Maximum. Irgendwann gewöhnte man sich daran.

Ich nippte an der Cola.

»Entschuldige, bin schon da, Esther. Warte, lass mich raten. Sabine will doch lieber den Mustang als den Rolls-Royce. Ist cooler. Hab ich recht oder hab ich recht?«, nahm ich den Grund ihres Anrufes vorweg und lachte.

»Spreche ich mit Sophie Andres?«, meldete sich eine unbekannte, männliche Stimme. Mein Gekicher erstarb, während der Fremde weitersprach. Sein Dialekt war nicht von hier und sein ernster Ton schlug mir auf den Magen. Ich spürte, dass irgendetwas, das mit mir zu tun hatte, ganz und gar nicht in Ordnung war. Sonst hätte er während meiner minutenlangen Milchorgie längst aufgelegt.

»Andreas Huber von der Bergwacht Zams in Österreich. Sind Sie die Ehefrau von Benjamin Andres?« Er wartete geduldig, bevor er weitersprach. Meine Körperhaare stellten sich auf, was ich an dem Kribbeln auf meiner Haut bemerkte.

»Ja, die bin ich.« Mehr bekam ich nicht heraus, mein ganzer Leib befand sich schlagartig in Alarmbereitschaft.

»Ich möchte Sie darüber informieren, dass es einen Unfall gegeben hat, bei dem ihr Mann beteiligt war. Er liegt in der Klinik in Zams. Es tut mir leid, Ihnen das sagen zu müssen, es sieht nicht gut aus. Können Sie herkommen?«

»Ben? Was ist mit ihm?«, versuchte ich die Frage zu formulieren, nachdem mir ein spitzer Angstschrei entglitten war. Beni? Oh mein Gott! Ich ging unbewusst einen Schritt rückwärts, ohne das Knirschen zu bemerken, als mein nackter Fuß in die messerscharfen Scherben trat. Der Schreck und die Furcht betäubten mich und selbst als die Splitter durch meine Fußsohle drangen und unter dem Druck meines Gewichtes brachen, spürte ich unterhalb des Herzens keinen Schmerz. Meine Mitte dagegen fühlte sich an wie ein Nadelkissen und bestand aus purer, zu unzähligen Nadeln gewordener Angst.

»Wie schwer ist er verletzt?«, krächzte ich und sank auf den Boden. Milch durchtränkte den Saum meines Shirts und ein unangenehmer Geruch stieg mir in die Nase. Es roch süß und metallisch.

Erst jetzt bemerkte ich das Blut, das sich mit der weißen Flüssigkeit verband und dabei war, schlierige Muster auf den Fliesen zu bilden. Ich starrte auf die Lache. Wie ein kunstvolles Aquarell erblasste das dominante Rot an den Rändern zu Hellrot, daraufhin zu Rosa, bevor es als ein Hauch von Zartrosa ins Weiß der Milch überging.

Ich versäumte in den Bauch zu atmen, mir wurde schwindelig und mein Herz pochte in den Schläfen.

»Ist er …? Wird er …?« Tränen überquerten heiß meine Wangen, als ich mein Ohr an den Hörer presste und Gott anflehte, dass ich die Antwort erhalten würde, auf die ich hoffte.

»Machen Sie sich keine Sorgen Frau Andres. Ihr Mann ist auf dem Geröll ausgerutscht und hat einen Beinbruch. Er wird operiert, aber das wird wieder. Kommen Sie einfach morgen her und holen ihn nach dem Eingriff nach Hause.«

Ich schloss die Augen, während die Silben des fremden Anrufers erst mein Innenohr, dann meine Seele eroberten.

»Es tut mir leid, Ihnen das mitteilen zu müssen, aber Ihr Mann ist am Grat abgestürzt und hat ein schweres Schädel-Hirn-Trauma erlitten. Er liegt derzeit im künstlichen Koma und schwebt in Lebensgefahr. Genaueres kann ich Ihnen nicht sagen. Wir haben ihn heute Nachmittag mit dem Rettungshelikopter Christophorus 5 ins Tal geflogen. Ich habe mehrmals versucht, Sie zu erreichen. Am besten setzen Sie sich in den nächsten Zug und fahren her. Lenken Sie bitte kein Fahrzeug selber.«

Der Boden verschwamm zu einem Einheitsrosa und ich hatte das Gefühl, plötzlich nicht mehr zu zwinkern, als ob selbst meine Lider erstarrt wären. Mit einem Mal nahm ich alles in Zeitlupe wahr und die Sekunden zogen sich in die Länge. Alles passte hinein. Mein ganzes Leben.

Was hatte der Mann gesagt? Die Umrisse von Benjamins fröhlichem Gesicht lösten sich aus der farbigen Lache und ich streckte die Hand aus, um ihn zu berühren.

Ich kannte diese seltsame Situation, in der ich gerade steckte, nur aus Romanen oder Verfilmungen. Es war jener Moment im Leben eines Menschen, in dem er krampfhaft versuchte, dem eingetroffenen Unheil die Daseinsberechtigung abzusprechen.

Ein schwerer Unfall? Hirnverletzungen? Das konnte nicht sein. Nix da! Alles sollte bleiben, wie es war. Etwas anderes kam gar nicht in die Tüte.

Eine warnende Stimme ertönte in meinem Kopf.

»Wach auf, Sophie, die Leichtigkeit deines Lebens ist vorüber. Ab jetzt wird es schwer.«

Benjamins Gesicht verschwand.

Die folgenden Sekunden musste ich verloren haben, denn als meine Sinne wieder funktionierten und ich die Umgebung verunsichert registrierte, lag das Telefon neben mir und ich saß immer noch bewegungslos in dieser Lache aus Milch, Scherben und Blut.

Benjamin. Die Zeit war stehen geblieben. Alles Wichtige war schlagartig unwichtig geworden. Ich hörte Bruce durch die Tür schreien. Er maunzte erbärmlich und kratzte auffordernd am Holz. »Brucilein? Warte, ich komme gleich!«, wollte ich rufen, aber meiner Kehle entsprang nur ein trockenes Krächzen. Ich erhob mich und schleppte mich zur Tür.

»Hat etwas länger gedauert, Katerchen.«

Angst krallte sich an meinen Gedanken fest. Aber, und das war der Strohhalm, den ich ergriff: Benjamin lebte. Mein Mann hatte die Chance, gesund zu werden. Es war nicht zu spät. Eine Flut Tränen überschwemmte mein Gesicht und mein Hals war so eng, dass ich Schwierigkeiten hatte, zu schlucken. Ich versuchte, das Zittern meiner Knie unter Kontrolle zu bekommen. Zams in Österreich. Ich musste zu Benjamin. Sofort!

Die Nummer von Esther eintippend, ließ ich mich erschöpft auf das Sofa fallen. Ich hatte immer noch nichts gegessen. Mein Schädel pochte und mein Fuß hatte rote Spuren auf dem Parkett hinterlassen. Jeder Schritt hatte höllisch geschmerzt, sodass ich die letzten Meter auf einem Bein gehüpft war. Vorsichtig drehte ich die Fußinnenseite zu mir, um die Verletzungen in Augenschein zu nehmen.

»Esther?« Meine Stimme klang fremd. Behutsam zog ich mit den Fingernägeln ein Fragment heraus. Der stechende Schmerz ließ mich frösteln und auf meinen Armen bildete sich eine Gänsehaut. Ich stöhnte auf, was Esther sofort für sich deutete.

»Sophie! Was gibt's? Du schniefst ja. Nein, nein, nein! Sag nicht, dass du krank bist!« Esthers Ton wurde barsch. »Das geht momentan nicht, Liebelein, hörst du? Geh in die Nacht-Apotheke und lass dir Nasenspray und Ibuprofen geben. Nimm gleich drei Tabletten. Und morgen früh auch noch mal zwei«, forderte sie, ohne mich anzuhören. »Krank ist nicht, ich zähl auf dich, Sophie. Du kannst jetzt nicht schlapp machen. Nach dem Event bekommst du bezahlten Urlaub, okay?«, entschied sie resolut und führte fort: »Ach ja, Sabine will doch den Mustang. Findet sie cooler. Du kümmerst dich drum? Heute noch? Spätestens morgen. Merci!«

Ich atmete angestrengt ein und aus. Die Dringlichkeit in ihrer Stimme und die Oberflächlichkeit ihrer Bitte klangen mit einem Mal penetrant in meinem Ohr: Sabine will einen Mustang. Mein Mann kämpft gerade um sein Leben und Sabine will einen besch… Mustang. Ich wollte, dass sie aufhörte zu reden und mir zuhorchte.

»Was ist? Du sagst gar nichts. Bist du ernsthaft krank?«

»Esther, Benjamin ist verletzt«, flüsterte ich und fing schon wieder an zu schluchzen.

»Ben ist was? Weinst du, Süße? Was ist passiert?« Sie klang erschrocken.

Mein Unterkiefer verspannte sich, als ob er sich weigerte, die Worte, die nun unweigerlich folgen würden, ins Freie zu entlassen. Sekundenlange Stille legte sich über meine verängstigte Seele, bis ich das Unglaubliche endlich auszusprechen wagte.

»Benjamin, du weißt schon. Er war auf diesem schrecklichen E5 unterwegs über die Alpen. Er ist beim Wandern in den Bergen schwer verunglückt. Ich muss zu ihm. Nach Zams«, klärte ich Esther auf, die stumm lauschte. Mein Tonfall hatte sich rau angehört und ich kam mir immer noch vor wie in einem Traum.

Die darauffolgende Redepause zog sich in die Länge und ich vernahm ihr Schlucken, bevor sie mich nach den näheren Umständen befragte.

»Oh Gott, Sophie. Das ist ja furchtbar! Was für Verletzungen hat er? Weißt du schon was?«, fragte sie besorgt. Ich erkannte am Klang ihrer Stimme, dass sie es ehrlich meinte.

»Schweres Schädel-Hirn-Trauma. Es ist nicht klar, ob er überlebt«, flüsterte ich. Ein ersticktes Schluchzen entsprang meiner Kehle.

Sie japste nach Luft.

»Sophie! Sag, dass das nicht wahr ist! Du lieber Himmel! Was musst du gerade durchmachen ... Ich kann das nicht glauben!«, rief sie entgeistert.

Es tat gut, jemanden zu haben, der mit einem litt. Eine Vertraute, mit der man seine Angst teilen konnte. Plötzlich war ich wieder froh, dass ich sie in der Leitung hatte. Sie gab mir die Sicherheit, nicht alleine zu sein, und die Kraft, nach vorn zu sehen. Gleichwohl wusste ich, welchen Super-GAU ich oder besser gesagt Benjamin ihr damit antat. Übermorgen war der Tag der Tage. Eine der wichtigsten Hochzeiten seit der Existenz von *White Yes* stand kurz bevor und wir hatten eine Menge zu tun. Wobei *eine Menge zu tun* human ausgedrückt war. Unser Arbeitsaufwand ähnelte vielmehr den Vorbereitungen für eine bemannte Raumfahrtmission. Mit Rückkehr, versteht sich. Esther würde das im Alleingang niemals bewältigen, was sie jedoch in diesem Moment nicht ansprach. Es wäre pietätlos rübergekommen und ich war eben auch eine Freundin. Das rechnete ich ihr hoch an.

Sie schluckte zum zweiten Mal, ehe sie sich räusperte.

»Du musst selbstverständlich zu ihm, Sophie. Ich verstehe das«, bestärkte sie mich.

»Esther, es tut mir leid. In dem Fall kann ich keine Rücksicht auf *White Yes* nehmen. Mir ist klar, in was für eine verdammt schwierige Situation ich dich bringe, aber ich darf und will Ben jetzt nicht hängen lassen. Wer weiß ...«, schluchzte ich in den Hörer und wurde von einem erneuten Heulkrampf geschüttelt.

»Wer weiß, ob er überhaupt noch mal wird«, weinte ich voller Beklommenheit und mein Herz schmerzte bei der Vorstellung, dass Benjamin einen bleibenden Schaden davontragen könnte, so sehr, dass ich mir die linke Seite hielt.

»Sophie, um Gottes Willen! Es wird alles gut! Bitte grübele nicht wegen der Agentur. Ich rufe gleich Bianca an, ob sie kurzfristig einspringt, und wir alle drücken Benjamin die Daumen, dass er so schnell wie möglich gesund wird. Natürlich fährst du sofort zu ihm. Keine Frau an deiner Stelle würde anders handeln. Ich wünsche euch viel Glück! Umarme Beni von mir. Kopf hoch, meine Liebe, und pass auf dich auf. Kannst ja dann hören lassen, wie es ausschaut, wenn du Näheres weißt. Informier mich, ja? Beni wird wieder! Mit Sicherheit«, tröstete sie mich.

»Danke, Esther«, schniefte ich, ehe wir das Gespräch beendeten und ich geistesabwesend damit begann, die Sauerei auf dem Küchenboden zu beseitigen.

Dann griff ich zum Telefon.

»Marc, Sophie hier. Könnt ihr für ein paar Tage Bruce versorgen?«

Mir war klar, dass ich mit dieser bescheidenen Bitte die heile Welt meines Bruders ins Wanken brachte. Er würde die Pflege des Katers postwendend an seine Freundin Katja delegieren, die Allergikerin war und Tierhaare über alles verabscheute, mitsamt der Kreatur, an dessen Haarwurzel das krank machende Übel hing.

»Du weißt genau, dass Katja allergisch reagiert. Und ich habe absolut keine Zeit, zweimal am Tag durch die halbe Stadt zu kutschieren, um dein Haustier zu verköstigen. Sorry! Frag Mama, der ist sowieso langweilig. Die könnte sich nachmittags zu ihm setzen. Dann sind sie beide nicht alleine«, schlug mein hilfsbereiter Bruder vor. Bingo! Wusste ich's doch.

»Danke für deine Unterstützung, Bruderherz. Ich werde mich irgendwann revanchieren«, brüllte ich aufgebracht, ehe ich mich bremste. Ich hatte von vornherein geahnt, dass er es ablehnen würde, und es machte keinen Sinn, hysterisch zu werden. Ein kühler Kopf war jetzt das Wichtigste.

»Was ist überhaupt los? Verreist du?«, fragte Marc, ohne dass ich auch nur die Spur eines schlechten Gewissens bei ihm bemerkte. So war mein lieber Bruder. Selbstbezogen und rücksichtslos. »War einen Versuch wert. Grüß Katja von mir«, beendete ich das Gespräch kalt und legte einfach auf. Mein Verhältnis zu Katja war ebenfalls gespalten. Keine Ahnung, warum. Vielleicht deshalb, weil sie die Frau meines Bruders war. Sie vergöttert und mich verachtet er, dachte ich sauer.

Meine zutiefst geschockte Mutter zeigte sofort Bereitschaft, Bruce zu versorgen, und nahm wie immer ihr Goldstück Marc in Schutz, nachdem ich mich bei ihr ausgeheult hatte. »Das darfst du ihm nicht übelnehmen. Er ist viel beschäftigt und die Sorgen um Katja mit ihren vielen Unverträglichkeiten ...«, versuchte sie mir den Wind aus den Segeln zu nehmen, während meine Nasenflügel bebten wie die Nüstern eines Pferdes. Der Marc-Lobgesang meiner Mutter war mein wunder Punkt. Schon immer! Und Katja gehörte eben zu diesem Ekelpaket auf zwei Beinen. Die Gute sollte ihren Hintern hochbekommen und malochen, anstatt ihre Wehwehchen zu pflegen und sich von Marc vergoldete Wasserhähne kaufen zu lassen, dachte ich wütend, sprach es aber nicht aus. Für Marcs Schwächen war unsere Mutter blind und taub. Von Zeit zu Zeit überfiel mich das ungute Gefühl, sie habe meinen Bruder während ihrer langen Jahre als Alleinerziehende zum Herrn des Hauses erzogen. Genauso spielte er sich nämlich auf. Aber auch dieses Phänomen existierte nicht erst seit heute und war seit Benjamins Unfall unwichtig geworden. Bruce war versorgt. Ich konnte los. Das war es, was zählte.

Kapitel 2

Im Zug siegte die Panik. Ich saß eingeengt zwischen fremden Menschen im Abteil, hatte keine Ablenkung und die Angst darüber, was mich in Zams erwartete, fraß mich von innen auf. Unbewusst spielte ich alle Szenarien durch, um sie wieder von Neuem zu überdenken und auf deren Wahrscheinlichkeit zu überprüfen.

Ich versteckte mein verheultes Gesicht hinter einem Buch, dessen Seiten ich ab und zu weiterblätterte, ohne auch nur einen Buchstaben gelesen zu haben. Die meisten der Leute schienen ohnehin zu beschäftigt, um den desolaten Seelenzustand ihrer Mitreisenden zu bemerken. Ein älteres Ehepaar in Wanderkluft studierte eine ausgebreitete Landkarte und man merkte den beiden die Vorfreude auf gemeinsame Unternehmungen an.

Ein verbissen blickender Mann in grauem Anzug und schwarzer Krawatte versank im Monitor eines Laptops und hämmerte mit langgliedrigen Fingern ununterbrochen auf die Tastatur ein.

Ich sehnte mich danach, eine von ihnen zu sein. Eine unbeschwerte Frau auf dem Weg zu einer Freundin, um mit ihr zu shoppen und zu klönen, oder eine Managerin auf Dienstreise, die einen auf »very busy« machte, sich dabei erfolgreich vorkam und es eventuell sogar war. Wie prompt sich das Leben änderte, ohne dass man das beabsichtigte. Als ob über uns allen zeitlebens das Damoklesschwert schwebte, das irgendwann wahllos auf einen Kopf herunterstieß. Eine zufällige Auslese. Jetzt hatte es Benjamin getroffen. Das war ungerecht.

Kopfschüttelnd packte ich das Buch weg und zog meinen Timer aus der Handtasche. Esther regelte alles Terminliche auf dem Handy, wohingegen ich eher steinzeitlich veranlagt war und meine Dates konventionell mit Kugelschreiber auf Papier schrieb. Ich schlug den heutigen Tag auf und fing an, auszustreichen.

09.00 Uhr Sabine Weller,
Tischdeko durchgehen.
Typ Auto, Farbe, Blumen?

09.30 Uhr Fabrikhallenbesichtigung.
Quadratmeterzahl Böden???
Heizkörper? Beleuchtung?

11.00 Uhr FINAL COUNTDOWN
Letzte Besprechung Brautpaar
Holger und Antje de Boer

Die de Boers repräsentierten eine einflussreiche Unternehmerfamilie aus Hamburg, die morgen standesamtlich und übermorgen kirchlich heiratete. Auf diese Traumhochzeit hatten Sophie und ich monatelang hingesteuert. Antje war ausgesprochen anspruchsvoll und sogar die Presse würde an beiden Tagen anwesend sein. Wir hatten literweise Blut und Wasser geschwitzt und alle Krisen und Eventualitäten durchgekaut, die eintreten könnten. Vom Sturmtief mit Hagel über verkrachte Verwandtschaft bis hin zum Streik der Fluggesellschaft, mit der die Gäste anreisten. Dass Benjamin verunglückt, damit hatten wir nicht gerechnet.

Die Kratzgeräusche des Stifts verscheuchten die Bilder und stoppten auf positive Weise meine Verzweiflung. Ich strich die Eintragungen, ohne zu merken, dass ich weiter krakelte, bis die komplette Fläche mit Tinte durchtränkt war, was auf dem nächsten Blatt Löcher und hässliche Flecken hinterließ. Erschrocken hielt ich inne und spürte den entsetzten Blick meiner Sitznachbarin auf mir. Meine Gedanken schweiften zu meinem Mann.

Benjamin. Wir waren seit zwölf Jahren ein Paar und im verflixten siebten Ehejahr angelangt. Benjamin war Lehrer für Sport, Mathe, Englisch und ein ausgesprochener Outdoorfreak. Sein Beruf passte ausgezeichnet zu ihm und ich sah ihn vor mir, wie er blond gelockt und lässig gekleidet inmitten seiner Schüler stand. Er konnte gut mit Jugendlichen, vielleicht weil er selber ein Junge geblieben war oder weil er mit seiner Coolness in ihnen den heimlichen Wunsch auslöste, so zu werden wie er. Und nicht so spießig und langweilig wie die anderen Erwachsenen. Seine Abenteuerlust imponierte auch mir. Wann immer er die Zeit fand, und die fand er regelmäßig, wanderte er in den Bergen, befuhr mit seinem Kajak einen Fluss oder bezwang mit dem Mountainbike irgendeinen Gipfel. Er hatte es sogar einmal fertiggebracht, in einer Berghütte, wo er sich im Matratzenlager mit siebzehn anderen Kletterern die Schlafstatt geteilt hatte, Mathearbeiten zu korrigieren, um nicht zu Hause bleiben zu müssen. Ich war das Gegenteil. Ich verkörperte die Großstädterin und liebte das geschäftige Treiben auf den Straßen und Plätzen Aachens, von dem ich mich gerne mitziehen ließ. Ich ging shoppen, saß mit Kumpels stundenlang in Kneipen herum und vor allem mochte ich das Flachland. Je flacher, desto besser. Anhöhen über zehn Meter flößten mir Angst ein, weil sie mir die Sicht versperrten; ich fühlte mich von ihnen eingeengt und bedroht. Sie zu besteigen, schien mir gleichermaßen unsinnig wie aussichtslos. Es kostete nur Schweiß und man bekam Höhenangst davon. Jedes Mal, wenn Benjamin mir von dem Freiheitsgefühl erzählte, das er empfand, wenn er mit Blasen an den Füßen und nach Atem ringend ins Tal hinunterschaute, staunte ich nur, da ich mir das beim besten Willen nicht vorstellen konnte. Nach zwei verpatzten Ausflügen in die nahe gelegene Eifel, wo ich auf der Staumauer des Rursees aufgrund von akutem Fracksausen umgekippt war, hatte er resigniert aufgegeben, mich von der Einzigartigkeit von Höhe und dünner Luft überzeugen zu wollen.

Wir harmonierten trotz dieser nicht nennenswerten Differenz einwandfrei und es gab viele andere Gemeinsamkeiten, die uns innig verbanden.

Ein Kichern breitete sich auf meinem tränennassen Gesicht aus. Der immer hungrige Benjamin verkostete zum Beispiel mit Feuereifer meine Kreationen, die ich zu Hause für die Agentur zur Probe mixte, buk oder kochte.

»Du musst nicht zufällig was Neues kreieren?«, fragte er oft beiläufig und sah mich erwartungsvoll an. Ich lachte ihn dann wegen seiner Unersättlichkeit aus und wir diskutierten angeregt, ob ein Drink mit Mango besser schmeckte als mit frischen Weinbergpfirsichen oder ob die Farbe der Eiswürfel noch einen Tick intensiver orange zu leuchten hatte.

»Ich kann das erst entscheiden, wenn ich es geschmeckt habe«, provozierte er mich jedes Mal grinsend, ehe ich mal wieder loszog, um das ganze Zeug zu besorgen.

Wir erlebten vergnügte Abende, sobald ich seine Tipps umzusetzen versuchte, während er sich einen Spaß daraus machte, ausgesprochen verzwickte Abänderungen vorzuschlagen. Auch wenn ich bei *White Yes* sehr eingespannt war und mit Zeit geizte, liebten wir uns, das spürte ich genau. Und dass Benjamin an den Wochenenden in Wald und Flur herumwanderte, kam mir ehrlich gesagt gelegen, da Esther und ich logischerweise speziell an den Samstagen und Sonntagen einiges zu stemmen hatten. Er murrte nie, wenn ich mal wieder entschwunden war und die Feuerwehr auf einer festlichen Veranstaltung spielte, während er sich selbst überlassen war.

Wir waren jung, hatten noch genügend Zeit vor uns, hauptsächlich die Schulferien, wenn sich Ben zu hundert Prozent nach mir richten konnte. An solchen Tagen fuhren wir ans Meer bei Domburg, lagen in den Dünen herum oder liehen uns in Maastricht eine Jolle, mit der wir herumschipperten, bis wir an einem der fantastischen Fischrestaurants vor Anker gingen und zu Mittag aßen.

Ich war seefest und seekrank wurde ich zumindest bei glatter See, Gott sei Dank, nie.

Ich überlegte angestrengt, wann wir den letzten gemeinsamen Ausflug dieser Art unternommen hatten, und erschrak. Das Jahr war verflogen, ohne dass ich es mitbekommen hatte. *White Yes* hatte mich derart in Anspruch genommen, dass wir in den zurückliegenden Monaten außer Pizzaessen um die Ecke nichts auf die Reihe bekommen hatten. Mein schlechtes Gewissen meldete sich.

»Das muss sich ändern«, nahm ich mir vor und meine Gedanken verweilten weiterhin bei meinem Mann.

Er hatte sich nie beschwert. Von Freundinnen wusste ich, wie eifersüchtig und kontrollierend sich manche Partner verhielten. Das kannte ich nicht. Das Leben mit Benjamin war herrlich. Er war so friedfertig und unkompliziert, dass ich mich gelegentlich fragte, ob er wirklich keinen Haken hatte oder ob ich diesen nur ständig übersah.

Er war mein Mr. Right, mein Rettungsanker in stürmischen Perioden, denen ich bei *White Yes* andauernd ausgesetzt war. Jetzt brauchte Ben einen Rettungsanker. Und der war ich.

»Ich komme, Schatz. Sei stark, halte durch«, flüsterte ich, ehe sich mein Blick in der verregneten Landschaft verlor, die wie im Film rasend schnell an mir vorüberzog und immer hügeliger wurde. Dünne Rinnsale aus Regenwasser überquerten die Scheibe. Ich zuckte, als wir durch einen langen Tunnel fuhren und ich im Fenster in meine eigenen dunkelumränderten Augen schaute.

Ich sah aus wie ein Zombie. Die vormals attraktive, mädchenhafte Frau, Anfang dreißig, mit den schulterlangen, goldbraunen

Locken und den quicklebendigen, grünbraunen Augen hatte sich innerhalb von vierundzwanzig Stunden in eine bemitleidenswerte Gestalt verwandelt. Ich war nicht geschminkt, trug Schlabberlook und meine Gesichtsfarbe war aschfahl. Die Mundwinkel hingen genauso schlaff herab wie das strähnige, unfrisierte Haar. Herzschmerz, so folgerte ich ironisch, machte einen unansehnlich. Ich hatte seit gestern Abend keinen einzigen Bissen gegessen. Bei dem Gedanken an Nahrung wurde mir schlecht und ich zwang mich, in einen Apfel zu beißen, den ich, nachdem ich ihn halbherzig angenagt hatte, verstohlen in den Mülleimer schmiss. Die Kilometer zogen sich. Ich war es durch meinen Job nicht gewohnt, lange zu sitzen, und veränderte alle paar Minuten die Position, ehe ich mir in München endlich die eingeschlafenen Füße vertrat und mir einen schwarzen Kaffee genehmigte, der meinen Kreislauf in Schwung brachte. Je näher Zams rückte, desto nervenschwacher wurde ich.

Das Erste, was mir an dem orangefarbenen Gebäudekomplex auffiel, war der Hubschrauberlandeplatz, der in Form einer überdimensionalen Scheibe auf dem Klinikdach prangte.

Ich guckte ehrfürchtig nach oben, während in meinem Kopf ein Film anlief, wie es gewesen sein musste. Dort in der Höhe war Christophorus mit Benjamin gelandet und die Bergretter hatten ihn mit geübten Bewegungen und eingezogenen Häuptern ausgeladen. Die Äste der benachbarten Bäume hatten im Luftstrom der Rotorblätter gezittert. Staub war aufgewirbelt und herbeigeeilte Kräfte des Krankenhauses hatten Benjamin so schnell es ging übernommen und auf seiner roten Bahre in die Notaufnahme gebracht, um seine Kopfverletzungen im Kernspin zu untersuchen. Sie waren gerannt, um Zeit zu gewinnen. Fremde Menschen hatten ihnen Anteil nehmend, jedoch auch von Neugier erfüllt nachgeguckt und hatten sich erleichtert gefühlt, nicht in seiner Haut zu stecken. Mich schauderte.

Da Benjamin in meiner Vision im OP-Bereich verschwunden war und keine Szenen hinterherkamen, schüttelte ich mich wie ein Hund, der sich körperlich von einem negativen Erlebnis befreite.

Eine kalte Brise spielte mit meinen angstverschwitzen Haaren. Es war, als ob eine kalte Hand in meinen Nacken griff, und eine Gänsehaut überzog meinen Körper. Während mein Blick den steilen Hängen hinter dem Gebäude nach oben folgte, wurde mir zusätzlich flau im Magen. Die licht bewachsene Bergwand warf ihren riesigen Schatten auf das Klinikum und ein unheilvolles, schutzloses Gefühl überfiel mich. Ich holte mir den Tod, wenn ich hier noch länger Wurzeln schlug.

»Es geht nicht um dich, Sophie. Geh jetzt rein, er braucht dich!«, befahl ich mir, atmete tief ein, trat bibbernd durch die Drehtür aus Glas ins Foyer und ließ mir den Weg zum Arztzimmer zeigen.

»Bevor Sie ihn sehen, Frau Andres, möchte ich Sie über ein paar Dinge aufklären.«

Unsere Blicke trafen sich. Ich ignorierte das Glas Wasser, das vor mir stand, und verzog keine Miene. Ich hatte mir geschworen, nicht überzureagieren, um dem Klinikpersonal eine hysterische, in Tränen aufgelöste Ehefrau zu ersparen.

»Wir sind auf Ihre Mithilfe angewiesen und auch wenn wir alle medizinischen Maßnahmen durchführen, die notwendig sind, so trägt Ihr Einsatz wesentlich zur Stabilisierung Ihres Mannes bei«, klärte er mich auf.

»Komapatienten, so wissen wir heute, spüren die Anwesenheit ihrer Lieben. Seien Sie also wie immer. Das mobilisiert seine Kräfte. Lesen Sie ihm vor, erzählen Sie ihm von zu Hause. Irgendwas. Auch ganz banale Alltagsgeschichten. Genau das braucht er jetzt.«

Ich nickte brav. Mein Mund fühlte sich trocken an. Dr. Moser lehnte sich ausatmend zurück, ehe er weitersprach.

»Ein Schädel-Hirn-Trauma ist eine Schädelverletzung mit Gehirnbeteiligung. Auslöser ist oft eine Gewalteinwirkung auf den Kopf, wie zum Beispiel ein Sturz, ein Schlag oder ein Aufprall. Schädelbrüche, meist in Verbindung mit Blutungen im Gehirn und Schwellungen, sind die Folge«, erklärte er, während sein Blick väterlich auf mir ruhte. Wie oft er das wohl schon ausgesprochen hatte? Ich schluckte schwer, indes sich dunstiger Nebel in mir ausbreitete. Eine Frage formte sich in mir. WIE? Ich wollte gerne verstehen, wie es passiert war, doch aus Furcht vor der Antwort schwieg ich. Er könnte mir Einzelheiten beschreiben. Ich könnte Bilder sehen, die Angst machten. Die sich nicht mehr stoppen ließen. Früher oder später erführe ich die Details sowieso.

»Für mich als Arzt ist es unmöglich, die Auswirkungen des Schädel-Hirn-Traumas Ihres Mannes abzuschätzen. Zwischen vollständiger Genesung und Tod ist im Moment alles vorstellbar. Ich möchte, dass Sie das wissen, Frau Andres. Wir geben unser Bestes, um sein Leben zu retten.«

Zwischen Tod und Genesung. Es gab eine erhebliche Bandbreite an Zuständen dazwischen, an die ich nicht denken wollte. Eine Lähmung. Ein Dasein im Rollstuhl. Ein zurückbleibender Gehirnschaden.

»Du wirst gesund, Benjamin. Das schwöre ich dir!«, murmelte ich, ehe ich mich von Dr. Moser verabschiedete und mit Kittel und Mundschutz ausgerüstet den Raum betrat.

Kapitel 3

Endlich war ich bei Ben, genauer gesagt auf der Intensivstation für Neurochirurgie, auf welcher Patienten mit spontanen oder, wie in seinem Fall, mit traumatischen Hirnblutungen lagen.

Einige rot blinkende Monitore befanden sich rechts und links des Klinikbettes und unzählige Schläuche verbanden seinen Körper mit verschiedensten Maschinen und Geräten. Er lagerte nicht flach, sondern erhöht, fast stehend, als ob er sich jeden Moment der Kabel entledigen und zur Tür hinausmarschieren würde. Sekunden später bemerkte ich, dass die Schlafstatt mobil war und sich im gleichmäßigen Rhythmus nach oben und in Richtung vorn liftete und nachfolgend erneut in die Horizontale senkte. So hielten sie seine Durchblutung aufrecht. Mein Herz krampfte sich zusammen. Die Realität war zu absurd, um sie zu begreifen. Knallhart und erbarmungslos. Ein dicker Kopfverband zierte seinen Schädel und in seinen Rachen führten mehrere Tuben.

»Warum haben Sie ihm denn die Augen zugeklebt?«, rief ich fassungslos. Ich traute mich nicht, ihn anzufassen, obwohl ich mich danach sehnte, ihn an mich zu drücken und nie mehr loszulassen. Streifen weißer Pflaster verschlossen seine Lider.

In den Augen saß, meiner Meinung nach, der Ausdruck eines Charakters und ich wollte nicht, dass sie ihm das Lebendigste nahmen, was er besaß. Es fühlte sich für mich an, als ob sie Benjamins Persönlichkeit in seiner malträtierten Hülle gefangen hielten, was mich sauer machte.

Schluchzend suchte ich nach seiner Hand. Schürfwunden verliefen quer über die Handflächen. Er musste versucht haben, sich im Felsen festzukrallen, und war daraufhin abgerutscht.

Ich wandte kurz den Blick ab, um das erschütternde Bild seines Aufpralls loszuwerden und riss mich dann zusammen. »Ben?«, sprach ich ihn im Flüsterton an. »Was hast du nur gemacht, Benjamin? Kannst du hören, was ich sage? Ich bin bei dir, verstehst du? Und ich gehe nicht mehr weg. Hab keine Angst!« Ich streckte vorsichtig die Hand aus. Er war hier und so weit weg. Eine Berührung erreichte mich sanft auf der Schulter. »Die Klebestreifen sind unentbehrlich, damit die Augäpfel nicht austrocknen. Manche Patienten haben keinen Lidschlag. Wenn die Augen durchgehend einen Spalt geöffnet sind, gibt es schmerzhafte Entzündungen«, erklärte mir die Intensivschwester. »Wir versuchen jetzt, den Hirndruck zu reduzieren. Die Blutungen wurden bereits operiert. Die nächsten 24 Stunden sind entscheidend für ihn.«

»Entscheidend für ihn?«, wollte ich rufen, schluckte den Satz aber herunter. Es ging nicht nur um Bens Leben. Es ging um seine Angehörigen. Seine Frau. Es ging, verdammt noch mal, auch um mich!

Der Mundschutz klebte unangenehm auf meinen Wangen, da die Tränen, die sich dort sammelten, vom Zellstoff aufgesogen wurden.

»Er besitzt eine reelle Chance und die nutzen wir, okay?«, ermunterte sie mich, ehe sie mir einen unbenutzten Mundschutz reichte.

»Es ist immer ein Schock, wenn so etwas geschieht, aber versäumen Sie bitte nicht, sich um Ihre Bedürfnisse zu kümmern. Viele Familienangehörige verbrauchen ihre Kraft am Bett ihrer Lieben. Vergessen zu essen, trinken zu wenig, dazu Schlafentzug.« Sie drehte sich fragend zu mir. Ihre Erscheinung war derart frisch und lebendig, dass ich fast aufgelacht hätte. Ich las trotz ihrer

Empathie und Fürsorglichkeit Lebensfreude hinter ihren Pupillen. Leichtigkeit.

»Wann haben Sie die letzte Mahlzeit zu sich genommen?«

Ertappt schaute ich zur Seite.

»Dachte ich mir doch«, murmelte sie, während ein mildes Lächeln ihre Mundwinkel umspielte. Dann bereitete sie kopfschüttelnd eine Injektion vor, die sie Benjamin routiniert verabreichte.

»Bitte! Sie müssen sich um sich sorgen!«

Ich nickte und sah zu Ben. Er sah aus wie ein Dummy und nicht wie ein lebendiger Mensch. Er zuckte nicht einmal, als die Nadel tief in sein Fleisch drang.

»Wir haben genug mit den Patienten zu schaffen. Tun Sie mir den Gefallen und sorgen sie für ausreichend Mahlzeiten und Schlaf. Ich weiß, dass es schwerfällt. Aber ihr Mann braucht sie kräftig«, bat die Schwester.

Da ich erneut brav nickte, fuhr sie fort.

»Unweit der Klinik beginnen einige Wege nach oben. Gönnen Sie sich ab und zu eine Pause und unternehmen Sie einen Bergspaziergang an der frischen Luft. Das wird Ihnen guttun.«

»Sie sprechen von der dunklen Wand, die sich so bedrohlich über den Ort erhebt? Ich danke!«, wehrte ich geschockt ab. Wie um meine Worte zu unterstreichen, berührte ich sachte Bens Kopfverband. Ich würde das Gebäude die kommenden Tage nicht verlassen. Das war klar. Bergspaziergang? Was dachte sich diese Frau?

»Ja, das Zammer Loch flößt etlichen Menschen Furcht ein. Dabei ist die Schlucht, wenn man ein wenig aufpasst, wunderschön. Oder ist ihr Mann dort abgestürzt?« Erschrocken hielt sie inne und suchte in meinem Blick nach einer Antwort.

»Entschuldigen Sie«, versuchte sie, die Situation zu retten.

»Nein. Ist schon gut! Ich weiß bisher nicht genau, wie und wo es sich abgespielt hat«, beruhigte ich sie.

Ich fand sie sympathisch. Sie musste in meinem Alter sein und ich hatte das Gefühl, ihr vertrauen zu können.

»Ihr Mann hatte Glück im Unglück. Die arme Frau war ja sofort tot.«

Eine Welle Übelkeit riss mich brutal aus meinem plumpen Denkmuster. Es hatte eine Tote gegeben? Es fühlte sich an, als hätte die Schwester mit ihrer Feststellung meinen begrenzten Horizont gesprengt, der endlich begriff, dass die Welt nicht so einfach gestrickt war, wie ich das bisher angenommen hatte. Die Scheuklappen, die ich trug, wurden jede verdammte Stunde größer. Hatte ich *irgendetwas* mitbekommen in den zurückliegenden Monaten? Ich hatte weder links noch rechts geschaut und überlegte, was in meinem Leben alles existierte, von dem ich keine Ahnung hatte. Angst beschlich mich. Ich fürchtete die Wahrheit wie einen Schwarm Hornissen und wenn ich ehrlich war, wollte ich die Details gar nicht wissen. Ich sah ja, wo das endete. Nicht nur Ben war verletzt, sondern eine Frau war gestorben. Aus dem Leben gerissen. Einfach so.

»Ach so, falls Sie Genaueres wissen möchten, dürfen Sie den Andi Huber von der Bergrettung fragen. Der hat ihn geborgen und herabgeflogen. Das ist ein total Netter.«

Sie schien meine Bestürzung nicht wahrgenommen zu haben. Sie kicherte wie ein Mädchen, was mir ihre verheißungsvollen Empfindungen für diesen Herrn Huber verriet.

»Sie werden ihn mit Sicherheit kennenlernen. Er ist so gut wie jeden Tag in der Klinik. Sprechen Sie ihn an«, schlug sie vor, ehe sie mir die Hand reichte und ich überlegte, ob er nicht der Anrufer gewesen war, der mich über Bens Unfall informiert hatte.

»Ich glaube, jemand von der Bergrettung hat mich angerufen. Es ging alles so schnell«, murmelte ich.

Ihre Augen strahlten.

»Das war er sicher«, nickte sie und hielt mir immer noch die Hand hin, die ich endlich ergriff.

»Ich bin nebenbei bemerkt die Maria. Wir begegnen uns jetzt öfter, da erleichtert es die Sache ungemein, wenn wir uns duzen, findest nicht?«

Ich rang mir ein ernst gemeintes Lächeln ab.

»Danke für alles, Maria. Ich bin Sophie«, bedankte ich mich für ihre Warmherzigkeit. »Benjamin war mit einer Gruppe von Leuten auf dem E5 unterwegs. Sie wollten gemeinsam über die Alpen von Kempten nach Meran trecken«, führte ich aus.

Maria nickte wissend, ehe sie antwortete.

»Kein Einzelfall! Der E5 führt mitten durch Zams. Die meisten Weitwanderer auf dieser Etappe kommen von der Memminger Hütte. Einige Mutige steigen von Holzgau auf und kraxeln noch am selben Tag weiter, über die Memminger Hütte hinunter nach Zams. Das sind Verrückte, sag ich dir.« Sie verdrehte die Augen. »Wir bekommen nicht selten dehydrierte, entkräftete E5-Wanderer, die sich mit der Wegstrecke verschätzt haben. Meistens langen dann ein paar aufmunternde Worte und Infusionen über Nacht. Aber manchmal ist es ernster.« Sie schaute wissend auf Ben. »Das Zammer Loch ist sehr abgründig, steinschlaggefährdet und zieht sich kilometerlang wie Kaugummi. Die nächste Jausenstation ist, wenn die untere Lochalm geschlossen hat, erst wieder hier im Tal«, vertraute sie mir an und auf einmal wurde mir bewusst, was für ein gefährliches Abenteuer Benjamin unternommen hatte.

Ich als überzeugte Flachländerin hatte nicht an die Risiken im hochalpinen Gelände gedacht und schämte mich nun für meine Oberflächlichkeit.

Meine Blindheit war so weit gegangen, dass ich nicht bemerkt hatte, dass ein Mensch gestorben war. Auf rauem Fels. Neben Ben. Ein Herz hatte aufgehört zu schlagen, während ein anderes gekämpft und weitergepumpt hatte. Bens. Neben einer toten Frau, die er höchstwahrscheinlich gekannt hatte. Zumindest war er wohl einige Etappen mit ihr gewandert und ich fragte mich, wie er reagieren würde, wenn er später davon erfuhr, dass ein Mitglied seiner Wandergruppe tot war.

»Ich bin ein Alien«, murmelte ich. »Ich war wohl die letzten Wochen und Monate mit meinem Raumschiff im Weltraum unterwegs«, dachte ich laut.

»Wie bitte? Ich habe akustisch nicht verstanden, was du gesagt hast.« Maria beugte sich fragend vor.

»Ich sagte, ich bin ein Alien«, erwiderte ich, bevor Maria amüsiert den Kopf schüttelte.

»Du bist wirklich ein besonderes Exemplar, Sophie! I kenn di ned, aber i mog di«, betonte sie den letzten Satz im Dialekt. Ob ich mich mochte, bezweifelte ich.

Nachdem Maria gegangen und wir uns selbst überlassen waren, traute ich mich endlich, mich vor Benjamin zu öffnen. Ich rückte den Stuhl dicht an ihn heran und beugte mich vor. Ich formte eine lockere Faust und legte sie vorsichtig in seine geöffnete Handinnenfläche. Ich spürte seine Körperwärme, was mich ungemein tröstete, ehe ich die umgekehrten Verhältnisse bemerkte und mich schuldbewusst fragte, wie ich dazu kam, mich von ihm trösten zu lassen, statt andersherum. Unverzüglich umgriff ich seine Hand mit beiden Händen. Er sollte sich geborgen fühlen. Ich war hier, bei ihm.

»Liebe Grüße von Mama. Sie passt auf Bruce auf und kommt bald vorbei. Und natürlich gute Besserung von Esther«, flüsterte ich und lachte kaum vernehmlich auf. »Sie ist, wie immer, furchtbar im Stress, aber sie drückt dich in Gedanken und wünscht dir alles Gute«, teilte ich ihm etwas lauter mit. Es war ein seltsames Gefühl, mit jemandem zu sprechen, ohne eine Gegenreaktion zu erhalten, doch ich gewöhnte mich rasch daran und redete bald, wie mir der Schnabel gewachsen war.

»Marc weiß noch nicht, was passiert ist. Mama wird es ihm sowieso erzählen. Er war wieder sowas von Ego. Merkt nicht einmal, wie er die Leute um sich herum verletzt. Er würde für mich keinen Finger rühren. Der Traumbruder eben«, ächzte ich.

»Und Mama hält zu ihm. Das war schon früher so. Ätzend!« Ich beugte mich vor und küsste seinen Handrücken. Er roch eigenartig fremd.

»Ich überlege, wem ich deinen Unfall mitteile.« Liebevoll sah ich ihn an. »Eventuell ist es besser, wenn du nicht zu viel Besuch bekommst, Schatz. Ob ich deinen Vater anrufe? Ich habe gar keine Nummer von ihm. Ich werde sie in deinem Adressbuch suchen, okay? Deine Schule muss es ja auch erfahren. Ich mache das alles. Du kannst auf mich zählen«, versprach ich. Die zugeklebten Lider störten. Möglicherweise würde er jetzt, wenn er könnte, leicht die Augendeckel heben. Als Zeichen, dass er meine Worte mitbekam, meine Gegenwart wahrnahm.

»Benjamin, drück meine Hand, wenn du mich hörst, okay?«, bat ich ihn und wartete angespannt auf eine körperliche Reaktion von ihm. Ich fixierte seine Hand in meiner, um kein noch so klitzekleines Zucken zu verpassen. Den Atem anhaltend, lauerte ich ein paar Sekunden, was eintreten würde. Nichts tat sich.

»Probiere es, Benjamin, du schaffst es«, spornte ich ihn an. »Ich weiß, dass du mich hören kannst«, ermutigte ich ihn.

Nicht das Geringste geschah. Er lag da, wie tot. Ich drängte die aufsteigende Panik zurück und tat so, als ob alles in Ordnung sei, indem ich einfach weiterquatschte. Nicht jetzt in diesem Moment, aber irgendwann würde er reagieren. Ich wusste es genau.

»Ich werde Andreas Huber fragen, wie du verunglückt bist. Wenn ich gewusst hätte, wie gefährlich die Tour ist, hätte ich dich nie gehen lassen.« Ich überlegte kurz. »Oder ich wäre mitgekommen, um aufzupassen. Du weißt ja, wie ich zu Bergen stehe. Aber für dich hätte ich eine Ausnahme gemacht«, murmelte ich sanft.

Von Liebe erfüllt, strich ich über die goldenen Härchen auf seinen Armen. Die Bergsonne hatte seiner Haut ironischerweise einen frischen Teint verliehen. Während sein Gesicht einer bleichen Maske glich, hoben sich seine oberen Extremitäten nougatbraun von der weißen Bettwäsche ab.

»Ich habe viel gearbeitet in letzter Zeit. Sobald du wieder gesund bist, planen wir erst einmal richtig Urlaub. Vielleicht in Südfrankreich? Was denkst du, Schatz?« Ein warmes Gefühl ergriff mich und meine Seele vollführte einen Hüpfer.

»Wir werden durch blühende Lavendelfelder spazieren und abends in den engen, verträumten Gassen Wein trinken. Kannst du dir vorstellen, wie würzig die Luft dort riecht? Über uns das Geräusch der Zikaden.«

Ich legte den Kopf vorsichtig auf seinen Bauch, um ihm näher zu sein, ihn zu riechen, auch wenn er ganz anders roch als sonst. Ein scharfer Dunst nach Desinfektionsmittel reizte meine Schleimhäute, sodass ich mich resigniert zurückzog. Selbst die persönliche Benjamin-Note hatte sich in ihr Schneckenhaus zurückgezogen.

Die Nachtstunden zogen sich und als ich durch eine hereineilende Schwester hochschreckte, wurde mir klar, dass ich auf meinem Stuhl eingenickt sein musste.

In Übereinkunft mit dem Klinikpersonal nahm ich mir am folgenden Tag ein Zimmer in Zams. Es war spartanisch eingerichtet und bot nicht viel mehr als ein hölzernes Bett und einen in die Jahre gekommenen Nachttisch. Ein Sessel, dessen Sitzfläche verschlissen war, bot Abstellfläche für meine Tasche. Die Atmosphäre des Raumes war staubig und abgenutzt, doch das störte nicht, da ich ihn nur zum Nächtigen nutzte. Ich war sowieso dagegen gewesen, die Klinik zu verlassen, aber Maria hatte mich dazu gedrängt und mir hoch und heilig versprochen, mich sofort zu benachrichtigen, falls sich an Bens Verfassung etwas änderte. Laut den Ärzten bestand keine akute Lebensgefahr mehr, da Benjamin die Nacht ohne Komplikationen überstanden hatte. Sein Hirndruck war minimal zurückgegangen, was, wenn auch nicht bahnbrechend, doch ein Fortschritt war. Den ersten Kampf hatten wir für uns entschieden. Es war erstaunlich, wie sich Menschen ihren Lebensbedingungen anpassten, denn nach einer kurzen Weile stellte sich bei mir ein neuer Rhythmus ein. Morgens früh um sieben Uhr trank ich in der Pension im Stehen eine Tasse Kaffee und begab mich dann eilig zum Klinikum, wo ich den Tag über bei Benjamin blieb. Ab und zu ließ ich Esther eine Mail zukommen, in der ich ihr eher stichwortartig Bens Zustand beschrieb und sie mit meiner Rückkehr in die Agentur wiederholt auf die darauffolgende Woche vertröstete. Ich verspürte weder die Lust noch die Kraft, persönlich mit ihr zu telefonieren. Allein der Gedanke, sie würde mir erzählen, welchen Traumwagen Sabine nun gewählt hatte, stimmte mich aggressiv.

Ich konnte und wollte das nicht hören. Es war, als ob jemand einen Schalter in mir umgelegt hätte, und ich fragte mich ernsthaft, wie ich bis zu Bens Unfall mein Leben zugebracht hatte. Esther war eine meiner besten Freundinnen. Unsere Herzen schlugen im Gleichklang. Oder hatte ich mir etwas vorgemacht? Plötzlich fand ich sie oberflächlich, ihre Stimme nervig. Was war nur los mit mir? Ob die Angst das mit einem machte? Ob sie einen neu formte?

Abends um zehn Uhr verabschiedete ich mich mit einem Kuss von Benjamin und ging durch den Ort in Richtung Pension. Die Straßenlaternen zauberten Schatten auf den Asphalt. Falter schwirrten im Kegel des Lichts und als ich kurz aufsah, entdeckte ich sogar Fledermäuse, die über meinen Kopf hinweg flatterten. Vom Berg erklang der Schrei eines Käuzchens. Ich hielt den Blick erneut starr vor meine Füße gerichtet.

»Scheiß Zeit!«, schimpfte ich und spürte, wie ich Tag für Tag seelisch und körperlich mehr abbaute. Ich schaffte es kaum mehr, die Beine zu heben und schlappte mit letzter Kraft in mein Zimmer, wo ich für gewöhnlich sofort einschlief, bis ich wenig später wieder vor Benjamins Bett stand.

Da im Krankenhaus striktes Handyverbot herrschte, hatte ich Zeit im Überfluss. Zeit mit mir. Weder Termine noch geschäftliche Anrufe oder Mails lenkten mich ab und da Benjamin kein echter Gesprächspartner war, landete ich bei meinen Monologen immer bei mir. Fast kam ich mir vor wie unter den Fittichen eines Tiefenanalytikers. Während ich redete, lag Benjamin stumm da, hörte vermeintlich zu und animierte mich so, ohne dass er es wusste, in die Details zu gehen.

»Verstehst du, Benjamin, aus der jetzigen Perspektive ist es doch absurd, was für oberflächliche Anliegen die Leute haben. Sie kaufen sich quasi für viel Geld Schein und Glanz, den wir ihnen einen Tag lang verwirklichen«, erklärte ich ihm mit wichtiger Miene.

»Dieser ganze inhaltslose Schwachsinn, frei von Tiefgang. Du glaubst nicht, was einige Hochzeitspaare für Wünsche hegen. Ich warte auf die Braut, die verlangt, dass wir die acht Schimmel vor der Kutsche in Einhörner verwandeln und auf dem Weg zur Kirche Sternenstaub streuen.« Ich kicherte.

»Einmal sollten wir in einer Fabrikhalle 7000 Quadratmeter Rollrasen auslegen. Aber damit nicht genug! Die Frau hatte eine Schwäche für Karnickel und dreimal darfst du raten, was sie forderte: In der Halle hoppelten pünktlich zur Hochzeit fünfzig blütenweiße, stressresistente Widderkaninchen herum. Wir hatten sie von einem Züchter geliehen, den wir zuvor auf Knien anflehen mussten. Esther und ich hatten aufgepasst, dass den armen Geschöpfen nix passiert, um nicht vom Besitzer gelyncht zu werden. Doch aus heiterem Himmel fingen sie an, zu buddeln, und gruben Löcher in den jungfräulich ausgelegten Rasen. Kannst du dir das vorstellen?«, lachte ich.

»Die Braut blökte uns an, wir sollen die blöden Viecher stoppen und beschuldigte uns, die falschen Tiere besorgt zu haben. Es war schrecklich. Aber auch schrecklich komisch.«

Mit einem feuchten Tuch tupfte ich behutsam seine Lippen um den Beatmungsschlauch ab und lief anschließend kopfschüttelnd zum Waschbecken, um den Lappen frisch zu befeuchten.

»Karnickel! Ich weiß nicht, aus welchem Grund ich dir das nie so genau erzählt habe. Aber du hast ja auch nie nachgefragt. So wie ich dich nie ausgefragt habe nach deinen Outdoorprojekten. Jetzt würde ich so gerne alles wissen …« Ich hielt kurz inne. »Weshalb haben wir nicht gesprochen? Schätzungsweise hat es uns einfach an Zeit gemangelt und wir wollten uns nicht über derart belanglose Dinge unterhalten, wie maroden Rollrasen oder hohe Berge.« Ich zögerte, ehe ich die nächsten Sätze sprach. »Bin ich eigentlich eine gute Ehefrau? Ich meine, weil ich doch so wenig Zeit für uns übrighatte. Hast du mich vermisst? Glaub mir, ich bereue das und ich verstehe nicht, warum ich es nicht früher bemerkt habe. Wir werden das nachholen, Ben! Das verspreche ich dir«, murmelte ich und drückte seine Hand.

Ich hatte es mir zu Gewohnheit gemacht, seine Handglieder und Füße zu massieren, und startete am rechten, kleinen Zeh, arbeitete mich vor bis zum linken, kleinen Zeh und ging im Anschluss daran über, die Fingergelenke zu kneten. Bevor ich vor einigen Tagen damit angefangen hatte, waren seine Gelenke verhärtet und steif gewesen und ich spürte, wie sie mit jeder Massage weicher wurden. »Das tut dir gut, stimmt's? Was ich dir jetzt sage, darfst du nicht verraten. Ich glaube, ich war einen Tick, na ja, nennen wir es frustriert. Du weißt schon, wegen meiner Position in *White Yes*.«

Ich begann zu flüstern, obwohl sich niemand außer uns im Raum befand.

»Esther, die erfolgsgekrönte Chefin und Unternehmerin, und ich, die unbedeutende Angestellte. Ich hätte mir all die Jahre gewünscht, Esther böte mir die Partnerschaft oder wenigstens eine Beteiligung an. Immerhin habe ich mich von Anfang an mit Feuereifer für die Agentur eingesetzt. Viele Ideen kamen von mir und ohne mich wäre sie komplett aufgeschmissen. Ich buhle seit Jahren um ihre Anerkennung. Vielleicht war ich deshalb so blind. Tief im Innern wollte ich, dass sie erkennt, was sie an mir hat. *White Yes* wurde zu meinem Lebensmittelpunkt.«

Ich massierte seine Gelenke, die vorher blutleer waren und nun gesund durchblutet erschienen, und schwieg eine Weile, bevor ich fortfuhr.

»Jetzt, seit ich hier bei dir bin und Distanz habe, denke ich endlich über alles nach. Ich bin froh, dass ich Abstand gewonnen habe. Ich kann aus *White Yes* jederzeit aussteigen und ehrlich gesagt weiß ich seit ein paar Tagen nicht mehr, ob mich die Arbeit dort wirklich glücklich macht. Plötzlich interessiert mich dieser geistlose Kram nicht länger. Ich benötige Esthers Anerkennung nicht. Seitdem du krank bist, verspüre ich nur noch einen Wunsch: Bitte werde wieder heil, Benjamin! Du bist mein Mensch und ich brauche dich!«

Zurück im Zimmer der Pension geriet mein Gedankenkarussell erneut in Bewegung. Ich machte mir Gedanken über das Leben und wie es bisher verlaufen war. Die in den Sesselstoff eingestickten, kitschigen Enziane verschwammen vor meinen Augen zu blauen Wolken, die mich hypnotisierten.

Benjamin brachte Kindern Fähigkeiten bei, die ihnen dazu dienten, sich in die Gesellschaft zu integrieren. Maria versorgte Schwerstkranke und verhalf ihnen zu neuer Gesundheit. Und ich? Ich rührte seit Jahren lila Lebensmittelfarbe in Schampus und rollte rote Teppiche aus, weil das Lieschen Müller so wollte. Die Erkenntnis, dass das, was ich beruflich tat, ohne Tiefgang war, traf mich hart. Ich hatte sonst nie darüber nachgedacht, auf welche Art und Weise ich meinen Lebensunterhalt verdiente. Es hatte mich stets herausgefordert, Spaß bereitet und mir viele ulkige Momente geschenkt. Meistens im Nachhinein, wenn alles geschafft war und Esther und ich bei einem Glas Champagner über die kuriosen Situationen gelacht hatten. Seit ich hier in Zams weilte, kam ich mir vor wie in einer anderen Welt – einer bedeutungsvolleren, tiefgründigen. Und ich konnte mir nicht vorstellen, wie ich mich in meinem alten Dasein zurechtfinden sollte.

Wie auf Kommando meldete sich ein schlechtes Gewissen. Ich war seit drei Wochen in Zams und Esther wartete auf meinen Telefonanruf. Sie selber hatte etliche Male versucht, mich zu erreichen, was mir der Blick auf das Handydisplay verriet. Fünfzehn verpasste Anrufe. Widerstrebend gab ich ihre Nummer ein, bevor mich ein Gefühl der Lustlosigkeit überkam, ich das Telefonat resigniert stoppte und das Handy ausschaltete. Nicht jetzt. Morgen war auch noch ein Tag.

Nachdem ich mich stundenlang ruhelos im Bett gewälzt hatte, stand ich auf und googelte den Namen *Antje de Boer*. Ich wurde sofort fündig und mehrere Links erschienen. Ich entschied mich für den Ersten.

Hamburg. Das Unternehmerehepaar Holger und Antje de Boer, geb. Steiner, schloss den Bund fürs Leben und erfreute sich der 1367 geladenen Gäste, die mit ihnen auf dem ehemaligen Fabrikgelände im »Edelfettwerk«, einer der schönsten Speciallocations der Hansestadt, feierten.

Bereits am nächsten Morgen schickte Unternehmer Holger de Boer auf Twitter schöne Grüße aus der Hansestadt und postete ein tolles Bild von sich und seiner zukünftigen Frau vor traumhafter Kulisse.

Nach einem Welcome Dinner am Nachmittag folgte die Trauung in der Kirche St. Michaelis, ehe sich die Gästeschaft ins Edelfettwerk begab, um dort pompös und ausgelassen bis in die frühen Morgenstunden zu feiern.

Antje de Boer: Holger ist mein Traummann und liest mir die Wünsche von den Augen ab. Ich trug gestern zwei verschiedene Kleider von einem coolen Designer. Mein Dank geht an Esther Lenkers von White Yes.

Angestrengt suchte ich auf den unzähligen Fotos der Veranstaltung nach Esther und entdeckte sie freudestrahlend und mit Bianca an ihrer Seite auf mehreren der Aufnahmen, die im Edelfettwerk aufgenommen worden waren. Ich atmete erleichtert durch und entspannte meine Kiefermuskulatur. Alles schien gut gegangen zu sein. Bianca war für mich eingesprungen und die *de Boers* hatten ihre Traumhochzeit gefeiert.

Während der anstrengenden Wochen ergriff mich so etwas wie Resignation. Ich hatte mich, so erschütternd sich das auch anfühlte, an Bens Anblick gewöhnt. Ich kannte jede Fliese des Klinikums in- und auswendig und wusste partout nichts mehr zu erzählen, ohne mich nicht zu wiederholen.

Ich starrte auf Bens reglosen Körper. Mein Gehirn blendete mittlerweile die Geräusche der Atemmaschine aus. Die Stunden zogen sich bis zur Unendlichkeit und wenn ich ehrlich war, empfand ich schlicht Langeweile. Mir fehlte das Lachen, die geschäftige Fröhlichkeit, mit der ich sonst unterwegs gewesen war. Maria hatte nicht pausenlos Zeit für Unterhaltung und Späße und der Zeiger auf meiner Armbanduhr provozierte mich absichtlich, indem er meine Seele mit auffälliger Trägheit quälte. Ich sehnte mich nach Unbeschwertheit und schämte mich gleichzeitig dafür, denn Benjamin hatte es so viel schwerer als ich. Er kämpfte um seine Gesundheit, während ich, die unversehrt war, jammerte. Ich wollte im Erdboden versinken, konnte aber an meiner Empfindung nichts ändern und begann zur Ablenkung erst Journale, dann Bücher zu lesen, die ich in Windeseile verschlang.

Es wurde zur Gewohnheit, dass ich Ben Abschnitte aus meinem Lieblingsbuch vorlas, bis selbst Maria eines Morgens fragte: »Du hast doch den Band dabei, oder? Ich muss unbedingt wissen, wie es weitergeht.«

Trotz der Abwechslung durch die Romane wuchs mein Missmut von Tag zu Tag und ich fragte mich, wie lange ich noch durchhalten würde, ohne verrückt zu werden. Irgendwann konnte ich mich selbst zum Lesen nicht aufraffen und starrte Löcher in die Decke. Es war die reinste Folter. Ganz unverhofft kam die Wendung.

»Mama?« Erstaunt über den unerwarteten Besuch trat ich am frühen Morgen neben meine Mutter ans Krankenbett und küsste Benjamin auf die Stirn, ehe ich sie zur Begrüßung an mich drückte.

»Das ist ja eine Überraschung! Wo ist Bruce? Du wolltest doch abwarten, bis ich dich ablöse.« Besorgt sah ich sie an, bevor uns ein Geräusch unterbrach und Maria bestens gelaunt im Raum erschien.

»Sophie, stell dir vor, Bens Werte haben sich laut CT stark verbessert«, rief sie mir von der Tür aus zu. Sie strahlte.

»Sein Hirndruck ist zurückgegangen, er scheint keine irreparablen Gehirnschäden zu haben und die Ärzte überlegen, ihn nächste oder übernächste Woche aus dem künstlichen Koma zu holen, ist das nicht wundervoll? Er schafft es, Sophie. Er wird wieder gesund!«

Sie hüpfte wie ein Mädchen auf mich zu, um mich zu umarmen.

Benjamin würde es ohne dauerhafte Behinderung schaffen? Ich konnte es nicht glauben und fing vor Glück an zu weinen. Eine Tonnenlast fiel von meinen Schultern, um auf den hässlichen Fliesen der Intensivstation in tausend Stücke zu zerspringen. Der Kampf war gewonnen! Erleichtert sank ich auf einen Stuhl.

»Woher wisst ihr, dass er keine bleibenden Schäden davongetragen hat?«, fragte ich Maria flüsternd vor Überwältigung und meine lächelnde Mutter, die mucksmäuschenstill dabeigestanden hatte, atmete geräuschvoll aus und tätschelte mir aufmunternd den Rücken.

»Wir haben, nachdem die Blutung sich aufgelöst hat und die Schwellung zurückgegangen ist, keinerlei Vernarbungen festgestellt. Natürlich haben wir erst hundertprozentige Garantie, wenn er aufwacht, aber es schaut sehr gut aus. Ich spreche aus Erfahrung, Liebes.« Sie strahlte und ihre Gewissheit ging auf mich über wie ein warmes Bad in der Sonne. Ich ergriff Bens Hand.

»Hörst du, Schatz? Du bist ein Held! Ein Held.« Meine Stimme brach. »Du hast es tatsächlich geschafft. Ich bin so froh. Oh Gott, ich fasse es nicht«, schniefte ich, während ich mein Gesicht in seiner Halskuhle vergrub, seine Haut mit Tränen benetzte und ihn mit zärtlichen Küssen bedeckte.

»Da bin ich ja rechtzeitig gekommen, um die freudige Nachricht zu erfahren. Mein Mädchen, komm her.«

Meine Mutter drückte mich an sich und als ich ihre Wärme spürte, floss die Angst und Anstrengung der letzten Wochen aus mir heraus in ihren weichen, runden Leib. Wie in jenen Tagen, als ich klein war und sie mich getröstet hatte, nachdem mich mein teuflisch veranlagter Bruder mal wieder grundlos geschubst hatte. Dankbar schmiegte ich mich an sie.

»Das müssen wir feiern«, wandte sich Maria an mich, bevor sie weitersprach: »Heute Nachmittag nehme ich dich mit auf eine Klettertour ins Zammer Loch. Keine Widerrede«, drohte sie lachend und erhob den Finger, als sie meinen verstörten Blick sah.

»Du brauchst dringend Sauerstoff und Bewegung, so wie du ausschaust. Benjamin ist stabil. Den können wir bedenkenlos der nächsten Schicht überlassen und wir beide marschieren ein Stück. Das wird dir guttun!«

»Und ich bin ja jetzt auch hier«, bestärkte mich Mutter, ehe sich ihre Mimik aufhellte.

»Wissen Sie, Maria, Sophie hat von Kindheit an eine ausgewachsene Bergphobie. Wir konnten nie in die Alpen fahren, immer nur ans Meer. Am besten gefiel ihr die Ostsee, während ihr Bruder so gerne geklettert wäre. Aber daran war nicht zu denken. Selbst auf Rutschen fing sie an zu weinen.«

»Danke, Mama!«, versuchte ich, ihren Redefluss zu stoppen und hob beschwichtigend die Handflächen, doch Maria winkte lachend ab.

»Das habe ich längst gecheckt. War nicht zu überhören. Bloß ...« Ihr entschlossener Blick suchte meinen.

»Das werden wir heute ändern. Du wirst es lieben, Sophie, das verspreche ich dir«, prophezeite sie mir, während ich die Nase rümpfte.

»Nie im Leben. Das ist angeboren. Du hast meine Mutter gehört«, murrte ich und bekam bei der bloßen Vorstellung Angstschweiß.

»Gib mir eben eine Chance! Danach finde ich mich damit ab, das verspreche ich.« Sie gab ihrer Stimme einen bittenden Ton.

»Na gut, überredet. Nur muss ich erst mit meiner Chefin telefonieren. Vielleicht kann ich jetzt, wo meine Mutter hier ist, sogar ein paar Tage nach Aachen fahren, bis Benjamin aufwacht. Sophie ist bestimmt schon ziemlich angesäuert und ich möchte weder meinen Job noch unsere Freundschaft riskieren«, erklärte ich Maria.

Selbst wenn ich ihn inzwischen satthabe. Die Knete bräuchte ich dringend, führte ich meinen Satz gedanklich zu Ende.

»Was ist denn nun mit Bruce?«, wandte ich mich wiederholt an Mutter, die beruhigend abwinkte.

»Keine Sorge. Das macht Marc. Er fährt morgens vor der Arbeit zu dir, stellt Futter und Wasser hin und abends dasselbe. Er gießt obendrein deine Pflanzen, ist das nicht toll von ihm?« Sie lächelte breit und mimte ein rührseliges Gesicht, was mich augenblicklich auf die Palme brachte.

»Schlüssel hat er von mir. Ich soll dich lieb grüßen. Und Benjamin natürlich genauso!«

Ich kochte.

»Waas? Marc? Im Ernst? Wie hast du das hinbekommen? Mr. Hochmut denkt doch sonst nur an sein Ego«, unkte ich und ärgerte mich darüber, dass ausgerechnet er es war, der Bruce versorgte.

»Komm, übertreib nicht! Er ist der Letzte, der eine Bitte abschlägt, und vielleicht solltest du einmal vor deiner eigenen Haustür kehren, Sophie«, zischte sie in einem Tonfall, der mich aufhorchen ließ. Meine Mutter sah mich an. Ihre bitterernste Mimik ließ keinen Zweifel daran, dass sie von ihren Äußerungen überzeugt war.

»Was bitteschön willst du damit zum Ausdruck bringen?«, presste ich zerknirscht hervor. Sie unterließ wirklich null, um ihr Goldsöhnchen in Schutz zu nehmen. Maria schaute beunruhigt zu uns herüber.

»Entschuldigt bitte, aber geht doch kurz raus, wenn ihr was zu besprechen habt. Benjamin bekommt mehr mit, als wir vermuten.«

Ich blies lautstark die Luft aus und zog meine Mutter mit auf den Flur.

»Auf was zielst du ab?«, blaffte ich sie an und merkte, wie ich mich im Ton vergriff. Aber sie war eben meine Mutter, was bedeutete, dass sie mich innerhalb einer Sekunde von null auf hundertachtzig bringen konnte. Ein Satz genügte und das Triebwerk war gezündet. Sie wusste genau, wo sie ansetzen musste. Alle Mütter wussten das.

»Fang endlich an, die Menschen um dich herum wahrzunehmen, Sophie. Du hast dich die letzten Jahre um nichts und niemanden gekümmert, außer um deinen Job. Dein Bruder war es einfach satt, Abfuhren zu bekommen und dann zu springen, wenn du es befiehlst. Und mir geht es übrigens genauso. Ich bin in erster Linie für Benjamin gekommen. Nur, dass du Bescheid weißt.«

Um nichts und niemanden? Ein Schmerz durchzuckte mich und ich war einige Sekunden sprachlos. Was erzählte sie da? Seit Wochen opferte ich mich auf.

»Ich sitze jeden Tag von morgens bis abends am Bett meines todkranken Mannes! Ist das nicht gekümmert?« Ich schrie inzwischen und ein paar Schwestern schauten irritiert zu uns herüber. »Warum sagst du so was? Es geht mir doch eh schon nicht gut.« Ich war außer mir. Meine Mutter blieb gefasst und legte mir ihre Hand auf die Schulter. »Ja, Sophie, du beweist gerade, was für ein weites und großes Herz du hast. Ich rede von der Zeit davor. Vor Bens Unfall, verstehst du?« Sie holte kurz Atem, bevor sie weitersprach. In ihren Augen las ich Liebe und Vorwurf gleichzeitig. Am liebsten hätte ich mir die Ohren zugehalten, aber sie kannte keine Gnade.

»Weißt du noch, als Marc dich bat, zu Katja zu fahren, da sie plötzlich schlecht Luft bekam und kein Auto hatte? Marc war im Ausland auf Geschäftsreise und voller Sorge.«

Ich räusperte mich geräuschvoll, ehe ich damit begann, Rechenschaft abzulegen.

»Wie denkst du dir das? Ich war in diesem Augenblick in einem wichtigen Gespräch mit einer zukünftigen Braut«, erklärte ich ernst. »Glaubst du, ich kann alles fallenlassen, bloß weil meine Schwägerin hyperventiliert?«

Das kleine trotzige Mädchen in mir wollte nicht nachgeben. Ich reagierte nicht erwachsen, das spürte ich, aber war man das jemals, wenn man seiner Mutter gegenüberstand? Der Blick meiner Mutter durchbohrte mich.

»Ja, Sophie, das hättest du tun können! Katja hatte damals große Angst.«

Das Mädchen in mir stampfte trotzig mit dem Fuß auf. Ich schüttelte den Kopf.

»Schon mal was von Notarzt rufen gehört? Und wegen dem einen Beispiel machst du eine Welle und stellst mich hin wie eine Egomanin?«, sagte ich zwar flüsternd, aber mit Nachdruck. Wenn man meine Mutter sprechen hörte, könnte man auf die Idee kommen, ich sei eine Schwerverbrecherin.

»Das war nur eine von unzähligen Situationen, in denen liebe Menschen bei dir abgeprallt sind, Sophie. Du bist nicht wiederzuerkennen, seit du für diese Agentur arbeitest. Ich habe dich nie zu einem oberflächlichen Menschen erzogen. Das hier ist sicher nicht der richtige Augenblick, um dir das anzulasten, doch es bewegt mich seit Längerem und vielleicht ist es Schicksal, dass der Unfall von Benjamin uns die gemeinsame Zeit schenkt, um endlich zu reden. Vorher warst du ja nicht ansprechbar«, beendete sie ihren grausamen Monolog. Tränen brannten auf meinen Wangen. Jedes Wort biss sich wie ein tollwütiger Fuchs in mein Herz. Das, was sie mir über mich spiegelte, tat furchtbar weh. Zu weh, um es anzunehmen. Das Schlimmste daran war, dass ganz tief in meinem Innern eine murkelige Gestalt mit dem Kopf nickte und meiner Mutter recht gab.

»Du magst Marc eben viel lieber als mich. Das war schon immer so!«, schrie ich, ließ sie stehen und rannte tränenblind aus dem Gebäude.

»Hallöchen Esther, Sophie hier«, begrüßte ich sie so beiläufig wie möglich und unterdrückte dabei mein schlechtes Gewissen, was nicht einfach war.

Das aufwallende Blut erhitzte meine Wangen und mein Puls raste. Aber das konnte Esther Gott sei Dank nicht sehen. Es kam, wie es kommen musste. Sie war mehr als sauer.

»Sag mal, spinnst du, Sophie? Ganz ehrlich? Weißt du, wie ewig ich auf einen Rückruf warte?« Sie zog die Wörter in die Länge und betonte jede einzelne Silbe.

»Seit vier langen ver-damm-ten Wo-chen!«

Als ich nichts darauf erwiderte, schien sie sich in den Griff zu bekommen und fragte sofort nach Benjamin.

»Sorry, das musste raus. Jetzt sag! Wie geht es deinem Mann? Ist er auf dem Weg der Besserung?«

»Es geht ihm besser. Tut mir leid, Esther. Ich bin so weit weg von allem. Seit ich hier bin, kommt mir mein altes Dasein komplett surreal vor. Sorry! Ich hätte dich natürlich viel früher anrufen müssen«, entschuldigte ich mich aufrichtig. Sie hatte Klartext geredet und endlich verpuffte das schlechte Gewissen, das ich wochenlang mit mir herumgeschleppt hatte. Esther schnaubte unwillig.

»Surreal also? Aha! Unter der Voraussetzung hoffe ich für dich, dass du jetzt, wo es Benjamin besser geht, schnell wieder in die Realität zurückfindest. Hier brennt nämlich der Schuppen, Süße.«

»Benjamin hat endlich gute Werte und meine Mutter ist hier«, erklärte ich ihr die Lage, wobei ich mich Sekunden später über die Entschuldigung ärgerte. Im Grunde brauchte ich mich nicht zu rechtfertigen. Ich merkte, wie ich mich belog, indem ich auf sie einging.

»Na also, Sophie, dann ist ja alles geritzt. Benjamin geht es besser. Du hast Unterstützung. Schwing die Hufe! Du wirst Aufmunterung gebrauchen können und ich habe die unglaublichsten Schoten zu erzählen. Du wirst Tränen lachen. Ich sage nur Schminkunfall, de Boer.«

Sie wieherte überzogen, während ich die Zähne aufeinanderbiss.

Mein Kiefergelenk knackte und als ich erschrocken lockerließ, pikte mein rechtes Ohr.

»Ich stell schon mal den Sekt kalt.«

Ich wand mich innerlich vor Widerwillen.

»Ich denke nicht, dass ich Lust auf Schampus habe, und wenn, dann komme ich erst morgen. Ich gehe heute Nachmittag wandern. Eine kleine Bergtour hier in der Umgebung«, offenbarte ich Esther, um Zeit zu gewinnen und mein Selbstbewusstsein wieder zu erlangen.

»Waaaaas? Du und wandern? In den Bergen? Willst du mich veräppeln?« Esther prustete ironisch auf, als sei es das Absurdeste, was sie je gehört hatte.

»Eine nette Intensivschwester hat mich eingeladen und ich möchte mehr über Bens Unfall erfahren. Vielleicht kann sie mir was über den E5 verraten«, erklärte ich gekränkt.

»Ich will dich nicht abhalten, Sophie und das mit dem Sekt sollte ja nur zu deiner Ablenkung dienen. Das Leben geht weiter«, begann sie gönnerhaft, bevor sie zu einer fiesen Attacke ansetzte. »Bloß vergiss nicht, dass die ganze Angelegenheit auch auf meinem Buckel ausgetragen wird. Je schneller du einsatzbereit bist, umso besser. Wie gesagt, hier herrscht das pure Chaos. Ich sterbe bald vor Stress. Denk dran, während du auf der Alm Gänseblümchen pflückst«, flötete sie gespielt. Die Überheblichkeit in ihrem Tonfall war nicht zu überbieten. Dass sie mein Hiersein als Angelegenheit abtat, war zu viel. Das konnte sie nicht bringen. Bei aller Liebe. Ich verstand ihre schwierige Situation. Aber bitte nicht auf meine und Bens Kosten.

»Entschuldige, Esther, ich habe die zurückliegenden Wochen nicht geschlafen, kaum gegessen und mir ununterbrochen Sorgen gemacht. Richtige Sorgen, verstehst du? Es ging hier ausnahmsweise mal nicht um das Kaschieren von zwei Pfund Bauchspeck unter einem Brautkleid für dreitausend Mäuse, sondern um Leben und Tod! Um meine Zukunft. Das hier ist von großer Bedeutung für mich, für Benjamin. *White Yes* ist, so leid es mir tut, dir das mitteilen zu müssen, zweitrangig, um nicht zu sagen völlig unwichtig. Zumindest im Moment und was die letzten Wochen anbelangt.«

Ich hörte förmlich, wie sie sich in einen feuerspeienden Drachen verwandelte.

»Völlig unwichtig? *White Yes* ist meine Existenz!«, dröhnte es durch den Hörer. »Und wenn du nicht bald wieder herkommst, kann ich den Laden dichtmachen. Es geht hier nicht nur um dich«, kreischte sie weiter, sodass ich sie ein Stück von meinem Ohr weghielt, um nicht taub zu werden.

»Ach so?«, stellte ich mich naiv und versuchte, beherrscht zu bleiben. »Und angenommen, dass ich sooo eine unentbehrliche

Position innehabe? Warum bin ich nicht längst umsatzbeteiligt oder Partnerin? Aber das wäre ja unter deiner Würde, stimmt's? Die namhafte Esther Lenkers und ihre popelige Angestellte. Schon mal drüber nachgedacht, wie ich mich die letzten Jahre fühle? In Pressemitteilungen taucht bislang nur ein Name auf, nämlich deiner.«

Damit schien ich ihren wunden Punkt getroffen zu haben.

»Sophie, hör zu. Wir sind Freundinnen! Wir sind beide genervt. Es ist 'ne Scheißzeit! Für uns beide. Ich weiß, dass du viel für *White Yes* tust. Wir können in Ruhe darüber diskutieren, ohne uns zu zerfleischen. Und vielleicht hast du ja recht. Wir sprechen über eine Gehaltserhöhung, okay?«, erwiderte sie eine Spur friedvoller.

»Komm einfach so schnell du kannst her, dann reden wir über alles. Benjamin ist übern Berg. Du warst fast einen Monat Tag und Nacht bei ihm. Du hast auch noch ein Leben! Es wartet auf dich. In Aachen!«

Sie blies genervt Luft in den Hörer, bevor sie etwas aussprach, das nicht nur eine hundsgemeine Lüge war, sondern mir den Tag auch noch total vermieste.

»Hier warten neue Herausforderungen. Und mal ehrlich … ihr seid verheiratet, da kümmert man sich umeinander. Aber du hast doch immer schon dein Ding durchgezogen, oder? Bis bald!«

Damit legte sie auf und ließ mich mit einer unfassbaren Wut zurück. Für nichts und niemanden. Der Satz verfolgte mich heute in leichter Abwandlung den gesamten Tag.

Als mich das schrille Klingeln der Türglocke erschreckte, lag ich tränennass auf dem Bett. Ich versank in Selbstmitleid und wollte nicht gestört werden, bis es mir siedend heiß einfiel. Die Wanderung! Maria!

»Servus! Kommst du?« Maria musterte mein verheultes Gesicht. »Weltuntergangsstimmung? Liebeskummer kann's ja nicht sein. Dein Typ kann in seinem Zustand nix ausgefressen haben«, versuchte sie mich aus der Reserve zu kitzeln und sah mich fragend an. Trotz meines Stimmungstiefs musste ich lachen.

»Herzschmerz betrifft immer zwei. Vielleicht bin ich ja diejenige, die was angestellt hat«, murrte ich.

Das möchte ich aber genau wissen! Das erzählst du mir unterwegs.«

Maria griff nach meinen Sneakers, ehe sich ihr Blick sorgenvoll weitete. Sie ließ die Dinger demonstrativ vor ihrer Nase baumeln. »Alles klar! Jetzt weiß ich, warum du heulst. Der reinste Horror! Nicht mal drei Millimeter Profil. Normalerweise lassen wir Leute mit solchen Schuhen nicht mal über die Grenze«, lachte sie. »Ich nehme an, du besitzt keine Wanderschuhe?«

Ich verneinte, indem ich den Kopf schüttelte. Sie blies die Luft aus. »Hab ich mir gedacht! Dann wird es nix mit dem Klettern. Der Andi bringt mich um, wenn ich dich in den Spazierschühchen ganz rauf schleppe. Wir wollen nicht riskieren, dass du morgen neben deinem Mann liegst, oder?«

Während ihr Blick an dem aufgestellten Porträt von Benjamin hängen blieb, redete sie weiter.

»Heute seh ich ihn endlich in Alltagsklamotten und mit geöffneten Augen. Wow, schaut der gut aus! Blaue Augen! Und dazu die blonden Struwwelhaare. Schnuckelig. Könnte fast dem Andi Konkurrenz machen. Gleicher Typ. Sportlich bis zum Abwinken. Frauenschwarm, hab ich recht? Da musst du aber gut auf ihn aufpassen. Jetzt weiß ich, warum du nicht von seiner Seite weichst.«

Sie grinste verschwörerisch, bevor auch ich das Foto studierte, obwohl ich es in- und auswendig kannte. Benjamins aufrichtiger Ausdruck drang tief in mein Herz. Er sah verdammt sexy aus, ja, war aber kein Frauenheld oder Macho, denn er nannte des Weiteren einen anständigen Charakter sein eigen. Er hatte den Blick nie heimlich auf fremde Hintern oder Brüste gelenkt, wie ich es von anderen Kerlen hinreichend kannte.

48

»Ich habe Mordsglück mit ihm. Wir wissen, was wir aneinander haben. Kommt selten vor, aber das mit uns, das ist Liebe.«

Und? Hatte er Glück mit dir?, fragte die murkelige, fiese Gestalt in meinem Innern. Hau ab, du hast mich heute schon zur Genüge genervt, drohte ich.

»Dann mal los. Die dunkle Schattenwand wartet«, beendete ich den Dialog, schlüpfte in die Sneakers und schob Maria aus der Tür, ohne zu ahnen, dass sich eine ganz andere Schattenwand längst über mir aufgebaut hatte und es nicht leicht werden würde, jemals wieder ins Licht zu treten.

Die Dame an der Rezeption hielt uns zurück.

»Frau Andres? Kleinen Augenblick noch. Sie sind nun einen Monat bei uns. Wir müssten eine Zwischenabrechnung machen. Wenn Sie vielleicht so nett wären?«, strengte sie sich an, Hochdeutsch zu reden.

»Jetzt? Wie viel ist es denn?«, fragte ich in der Hoffnung, es bar bezahlen zu können.

»Dreißig Euro mal fünfundzwanzig, sind 750 plus Frühstück, macht genau ...« Sie rechnete im Kopf, während sie mit einem Kugelschreiber klackte und die Augen nach oben auf die mit Holz verzierte Decke richtete, was lächerlich aussah.

»Mit Kurtaxe kostet es summa summarum 1015 Euro, bitteschön.«

Ich atmete durch. Wie die Tage vergangen waren. So eine Menge Bargeld hatte ich nicht bei mir. Maria bemerkte meine Unsicherheit und mischte sich vermittelnd ein.

»Komm, Gerti, des langt doch später irgendwann. Mir wollen heut noch rauf ins Zammer Loch.«

Die Empfangsdame gab sich geschlagen.

»Freilich hat des Zeit! Morgen ist ja auch noch ein Tag. Viel Spaß und passts auf euch auf«, verabschiedete sie uns, ohne ihren entsetzten Blick von den rosa Sneakers zu nehmen.

Bereits auf der Brücke über dem Inn überfiel mich ein mulmiges Gefühl. Der Fluss war vereinnahmend. Sein Rauschen übertönte alle anderen Geräusche und seine Wildheit erschien mir unkontrollierbar, ja nahezu brutal. Ich starrte auf das schäumende Wasser.

»Ganz schön heftig!«

Ich meinte Gischt zu spüren und strich über meinen Arm. Vielleicht bildete ich mir das aber auch nur ein.

»Was?« Maria schaute auf meine Lippen, um besser zu verstehen.

»Ich sagte, ganz schön wild, dieser Fluss. Inde und Wurm sind da einige Nummern gemächlicher. Wenn da jemand reinfällt, ist das ja gemeingefährlich!«

Die milchig graue Flüssigkeit trug zu meinem Entsetzen ganze Stämme mit sich, die wie Streichhölzer vorbeischnellten und flussabwärts trieben. Maria klatschte begeistert in die Hände.

»Irre viel Wasser! Cool zum Raften«, rief sie. »Hast du das mal probiert?«

Mich schauderte bei dem Gedanken, behelmt in einem Gummiboot sitzend diesen Kräften ausgeliefert zu sein, und fragte mich, was die Bergler für ein abenteuerlustiges Volk abgaben.

»Ich war mal Schlauchbootfahren auf dem Rursee. Und segeln bei Maastricht.«

Maria lachte.

»Kann ich dir empfehlen. Mordsgaudi, wirklich!«

Sie waren auf jeden Fall anders, die Bergler. So ganz anders als ich.

»Das ist das Inntal. Hier wachsen sogar Aprikosen und Pfirsiche, so ein mildes, mediterranes Klima haben wir hier«, freute sich Maria.

»Aha«, nickte ich. Von Milde konnte ich hier absolut nichts wahrnehmen. Im Gegenteil. Meine Begleiterin war bester Laune und schien sich nicht an der Felswand zu stören, die über uns in den Himmel ragte. Lichtstrahlen schimmerten durch die Lücken im Gestein. Ich blinzelte.

»Das mit den Südfrüchten haben wir dem senkrechten Hang zu verdanken, der uns vor den rauen Winden schützt. Das hier ist die heiße, trockene Südseite.« Sie zeigte in den grauen Stein, in dem ich einige Serpentinen entdeckte, die sich gefährlich nah am Abhang höherschraubten. Winzige Kiefern und Haselnusssträucher krallten sich in den Vorsprüngen fest. Mein Puls erhöhte sich. Wir passierten einen Brunnen, ehe wir die Autobahn überquerten und Maria den Einstieg ins Zammer Loch ansteuerte. Dann ging es nur noch steil bergauf. Meine Lunge arbeitete stoßweise und der Schweiß lief mir in Strömen den Rücken hinunter, obwohl wir erst die zweite Wegkehre hinter uns gebracht hatten. Bremsen versuchten, sich auf meine feuchte Haut zu setzen. Ich schlug mir ständig in den Nacken und fast wäre ich auf eine Blindschleiche getreten, die sich auf den Steinen sonnte.

»Jetzt weißt du, warum unsere Kühe so lange Schwänze haben«, lachte Maria, während sich mein Humor in Grenzen hielt und ich zur Antwort nur kurz grunzte. Ich japste nach Luft und meine Sohlen rutschten auf dem Geröll, als ich die letzten Meter zu einem Baumstumpf humpelte. Maria reichte mir die Wasserflasche, die sie am Brunnen aufgefüllt hatte.

»Machst schon schlapp? Trink! Du hast ja kein bisschen Kondition«, tadelte sie und lachte dabei entwaffnend.

Meine Laune sank rapide.

»Treibst du ansonsten nie Sport?« Sie winkte gnädig ab, ohne meine Antwort abzuwarten.

»Egal, du kommst ja noch öfter her. Aus dir mache ich eine Bergziege, wirst sehen«, prophezeite sie.

Die Flasche an den Lippen hob ich protestierend die Brauen. Ich hatte auf dem letzten Kilometer kein Wort gesagt. Jetzt öffnete ich zerknirscht den Mund.

»Ich geh regelmäßig mit Esther in die Muckibude. Aber das hier ist ja schlimmer als Marathonshoppen«, hauchte ich atemlos. Ich schämte mich, hatte ich mich doch für einen sportlichen

Menschen mit Ausdauer gehalten. Beim Wort Shoppen verzog Maria das Gesicht zu einer Grimasse, bevor ihr Blick weich wurde. »Du hast viel mitgemacht in den letzten Wochen. Das zehrt«, tröstete sie und besah mich mit einem liebevollen Blick.

Als sich mein Atem beruhigt hatte, erhob ich mich. Was fanden Leute gut daran, in einer steilen Felswand zu kraxeln, die so karg war, dass außer Stein, Gestrüpp und widerwärtigen Tieren nichts existierte?

»Lass uns umdrehen. Ich kann das nicht«, bat ich. Mein Ton hatte etwas Flehendes. Als ich aufschaute, war Maria längst pfeifend weitergelaufen. Ich stöhnte.

Ohne ihren Klinikkittel sah sie aus wie eine durchtrainierte Sportstudentin. Ihre langen, schwarzen Haare hatte sie zu einem lockeren Pferdeschwanz gebunden, der frech auf ihrem Rücken hin- und herwippte. Von vorn, das war mir im Hotel aufgefallen, unterstrich die farbenfrohe Goretexjacke ihren karamellfarbenen Teint. Die Adjektive frisch und bezaubernd umschrieben das, was ich hundert Meter vor mir sah. Ich seufzte. Für mich galten im Moment andere Charakterisierungen, an die ich besser nicht dachte. Allein umzudrehen kam nicht infrage. So schnell wollte ich auch nicht aufgeben. Murrend erhob ich meinen gequälten Leib und hievte ihn in ihre Richtung. Mein Gesicht war puterrot, Schweißränder breiteten sich an Stellen aus, an denen ich nie zuvor im Leben geschwitzt hatte, und meine Beine fühlten sich an wie Ambosse.

»Die reinste Folter ist das«, murmelte ich im Stillen vor mich hin, bevor ich die wartende Maria schleppend einholte.

Nach einer kürzeren Zeitspanne stellte sich erstaunlicherweise so etwas wie Routine ein.

Mein Gehirn koppelte sich wie von Zauberhand vom Körper ab, was die Füße dazu bewog, mich brav Schritt für Schritt vorwärts zu tragen, ohne dass ich darüber nachdenken musste. Ich vermied es, links hinunter in den Abgrund zu schauen, und hielt die Augen starr auf den Weg gerichtet. Die Geräusche der Autobahn verschwanden und ein Weilchen später meinte ich, ganz entfernt einen Fluss rauschen zu hören. Als ich meinen Blick ausnahmsweise gen Westen wandte, stockte mir der Atem. Die Schlucht, in die ich schaute, war mehr als hundert Meter tief. Unten schäumte das Wasser und nicht einmal eine Absturzsicherung gewährte Schutz. Schockiert sog ich die Luft ein. Das Schild warnte nicht, wie ich erst vermutet hatte, vor dem sicheren Tod durch Abstürzen, sondern vor Steinschlag von oben. Wie überaus reizend! Ich hatte die Wahl zwischen gespaltenem Schädel und Aufprall nach freiem Fall.

»Fuck!«

Erschrocken presste ich mich an die Felswand und ging sogleich wieder einen Schritt nach vorn, falls sie bröckelte. Was tat ich hier? Unvermittelt sehnte ich mich nach Esther. Ich wollte einfach nur in schicken Klamotten in der Altstadt sitzen, Hugo schlürfen und klönen. In Aachen fielen keine Steine vom Himmel und man stürzte auch nicht in Abgründe, es sei denn, jemand hatte vergessen, einen Kanaldeckel zu schließen. Aber das kam selten vor. So selten wie ein Eisbär am Südpol. Was war an Oberflächlichkeit schlecht? Sie war jedenfalls nicht lebensgefährlich! Ich schmachtete schlagartig nach meinem alten Leben und zum ersten Mal stieg leichter Groll auf Benjamin in mir auf.

»Inzwischen ist mir alles klar. Das ist doch selbstmörderisch. Wer so was macht, ist echt selber schuld«, murmelte ich sauer und strich mir eine nasse Strähne aus der Stirn.

»Ein Hoch auf das absolut gefahrlose, allzeit erreichbare und wohlklimatisierte Fitnesscenter deiner Stadt. Wer tut sich das hier an? Selbstmord ist das und jetzt stehe ich in dieser steingewordenen Hölle und werde Benjamin und Esther nie mehr wiedersehen, weil ich den Trip hier höchstwahrscheinlich nicht überstehen werde«, meckerte ich vor mich hin und schielte deprimiert zu Maria, die sich außer Hörweite befand und es aufgegeben hatte, jeden Meter auf mich zu warten.

»Am heutigen Tag werde ich also sterben. Falls ich es doch überleben sollte, legen sie mich womöglich wirklich neben Benjamin«, grübelte ich, ehe ich auf Stimmen aufmerksam wurde. Eine Gruppe Mannsbilder stolperte uns auf dem Pfad entgegen. Erst im letzten Augenblick entdeckte ich, dass sie einen der Weggefährten stützten. Ob er verletzt war?

Sie trugen vollbepackte Rucksäcke und waren mit Stöcken und hochwertigstem Wanderschuhwerk ausgerüstet.

»Servus!« Maria hob grüßend die Hand, während ich missmutig herangeschlürft kam und in einem Anflug von Ironie übertrieben salutierte. Befremdliche Blicke trafen mich, ehe sich die Männer meiner Bekannten zuwandten. Ich verstand ihre Reaktion und so wie die Kerle schauten, sah ich mittlerweile aus wie das personifizierte Grauen auf Latschen.

»Ist's noch lang bis Zams?«, erkundigte sich einer der Typen bei Maria und aus seiner Stimme sprachen neben seiner Hochachtung für ihre Attraktivität auch Erschöpfung und Sehnsucht. Vermutlich nach einem kalten Bier und einer Portion Spätzle mit Soße XXL. Sein Shirt wies weiße Ränder auf und die Hälfte der Gruppe setzte sich auf den steinigen Pfad, um Kraft zu schöpfen. Maria strahlte und ich bewunderte sie wieder um ihre Energie.

»Ihr habt es gleich geschafft. Der Weg führt v-förmig aus der Schlucht und dann seht ihr schon rechts Zams im Tal liegen. Alles okay mit euch?«

Sie zeigte auf den Kumpel, der schwer nach Luft schnappend auf dem Boden kauerte. Er sah aus, als ob er jeden Moment kollabierte. Ich schaute zu Maria und wartete insgeheim darauf, dass sie einen Tropf mit Zuckerlösung aus ihrem Rucksack zauberte. Es hätte mich nicht gewundert.

»Der Toni hat's gestern ein wenig zu heftig krachen lassen auf der Memminger Hüttn. Falls du verstehst, was ich meine. Zielwasser und Sport vertragen sich eben nicht.«

Der Angesprochene murrte, während der Rest der Typen hämisch feixte.

»Ach halt dein Maul, du hast doch mitgesoffen!«

Logisch, dass er vor uns Ladys oder besser gesagt vor Maria nicht als Weichei dastehen wollte. Er rappelte sich auf.

»Los jetzt. Pack ma's! Servus, Baby. Klopf heut Abend an meine Tür, wenn du willst. Im Hotel Krone«, lud er Maria augenzwinkernd ein, nicht ohne sich zu vergewissern, dass seine Kumpels alles mitbekommen hatten, indem er sich mit geschwollener Brust zu ihnen umdrehte. Ich verengte meine Augen zu Schlitzen und setzte mein liebevollstes Lächeln auf.

»Ihr könnt auch gerne heute Nacht bei Maria anklopfen«, bot ich an. Ihre interessierten Blicke umfingen mich, während meine Freundin entsetzt die Augen aufriss.

»Klinikum Zams, Abteilung für Neurochirurgie. Intensivstation. Die erste Infusion gibt's gratis.«

Wir prusteten los, bevor sich die Gruppe beleidigt abwandte.

»Hey, für deine Energielosigkeit bist du ganz schön schlagfertig«, lachte Maria, bevor sie fortfuhr.

»Siehst du, das waren typische E5-Wanderer. Die belagern Zams jeden Tag, wobei die noch verhältnismäßig gut drauf waren«, erklärte Maria, ehe sie mir einen Müsliriegel reichte. Ihr Blick wurde durchdringend.

»Möchtest du eigentlich drüber reden? Über dich und deinen heutigen Katastrophenmodus? Du hattest eine Auseinandersetzung mit deiner Mutter?«

»Alles gut! Hab einfach 'nen miesen Tag. Mit dem falschen Fuß aufgestanden«, speiste ich Maria oberflächlich ab.

Ich brachte es gerade nicht über mich, meine Charakterschwächen mit ihr durchzukauen.

»Aha.«

»Die Strecke ist Benjamin also auch gelaufen«, überlegte ich laut, um von mir abzulenken. »Komisches Gefühl, nicht zu wissen, wo es geschehen ist. Vielleicht genau hier …« Ich schaute angewidert in den felsigen Schlund, während Maria mit dem Kopf schüttelte.

»Das kann ich mir nicht vorstellen. Wenn hier ein Patzer geschieht, bist du mausetot. Einen Absturz da runter überlebt keiner.«

Ich sah an ihrer Mimik, dass sie grübelte.

»Nein. Ich vermute etwas anderes. An der Seescharte, einem steinigen Gratübergang, passiert immer wieder was. Letztes Jahr wurde an jener Stelle sogar ein Einheimischer tot geborgen. Auf dem E5 ist das eine der riskantesten Etappen. Ich würde vermuten, dass er dort abgestürzt ist.«

Sie hielt inne und betrachtete mich besorgt.

»Wir fragen einfach den Andi. Spekulieren bringt nix. Und im Klatschblatt wird jede Woche von solchen Unfällen berichtet. Das les ich schon gar nimmer.«

»Seescharte. Das ist hoffentlich nicht unser heutiges Ziel?«, fragte ich mit flatterndem Herzen. Dieser Trip entwickelte sich langsam zur Erstbesteigung des Mount Everest. Ohne Sauerstoff. Maria lachte auf.

»Dafür brauchst du erst einmal Stöcke und gescheite Schuhe mit Profil. Nein. Wir spazieren heute nur zur unteren Lochalm, verdrücken eine vernünftige Brotzeit und marschieren wieder zurück ins Tal. Abwärts geht's eh flotter und wir müssen sowieso vor Sonnenuntergang unten sein.«

»Spazieren nennst du das also«, murmelte ich resigniert. »Interessant!«

In dem Moment, als ich nach wenigen Kilometern abermals mein Missfallen zum Ausdruck bringen wollte und nur zufällig den Kopf hob, verschlug es mir den Atem. Es ging nicht mehr aufwärts. Das Gehen fiel leicht und ein von Wurzeln durchzogener Grasweg hatte den steinigen Pfad abgelöst. Sattes Grün leuchtete um uns herum. Das trostlose Steingrau war bis auf ein paar versprengte Brocken, die in der Wiese herumlagen, verschwunden. Ein lichter Lärchenwald tat sich vor uns auf, einzelne Sonnenstrahlen brachen goldglitzernd durch die Bäume und beschienen fleckchenweise das weite Plateau vor uns.

»Ohhhhh!«, entfuhr es mir. Das Panorama war bezaubernd. Ein Bach schlängelte sich kreuz und quer durch die Wiese, als ob er darauf abzielte, zur Vollendung des Kunstwerkes beizutragen.

Während ich meine Augen vor der Sonne abschirmte, erkannte ich ein paar hundert Meter weiter die Alm, von der Maria gesprochen hatte.

Einige Holzbänke, auf denen bereits jemand saß, luden zum Verweilen ein und überall um die Kate blühten Alpenrosen. Es war fantastisch.

»Maria! Es ist wunderschön, hier«, staunte ich, während Maria lachte. Zwischen den Lärchen graste eine Herde Haflinger mit einem Fohlen. Sie waren nicht eingezäunt und schauten uns kauend mit sanften Augen entgegen.

»Darf man die anfassen?«

»Wenn du vorsichtig auf sie zugehst«, ermunterte mich Maria.

»Streichle aber lieber die Stute, das Fohlen kommt dann selbst zu dir«, riet sie.

Meine Mattigkeit verflog genauso wie mein Groll auf Maria, die mich hier hoch geschleppt hatte. Mutig ging ich einige Schritte auf eine friedlich wirkende Stute zu und legte ihr, als sie ruhig weiterfraß, die Handfläche auf das Fell. Warm und weich, ein wenig staubig fühlte es sich an. Als sie den Kopf hob, berührten meine Finger ihr seidiges Maul.

»Wie samtig sich das anfühlt!«, flüsterte ich gerührt, ehe das Fohlen neugierig an meinem Shirt zupfte. Es langte mir gerade bis zur Hüfte.

»Das ist mega! Also ehrlich«, flüsterte ich. Ich fühlte mich mit einem Schlag topfit und fotografierte die Pferde, die Alm und die Blumen aus allen erdenklichen Winkeln, bis Marias Engelsgeduld am Ende war.

»Siehst du? Ich hatte recht. Du liebst es. Das ist unser herrliches Patroltal. Jetzt komm, ich hab Kohldampf«, drängelte sie und steuerte winkend auf die Hütte zu.

»Servus, Andi!«, rief sie schon von Weitem und hob den Arm. Ich bemerkte, wie sie ihr Rückgrat aufrichtete. Ihr vormals federnder Schritt wurde noch ausholender. Sie flog fast in seine Richtung, während ich grinsen musste. Daher wehte der Wind! Mit einem Mal wurde mir klar, warum Maria unbedingt hier hoch gewollt hatte. Ein appetitlich aussehender Typ, in verwaschene Jeans und Shirt gekleidet, erhob sich lässig von der Bank. Er sah, wie ich Maria recht geben musste, fantastisch aus und ich konnte ihre Bestrebung, ihn zu bekommen, verstehen. Ich grüßte freundlich, als sein strahlender Blick den meinen traf. Er schien genauso herzlich zu sein wie Maria.

Das Blau seiner Augen zog einen zugegebenermaßen magisch an und sein Händedruck war warm und fest. Seine blonden, verwuschelten Haare verliehen ihm einen jungenhaften Ausdruck; er hatte tatsächlich eine gewisse Ähnlichkeit mit Benjamin und eine Sehnsucht nach meinem Mann überkam mich. Die beiden würden sich gut verstehen.

»Andi Huber, freut mich«, stellte er sich vor, während seine weißen Zähne strahlten.

»Sophie Andres, angenehm.«

Nachdem er erst mich und dann Maria herzlich umarmt und begrüßt hatte, setzte er sich.

»Kommt zu mir, Mädels!« Einladend wies er uns den Platz neben sich an. «Habt ihr Hunger?«

Ich platzierte mich brav gegenüber und musterte lächelnd Maria, die ihm verzückt auf die Pelle rückte. Die beiden würden ein bezauberndes Paar abgeben.

Eine hölzerne Platte mit Wurst und Käse wurde, kaum dass wir saßen, aufgetischt. Dazu gab es Scheiben frischgebackenen Brotes und drei Krüge Buttermilch, ohne dass wir irgendetwas bestellt hätten.

»Greift zu!«, forderte uns die Hüttenwirtin zu meiner Verwunderung auf, küsste Maria auf die Wangen und tätschelte Andi die Schulter, bis mir am Ende ein Licht aufging und ich begriff, dass Andi und Maria hier im Ort aufgewachsen und natürlich so etwas wie Familienangehörige waren.

Der Bergretter stutzte.

»Sag mal, du bist Sophie Andres? Die Frau von dem Unfallopfer letzten Monat? Wie geht's ihm denn? Ist er endlich übern Berg?«

Während ich kauend nickte, preschte Maria mit ihrer Fragerei vor, ohne dass ich sie zu stoppen vermochte.

»Die Sophie würde gerne verstehen, wie es passiert ist. Kannst du ihr die Details erzählen?«, bat sie, während ich innerlich zu Tode erschrak. Mit vollen Backen fixierte ich ängstlich Andi, ehe ich ein viel zu großes Käsestück krampfhaft herunterzuschlucken versuchte.

»Du mufft mir daff niff fagen. Iff will daff gar nifft wiffen!«, prustete ich Krümel spuckend, während der Bergler mich anstarrte.

»Natürlich willst du es wissen«, sagte Maria. »Du hast nur Angst!«

Ich schaute sie streng an, trank einige Schlucke Buttermilch, um meine reguläre Artikulation in Gang zu bringen.

»Sorry, aber ich mag, glaube ich, gar nicht wissen, wie es sich abgespielt hat. Kopfkino, weißt du. Ich bekomme schnell Albträume«, erklärte ich mit zitternder Stimme.

Andis Augen umfingen mich warm, sodass sich meine Aufregung ein bisschen legte.

»Kopfkino ist oft erschreckender als die harte Realität«, begann er bedeutungsvoll.

»Die Fantasie malt sich die blutigsten Storys aus und kommt zu keinem Abschluss, weil sie die Wahrheit nicht kennt. Ich rate dir, die Geschichte anzuhören, erst dann kannst du sie loslassen oder besser damit umgehen. Ich spreche aus Erfahrung! Wenn du natürlich nicht willst …« Er machte eine bedauernde Geste und schwieg abwartend.

Mich innerlich wappnend gab ich ihm nach einer Weile das Zeichen, zu berichten.

Ich schob den Teller weg und richtete meinen Blick auf seinen Mund. Benjamin lebte. Egal, was er für Dinge erzählen würde, ich hatte die Gewissheit, dass mein Mann dort unten im Tal seelenruhig im Bett lag und sich erholte. Alles war safe, sagte ich mir. ICH war safe. Andi holte Luft.

»Wir bekamen frühmorgens den Notruf rein. Es herrschte an dem Tag wunderbarstes Sommerwetter und trotzdem war mal wieder jemand in der Seescharte in Schwierigkeiten geraten. Wir kennen das schon. Es war wie so oft. Eine geführte Gruppe E5-Wanderer hing am Grat fest.«

Andi machte eine kurze Pause, um einen Schluck Buttermilch zu trinken, und wischte sich mit dem Handrücken über die gezeichneten Lippen. Maria ließ ihn nicht aus den Augen. Gespannt hielt ich den Atem an.

»Das Problem ist, auf der Seescharte können wir mit dem Heli nicht aufsetzen, auch nicht bei Sonne und Windstille, und wir hatten in Erfahrung gebracht, dass es bedenklich stand«, erklärte er. »Bei leichteren Fällen landen wir am Fuß des Kamms bei der Memminger Hütte und kraxeln mit einer Trage herauf. Dieser Notfall war allerdings ernst. Wir hatten keine Wahl und mussten aus der Luft retten.«

Er kratzte sich am Kopf.

»Der Guide, der uns antelefoniert hatte, war außer sich gewesen und hatte von schwersten Verletzungen gesprochen.«

Ich sog die Luft ein.

»Ich erkannte, nachdem ich mich vom Hubschrauber zu der Frau abgeseilt hatte, dass er recht behalten hatte und die erste Person höchstwahrscheinlich lebensgefährlich verletzt, wenn nicht ums Leben gekommen war.« Er vollführte eine kurze Sprechpause und sah mich an. »Sie lag ungefähr 50 Meter unterhalb des Felsentors auf der Südseite des Grads. Ihre Gliedmaßen waren bizarr verdreht und sie blutete massiv am Schädel. Entsetzlich.« Er versteifte sich und schloss kurz die Lider.

»War sie denn nicht gesichert? Wo war denn der Guide?« Irritiert fragte ich nach.

»Nein. Die Seescharte gilt zwar als schwierigster Abschnitt auf dem E5, aber fast niemand seilt sich an. Es gibt dort Drahtseile, die im Felsen verankert sind. Dort hält man sich während des Steigens fest.«

Ich las Mitleid in seinen Augen, bevor ich versuchte, den Film, der in meinem Inneren weiterlief, zu stoppen. Ich zwickte mich heimlich derb in den Arm, um das Gefühl loszuwerden, und schaute zu Andi.

»Die Frau ist gestorben. Und dann?«, fragte ich weiter. Jetzt, wo ich endlich die Einzelheiten dieser Ungeheuerlichkeit kannte, musste ich auch den Rest in Erfahrung bringen. »Du hast noch gar nichts über Benjamin erzählt!«

Gebannt fixierte ich Andi, während dieser nickte.

»Dein Mann lag etwa zwanzig Meter oberhalb der Frau. Er war bei Bewusstsein, deshalb habe ich mich zuerst um sie gekümmert und einen Kollegen zu ihm geschickt. Ich wusste ja noch nicht, dass es für sie zu spät war. Der Guide hatte mir nachher mitgeteilt, dass Benjamin ohne Seil und gegen sein Geheiß der Verunglückten nachgeklettert war. Dabei muss er ebenfalls abgestürzt sein.«

Zweifelnd sah ich ihn an.

»Nachgeklettert? Aber weshalb? Warum ist er ihr nach? Hat sie sich aus Versehen in Gefahr gebracht? Er hätte es dem Gruppenführer überlassen können, etwas zu unternehmen, oder?«, fragte ich missmutig und konnte mir Benjamins Verhalten nicht erklären.

»Keine Ahnung. Das weiß ich nicht«, wandte sich Andi an mich.

»Vielleicht wollte er den Helden spielen. Oder ihr einfach helfen, weil er als Erster am Unglücksort war. Vielleicht hatte er keine Zeit gehabt, den Guide zu informieren.«

»Den Helden spielen«, flüsterte ich. »Wieso? Für wen?«

»Am besten fragst du ihn das, wenn er aufgewacht ist. Er hat bestimmt jede Menge zu erzählen«, endete Andi und stand auf.

»Wie schaut's aus, Mädels? Berglauf nach unten?«, lachte er, während ich schluckte.

»Mit vollem Magen?«, fragte ich ungläubig, ehe Maria für Andi antwortete.

»Andi isst sonst das Zehnfache.«

Sie wandte sich an ihn: »Danke, aber wir bleiben noch zehn Minuten sitzen und laufen ganz gemütlich runter. Ein anderes Mal.«

Sie raunte mir ins Ohr. »Ich will unser zartes Band der Freundschaft nicht riskieren, liebe Sophie!«, grinste sie.

Kapitel 4

Zum ersten Mal nach der Wanderung nahm ich das Städtchen Zams bewusst wahr.

Eingebettet in eine einzigartige Bergkulisse am Fuße des Venetmassivs beherbergte es viele Urlauber und Sportler, welche die Ortschaft auf positive Weise belebten. Familien kreuzten meinen Weg, die sich im Supermarkt die Rucksäcke füllten. Ich schaute mich erstaunt um, als ob ich erst seit heute hier wäre. Zams, so musste ich feststellen, war ausgesprochen charmant. Einige moderne Sportläden und urige Restaurants luden die Besucher ein, sich ihren Urlaub zu verschönern. Geschnitzte Holzschilder zeigten die Wege zu den umliegenden Hütten und Almen, die man auch mit Nachwuchs gut erreichen konnte. Ich passierte den Kirchturm und die Jahrhunderte alten Bauernhäuser mit ihren schiefen Dächern und den hängenden Geranienkästen. Es roch nach Kuhmist. Spatzen bettelten um Brotkrumen, deren Tschilpen überall in den Gassen und aus den Scheunen erklang. Auch das Bankgebäude befand sich in einem renovierten, ehemaligen Hofgebäude. Es war seltsam, denn ein Teil von mir fühlte sich auf einmal heimisch. Ich, Flachländerin Sophie, fühlte mich in einem Bergdorf, eingekesselt von Dreitausendern, gut. Das war schon ziemlich ungewöhnlich und ich schob diesen Zustand auf den gestrigen Ausflug mit Maria, der mich die Umgebung nun mit anderen Augen sehen ließ.

Bass erstaunt schaute ich auf die Zahl, die mir der Bankautomat in Zams als Guthaben anpries. Das war ganz und gar unmöglich. Doch auch als ich den Blick zum zweiten Mal auf die mickrige Summe warf, änderte sich kein Deut daran: Ich war so gut wie pleite.

Wenn man den Geldbetrag für die Pension abzog, verblieb nicht mehr viel. Der Rest erschien mir für meine Verhältnisse äußerst dürftig. Ich grübelte nach, während ich mir die vom Muskelkater schmerzenden Oberschenkel rieb. Das konnte nur eines bedeuten. Esther hatte den Geldhahn zugedreht und mir mein Monatsgehalt nicht überwiesen. Im Rucksack nach dem Handy wühlend, wollte ich sie spontan konfrontieren und zur Rede stellen, ehe ich mich eines Besseren besann. Ich hatte mich dazu entschlossen, nach Aachen zu fahren, und würde ihr spätestens morgen sowieso in der Agentur begegnen. Außerdem zog ich es vor, die Angelegenheit persönlich und unter vier Augen mit ihr zu besprechen. Das war ich ihr schuldig. Benjamin würde, insofern er sich weiterhin gut erholte, frühestens in zehn Tagen aus dem Koma erwachen.

Meine Mutter hatte beteuert, bis dahin den Platz an seinem Klinikbett nicht zu verlassen, und ich hatte genau eine Woche Zeit, die Schräglage zu Hause einzurenken.

Ich hoffte, Esther besänftigen zu können, ohne dabei unehrlich zu sein, nahm mir ein Gespräch mit meinem Bruder vor und freute mich unbändig auf Bruce, der sich zweifelsfrei vor lauter Alleinsein wie ein Häufchen Elend fühlte.

Meinem Leben einen jungfräulichen Sinn zu geben, war eines. Ich musste es jedoch mit Geduld und Hirn angehen, da ich erstens die Knete von *White Yes* benötigte, bis ich mir eine neue Existenz aufgebaut hatte, und zweitens nicht die Spur einer Idee hatte, wie es weiterging. Bisher wusste ich nur, dass mich mein altes Dasein anödete. Das allein genügte nicht. Ich bräuchte ein Ziel. Etwas, das mich motivieren und auf die Dauer glücklich machte. Etwas, wofür ich brannte. Doch so sehr ich mir auch das Hirn zermarterte, fielen mir zwar Sachen ein, die mich interessierten. Ein Feuer in mir entfachte nichts von alledem.

Das Klacken der Absätze auf dem Kopfsteinpflaster löste unheimliche Gefühle in mir aus. Mein altes Leben hatte mich wieder. »Hi Esther! Melde mich zurück zum Dienst«, rief ich schon in der Tür. Schick gestylt in einem beigen Kostüm betrat ich das Büro in Aachens Altstadt, das im vierten Stock mit Sicht auf die Domplatte gelegen war, sodass uns jedes Jahr an Karneval die privilegiertesten Fensterplätze der ganzen Stadt zuteilwurden.

Ich hatte mich seit Wochen das erste Mal geschminkt und fühlte mich unter dem Puder wie hinter einer Maske, die mein wahres Ich versteckte.

Esther erhob sich von ihrem Glastisch und kam freudestrahlend auf mich zu gestöckelt.

»Mensch, Liebelein, ich dachte, du kommst nieeee wieder.« Gespielt misstrauisch begutachtete sie mich von oben bis unten. »Das primitive Bergvolk scheint nicht abgefärbt zu haben. Gott sei Dank! Ich habe schon befürchtet, du tauchst hier jodelnd im Dirndl und mit geflochtenen Heidizöpfen auf«, gluckste sie, ehe sie mir um den Hals fiel. »Lass dich drücken!«

Ein Hauch teuren Parfums stieg mir in die Nase. *Creed, Les Royales,* riet ich spontan. Ich wurde das Gefühl nicht los, beobachtet zu werden und drehte mich reflexartig um, nachdem Esther von mir abgelassen hatte.

»Oh, hallo Bianca! Alles klar bei dir?«, grüßte ich in Richtung Tür.

Esther ergriff sofort das Wort, indem sie versuchte, mir Biancas Anwesenheit in der Agentur plausibel zu machen. Ich spürte ihr schlechtes Gewissen und ließ mich auf einen der Designerstühle fallen.

»Macht euch keinen Kopf, Leute. Ich war weg. Und du Esther, brauchtest Hilfe. Ist doch logo, dass Bianca dir zur Hand gegangen ist. Ich bin froh darüber«, erklärte ich ehrlich.

Wir tranken zur Feier des Tages genüsslich eine Runde Willkommenssekt und ich wartete gelassen, bis unser unverbindliches Geplapper beendet und ich mit Esther alleine war.

Als dem so war, schlich ich nicht lange um den heißen Brei, sondern kam direkt zur Sache.

»Mein Bankkonto schreit nach Futter. Kann es sein, dass du in der Hektik vergessen hast, mir den Verdienst zu überweisen?«, forderte ich sie heraus. Esther nestelte verlegen in den Blüten des Rosenstraußes, der auf der gläsernen Tischplatte in einer Vase prangte. Ihre sonst katzenhaften Bewegungen wirkten ruckartig. Ich hatte fast vergessen, wie schick es hier war. Alles hier war lupenrein ausstaffiert und in modernen, hellen Farben gehalten. Ton in Ton.

Die Grundfarbe war natürlich Weiß und wurde nur hier und da von Glas und pastellfarbener Dekoration unterbrochen. Aufgrund dessen handelte es sich bei den Rosen um die Sorte *Eden,* zartroséfarbene Exemplare. Esther bewies einen guten Geschmack. Orange oder Blutrot wäre zu aufdringlich gewesen. Aufdringlich. Das war mein Startruf.

»Esther? Hast du mitbekommen, was ich dich gefragt habe?«, blieb ich hartnäckig, während sie ungerührt ein paar welke Blättchen in den Mülleimer entsorgte und sich dann wie in Zeitlupe zu mir drehte.

»Du warst nicht bei der Arbeit, ergo bekommst du auch kein Gehalt. Das ist doch sonnenklar, oder? Ich musste schließlich Bianca bezahlen«, zischte sie in einem Ton, der mir eine Gänsehaut bereitete.

Ich schnappte nach Luft. Diese Gedankengänge hätte ich Esther nie im Leben zugetraut, obwohl ich sie viele Jahre kannte.

Ich unterdrückte meine Wut und versuchte es freundschaftlich.

»Esther, ich habe, wie wir beide wissen, seit der Gründung der Agentur jeden Tag mindestens vier bis fünf Überstunden geschoben. Unbezahlt. Ich habe das bereitwillig getan. Für *White Yes.* Ich bilde mir ein, behaupten zu dürfen, dass ich *White Yes* mit dir zusammen groß gemacht habe. Wir haben geschuftet wie wahnsinnig. Tag und Nacht. Ziemlich erfolgekrönt. Ich habe jahrelang meine Ehe vernachlässigt. Und jetzt streichst du mir das Einkommen, weil ich wegen eines tragischen Notfalls ein paar Wochen ausfalle? Nicht dein Ernst, oder?«, fragte ich ungläubig und meine vormals joviale Stimme färbte den letzten Satz ironisch.

»Ich weiß deine Motivation zu schätzen, Sophie. Bloß hast du nicht das Recht, erst die Düse zu machen, was ja verständlich ist, und dich dann wochenlang tot zu stellen. Das ist es, was ich dir vorhalte.«

Ihr kalter Blick traf mich. Mir war vorher nie aufgefallen, was für eine strenge Gelfrisur sie trug. Momentan wirkte sie unnahbar.

»Ich habe dir hinterhertelefoniert wie eine Jecke, um herauszufinden, wann ich wieder mit dir rechnen darf. Ich hatte keine Ahnung, was ich Bianca sagen sollte, als sie mich gefragt hatte, für wie lange ich sie brauchen würde.«

Ungestüm gestikulierend redete sie auf mich ein, drehte sich daraufhin zur Tür, um sicherzugehen, dass wir alleine waren.

»Du glaubst nicht, was hier los war. Bianca hat doch null Schimmer. Ohne dich war ich schlagartig wie amputiert und ich hätte mir gewünscht, dass du mir wenigstens ein Zeichen gibst, mich wenigstens aus der Ferne weiter unterstützt. Es gibt für solche Notfälle Optionen! Wir hätten unter Umständen abendlich skypen können. Aber nein! Du hast mich von jetzt auf nachher ignoriert, mich komplett hängen lassen, Sophie.«

Sie senkte ihre Lider und ein melancholischer Ausdruck nahm von ihrem Gesicht Besitz.

»Auch als Freundin!«

Da war es wieder: *um nichts und niemanden.*

»Esther!« Ich wand mich innerlich, weil ich ihr recht geben musste.

»Das tut mir leid! Ich war so weit weg mit meinen Gedanken. Am allerwenigsten wollte ich, dass du durch mich Schaden erleidest.«

Ich ergriff ihre Hand.

»Komm, ich verspreche dir, dass ich dich in Zukunft regelmäßig kontaktieren werde, während ich weg bin. Es war dumm von mir, dich zu ignorieren. Ich glaube, ich war mit der ganzen Situation überfordert.«

Dass sie mir ihre Hand nicht entzog, deutete ich als hoffnungsvolles Omen und ich schaute sie offenherzig an.

»Peace?«, flötete ich und versuchte, treuherzig zu schauen.

»Lass den Hundeblick! Frieden!«

Erleichtert atmete ich aus.

»Also gut, Süße. Ich überweise dir die Mäuse morgen. Ich habe aus Enttäuschung eine Winzigkeit vorschnell gehandelt, sorry. Sowie Ben wieder auf dem Damm ist und du deine alte Motivation zurückerlangt hast, reden wir über die Gehaltserhöhung. Das hatte ich sowieso vor. Aber schwöre mir, dass wir es in Zukunft besser managen, wenn du nicht vor Ort bist!«

Lehrerinnenhaft sprach sie weiter.

»Deute ich es richtig, dass du nochmal in diese unwirtliche Gegend reisen wirst? Wird Benjamin nicht endlich verlegt, sobald er aufgewacht ist? Immerhin haben wir im Vaalser Quartier eine der modernsten und besten Unikliniken. Das würde vieles vereinfachen. Für uns alle.«

Das Fragezeichen in ihrem Blick war nicht zu übersehen. Etwas versperrte sich in mir, weswegen ich abwinkte.

»Er ist dort in guten Händen. Glaub mir, was derartige Unfälle anbelangt, sind die routiniert. Da stürzt ja andauernd irgendjemand ab.«

Nachdenklich reflektierte ich weiter.

»Vielleicht wird er ja wirklich verlegt. Der nächste Schritt ist jedenfalls, dass sie ihn aus dem Koma holen, und alles andere sehen wir im Anschluss. Ich stehe dir zumindest die kommenden zehn Tage uneingeschränkt zur Seite und danach ist alles absehbar.«

Meine jungfräulichen Zukunftspläne verschwieg ich, um die Stimmung nicht erneut kippen zu lassen.

Ein liebevolles Lächeln schlich sich in ihre Züge. Ihre Haltung entspannte sich und ich hatte das Gefühl, dass wir uns im Schneckentempo unserer ursprünglichen Verbundenheit näherten. »Zweites Sektchen?« Ohne mein Ja abzuwarten, schenkte sie uns nach.

»Prösterchen! Auf deine Rückkehr!« Lustvoll schlürfte sie aus ihrer Sektflöte.

»Hast du gewusst, dass es eine Tote gab bei dem Bergunfall?«, fragte ich unter zwei Schlucken. Mein Schädel schwirrte. Ich war den Alkohol nicht mehr gewöhnt.

»Nein, woher denn? Krass. In den hiesigen Zeitungen stand jedenfalls nichts davon, aber ich könnte es auch übersehen haben. Wie ist es überhaupt passiert? Die hatten doch, wie du erzählt hast, einen Guide dabei. Ich denke, der müsste ja checken, wenn's brenzlig wird«, wunderte sie sich, während sie aufstand und einen neugierigen Blick aus dem Fenster auf die Domplatte warf.

»Der kann ja wohl seinen Laden dichtmachen. Der Ärmste. Gottlob besteht während Hochzeiten kein Todesrisiko.«

Typisch Esther, dass sie aus der Unternehmerperspektive dachte.

»Ich habe nicht die Spur einer Ahnung. Sie ist beim Übertreten eines Grates abgestürzt«, antwortete ich.

»Und Benjamin gleich hinterher? Ist ja abgedreht«, zweifelte Esther und drehte sich zu mir. »Findest du nicht?«

»Hab ich mir bisher keine Gedanken drüber gemacht«, log ich.

Das ungute Bauchgefühl, welches mich daraufhin beschlich, war schwer auszuhalten und ich kippte den restlichen Sekt herunter, um es loszuwerden.

Nachdem wir das Thema ad acta gelegt und die Prickelbrause meinen Kopf tatsächlich herrlich leicht gezaubert hatte, zückte Esther ihr Handy.

»Terminabsprache, Baby. Wir haben nächste Woche ...«

69

Sie machte eine kurze Atempause, um ihren virtuellen Kalender aufzurufen und mit bedeutungsvoller Miene aufzuzählen:

»Erstens, eine Trauung im Giraffengehege des Krefelder Zoos.«

»Waaaas?«, unterbrach ich sie, weil ich glaubte, nicht richtig gehört zu haben.

»Kein Ding!«, beschwichtigte sie. »Überschaubare Anzahl Geladene. Maßvoll. Kein Bling-Bling und die Viecher kennen den Bräutigam. Der ist nämlich dort der Tierpfleger. Also, null Grund zur Sorge, das packen wir«, beruhigte sie mich und runzelte keine Sekunde später die Stirn. »Wir haben eine ganz andere Challenge zu managen.«

Da sie nicht weiterredete, wuchs meine Neugier.

»Na sag schon! Was ist es diesmal? Nicht wieder Vampirmotto im Dungean!« Mein Magen drehte sich um und ich spürte körperlich, wie sich meine Seele sträubte, diesen Job zu tun. Ich konnte das nicht mehr. Beim besten Willen nicht. Die Entscheidung, auszusteigen, fiel in dieser Sekunde.

»Nein. Denk an Lack und Leder.« Esther zögerte, als ich immer noch nicht reagierte. »Was ist mit dir? Du schaust so skeptisch. Ist es der Auftrag?«

Ich merkte, wie ihre Nervosität wieder zunahm.

»Es ist einfach alles, Esther. Ich kann das nicht mehr«, murmelte ich heißer. Sie verstand es nicht oder wollte es nicht verstehen.

»Sophie, jetzt sei nicht prüde. Wir leben im zwanzigsten Jahrhundert und nicht in der Steinzeit. Jedem Tierchen sein Pläsierchen. Wir müssen ja nicht mitmachen«, lachte Esther und sah mich auffordernd an. »Oder? Warum eigentlich nicht?«, überlegte sie neckend. Genervt schaute ich sie an, während sich ein verträumter Ausdruck in ihre Augen schlich. »Da kommen bestimmt heiße Typen. Wär mal 'ne Abwechslung in meinem bedauernswert abstinenten Singleleben. Und du kannst deine Lust ja auch nicht ausschwitzen, Baby.« Sie zog, während sie sprach, eine Braue in die Höhe, was lächerlich aussah. »Jetzt sag was!«

»Ist physische Liebe nicht verknüpft mit emotionaler Verbunden-heit? Für mich gehört das jedenfalls untrennbar zusammen«, er-widerte ich herausfordernd. Esthers lockere Art provozierte mich, obgleich sie, was Männer anbelangte, schon immer so gewesen war. Unverbindlich. Oberflächlich. Und ehrlich gesagt ging es mich nichts an. Ich versuchte, mich mit aller Kraft zusammenzureißen, aber es gelang mir nicht. Die Wutfunken sprühten bereits aus meiner Mitte und steckten alles um mich herum in Brand.

Es gab sie, die echte Innigkeit, und man durfte Sex und Liebe nicht trennen. Da draußen existierte dieser eine Mensch, der einen bedingungslos liebte. Und andersherum. Da war ich mir sicher. Für jeden von uns. Selbst für Esther.

Ich beugte mich zu ihr. Die Erkenntnis, dass wir unterschied-lich waren wie Tag und Nacht gab mir die Kraft, meine Ge-danken laut auszusprechen.

»Ich kündige, Esther. Es war gut, wie es war, aber das hier ist nicht meine Lebensaufgabe. Es tut mir leid.«

Ihr Blick drohte mich aufzuspießen und die Geringschätzung, die mir aus ihren Augen entgegenschlug, ließ meinen Atem aussetzen.

»Das kannst du nicht bringen!«, zischte sie giftig. Ihr Ton duldete keinen Widerspruch und ich erhob mich zur Antwort aus meinem Stuhl und lief aus dem Büro, ehe ich mich noch einmal umdrehte.

»Und wie ich das kann. Es tut mir leid.«

Esther schob demonstrativ meinen Piccolo über die Glasplatte vor mich hin und hob ihr Glas.

»Setz dich wieder hin! Wieso bist du plötzlich so empfindlich? Natürlich gibt es die eine große Liebe. Du weißt doch, dass ich ein gebranntes Kind bin. Beziehungsunfähig. Ich wollte dich nicht provozieren. Komm wieder her«, bat sie flehend.

»Nein, Esther. Ich meine das, was ich sage. Falls du mich diese Woche noch brauchst, bin ich da. Danach musst du dir jemand anderen besorgen.«

71

»Ich verzichte!«

Sie richtete sich auf, taxierte mich kalt, ehe sie wie absichtlich den Stuhl gegen ein Tischbein knallte, indem sie ihn mit einem Ruck unter den Tisch rückte.

»Das bist nicht du! Ich kenne dich echt nicht wieder«, zischte sie, während ich mir jede weitere Bemerkung verkniff und einfach ging.

Kapitel 5

Das Vibrieren von Bruce warmem Körper, der schnurrend auf meinem Schoss lag, beruhigte meinen Puls. Meine Pumps lagen achtlos auf dem Teppich, ich war abgeschminkt und meine Muskeln entspannten sich zunehmend. Der arme Kerl verfolgte mich, seit ich hier war, wie ein Schatten. Wenn ich von der Toilette kam, saß er wartend davor, in der Sorge, ich ließe ihn ein weiteres Mal allein.

Liebevoll kraulte ich ihn unter dem Kinn, was seinen Motor noch lauter laufen ließ.

»Im Krankenhaus waren Pelznasen nicht erlaubt, Katerchen. Und im Hotelzimmer hättest du dich wie in einem Gefängnis gefühlt«, tröstete ich ihn. Ich war ja noch ein paar Tage hier und wer weiß, unter Umständen fand sich bis dato eine gute Seele, die dem geselligen Fellknäuel ein vorübergehendes Zuhause bieten wollte.

Apropos gute Seele. Auch wenn es mir schwerfiel, ich musste dringend Marc anrufen, um mich für seine Bemühungen zu bedanken. Das war ich ihm schuldig. Er nahm sofort ab.

»Lästerschweinchen hallo! Äh, habe ich Lästerschwein gesagt? Ich meinte natürlich Schwesterlein«, eröffnete er das Telefongespräch, während ich am liebsten wieder aufgelegt hätte. Es war so typisch.

Seine skurrile Art von Humor, sein gewollt witziger Ausdruck brachten mich innerhalb von Sekunden auf die Palme.

Meine Freundinnen hatten mich damals um Marc beneidet. Ein großer Bruder hatte auf der Wunschliste der vorpubertären Mädchen Rang zwei belegt. Gleich nach einem Pferd und vor dem Hund, der meistens, so war es zumindest zu dieser Zeit, auf Platz drei rangiert hatte.

Und ich? Ich hatte mir nichts sehnlicher gewünscht als ein harmonisches Dasein als Einzelkind.

Doch nachdem ich blauäugig auf die Welt gekommen war, war Marc längst ein trotzender Zweijähriger und ich das bemitleidenswerte Opfer; für alle Zukunft seiner Gnade unterworfen. Ich räusperte mich.

»Bruderherz, wie erfreulich, deine Stimme zu hören! Mama hat mir von deinen Heldentaten berichtet. Du hast Bruce gefüttert und sogar das Gemüse gegossen. Thank you very much, bro!«

Ich schnaubte, bevor ich zum Angriff überging.

»Das war sehr edel von dir. Ich frag mich bloß, wieso du erst meine Bitte ablehnst und dann bei Mutti den Schleimscheißer spielst«, provozierte ich ihn. Ich tat dies nicht ohne den Hintergedanken, Hinweise auf meine eigene Persönlichkeit zu erhalten. *Um nichts und niemanden.* Ich wollte wissen, wie er über mich dachte. Ich reizte ihn vorsätzlich, um das Gespräch auf mich zu lenken. Brüder waren ehrlich, wenn es um Charakterschwächen ging, und meine innere Schräglage musste ins Gleichmaß gebracht werden. Ich war gerüstet, in den Spiegel zu schauen, und wappnete mich der Worte, die nun folgen würden.

»Schleimscheißer? Danke für das Kompliment, Lästerschweinchen.«

Ich hörte im Hintergrund Katja rufen, die sich lautstark darüber mokierte, dass wir uns beide benahmen wie bockige Fünfjährige und bekam mit, wie sie Marc bat, vernünftig mit mir umzugehen. Ich kicherte hämisch. Er rief ihr etwas zu, was ich nicht verstand, da er gemeinerweise das Mikro zuhielt. Daraufhin flüsterte er und hätte ich nicht gewusst, dass wir inzwischen erwachsene Leute waren, hätte mich das Gefühl übermannt, schmollend auf dem Bett im ehemaligen Kinderzimmer zu sitzen. Ihm schien es nicht anders zu gehen.

»Ich bin Mama heute noch zu Dank verpflichtet, dass sie mich früher vor meiner peinsamen, kleinen Schwester gerettet hat, die einfach ins Zimmer marschiert ist, wenn ich gerade am Knutschen war, oder die meine Liebesbriefe erst gestohlen und dann ihren Freundinnen vorgelesen hat«, zischte er aufgebracht.

»Mama hat mir nach deinen spleenigen Einfällen einen Zimmerschlüssel gegeben, mit dem ich abschließen konnte. Dafür werde ich ein Leben lang Bruce füttern, wenn SIE es will.«

Er hatte wirklich gar nichts kapiert!

»Überleg mal, Marc, du hast mit Camilla geknutscht, dem absoluten No-go-Girl von der Schule. Sie war dick, trug Brille und aß den ganzen Tag rosa Marshmallows. Du kannst mir sowas von dankbar sein«, fauchte ich zurück.

»Dankbar? Ich habe *geknutscht*, verstehst du? Mit wem, war mir doch egal. Ich war vierzehn.« Marcs Tonfall hatte plötzlich etwas Zerbrechliches. Man hörte ihm an, dass er schwer unter mir gelitten hatte. Triefende Schuld ergriff meine rechte Herzkammer. Die linke Kammer zeigte sich widerborstig und verwahrte nichts als Stolz in sich.

»Marc«, beendete ich das kindische Spiel und gab meiner Stimme eine erwachsene Klangfarbe. »Bin ich eigentlich eine grauenhafte Schwester?«

Er schien verblüfft über die Wendung unseres geschwisterlichen Plausches und meditierte ein paar Sekunden, die mir wie Stunden vorkamen.

»Früher dachte ich, dass nichts Grauenhafteres auf der Welt existiert, was dich übertreffen könnte«, löschte er mein letztes Fünkchen Hoffnung, ehe er erneut ansetzte.

»Aber jetzt ...«

Er seufzte. »Im Grunde genommen bist du ganz okay. Ich persönlich fände es cooler, wenn du nicht so ichbezogen wärst. Du bist echt ein Ego.«

Ich spürte, wie sich die linke Kammer gefährlich dehnte, und schloss die Augen. Ichbezogen. *Für nichts und niemanden.* »Ich hatte eine wichtige Besprechung damals, als es Katja plötzlich so schlecht ging. Ich habe falsch gehandelt«, gab ich zu. »Ich hätte sofort zu ihr fahren müssen, um ihr beizustehen. Das tut mir im Nachhinein leid, sorry. Ist lang her. Vielleicht kann sie die Entschuldigung dennoch annehmen«, beendete ich meine Unterwerfung.

»Sophie? Bist du das? Oder hast du deinen empathischen Klon vorgeschickt, um mit mir zu telefonieren?«, hakte mein Bruder vorsichtig nach. Sein Lachen klang verbindlich. Ich nahm allen Mut zusammen.

»Du bist nicht der Erste, von dem ich das höre. Ich lerne dazu, Bruderherz. Benjamins Unfall hat einiges in mir bewegt. Ich war die letzten Jahre etwas verblendet. Der Stress in der Agentur, der oberflächliche Lebensstil … Ich kann die Zeit nicht mehr zurückdrehen, aber ich möchte ab jetzt meine Zukunft überlegter gestalten.«

Ich holte Luft, bevor ich weitersprach.

»Marc, mir ist an einem positiven Verhältnis zu dir und Katja gelegen. Glaub mir das. Lass uns die Kinderstreiche vergessen und uns freundschaftlich begegnen«, bat ich ihn.

Gerührt von meiner eigenen Herzenswärme fuhr ich fort.

»Ich danke dir jedenfalls, dass du dich um Bruce gekümmert hast und richte Katja viele Grüße aus. Ich komme bald auf einen Kaffee vorbei.«

Das Resonanzgesetz des Lebens griff sofort und wie ein ins Wasser geworfener Kiesel zog meine Nettigkeit Kreise, deren Schwingungen sich Marc nicht entzog. Im Gegenteil.

»Ist schon in Ordnung. Entschuldigung angenommen. Und auch Katja wird sich darüber freuen. Sag mal, Kleine, geht es dir gut? Ich meine, du musst doch furchtbare Angst um Benjamin haben. Ich wünsche euch beiden, dass er wieder der Alte wird, und wenn du dich mal ausheulen möchtest, bin ich für dich da. Jederzeit.«

Er hörte sich auf einmal an wie ein erwachsener, starker Mann. War das der große Bruder, von dem die Mädels träumten? Mein Blick verschwamm.

»Danke, Marc. Ich werde unter Umständen zeitnah auf dein Angebot zurückkommen«, beendete ich das Gespräch und lehnte mich zu Tränen gerührt zurück. Es tat plötzlich gut, einen großen Bruder zu besitzen.

Bruce sprang, nachdem er sich murrend geschüttelt hatte, von meinem Schoß. Ich musste ihn vor lauter Anspannung halb zu Tode gestreichelt haben.

Lachend rief ich ihm hinterher:

»Brucilein, hast du schon genug von mir?«, als er maunzend um die Ecke verschwand.

Schweißnass schreckte ich hoch. Mein Körper war überhitzt und Millionen Ameisen tanzten sowohl auf meiner Haut als auch in meinen Eingeweiden.

Ich war regelrecht überschwemmt von Adrenalin, das meine Glieder steif gemacht und mein Gehirn in spürbarste Alarmbereitschaft versetzt hatte. Meine Augen starrten ins Dunkel, während mein Herz hektisch klopfte. Ich strich mit den Händen über den feuchten Fleck auf meinem Kopfkissen, ehe ich aus dem Bett stieg, um mir ein trockenes Shirt überzuziehen. Ich musste im Schlaf geweint haben. Aber warum? In dem Moment, als ich im Schrank nach Bens Lieblingsshirt griff, übermannte mich die Erinnerung. Für Sekundenbruchteile sah ich die grauenhaften Bilder wieder vor mir. Ich hatte geträumt. Von Benjamin. Konzentriert versuchte ich, mich in den Traum zurückzudenken.

Ich war alleine in der Wohnung gewesen und hatte ein seltsames Geräusch vernommen. Nachdem ich mich von Neugier erfüllt aus dem Fensterflügel gelehnt hatte, war ich erstarrt vor Schreck. Mein Mann hatte sich mit den Händen an einen Vorsprung aus Stein unterhalb des Fensters geklammert, doch sein restlicher Körper war kraftlos über dem Asphalt gebaumelt. Seine Knöchel waren vor lauter Anstrengung blutleer gewesen und ich hatte gleichermaßen hilflos wie tatenlos zugesehen, wie seine Finger Millimeter für Millimeter abgerutscht waren, während er mich mit bitterer Miene und schmerzverzerrtem Gesicht angeblickt hatte.

Daraufhin hatte er den Mund geöffnet:»Du hast nur an dich gedacht! Und du kannst es sowieso nicht mehr gutmachen«, hatte er geflüstert, bevor sich die Hände vom Sims gelöst hatten und er schreiend in die Tiefe gestürzt war.

Untätig zitternd stand ich vor dem zerwühlten Bett. Was, wenn das ein Zeichen war? Falls es Benjamin schlechter ging und ich deswegen von ihm geträumt hatte? Ich nahm meinen siebten Sinn durchaus ernst und es war nicht daran zu denken, tatenlos in die Federn zu schlüpfen, als ob nichts geschehen sei.

Ich grübelte. Es war drei Uhr nachts. Die Uhrzeit, in der die meisten Infarkte und Schlaganfälle passierten und Erdenleben sich gehäuft verabschiedeten. Was, wenn …? Ich wagte es nicht, den verbotenen Gedanken weiterzuspinnen.

»Du bist hysterisch, Sophie«, versuchte ich mich zu beruhigen, bevor mir eine Idee kam. Das Krankenhaus hatte logischerweise eine Zentrale, die dauerhaft besetzt war. Kurzerhand kramte ich nach der Nummer und tippte die Nummern ein.

»Sophie Andres, guten Morgen. Ich bin die Frau von Benjamin Andres, neurologische Intensivstation, Schädel-Hirn-Trauma«, sagte ich gepresst.

»Ich weiß, wer Sie sind. Grüß Gott, Frau Andres. Sie haben hier ja schließlich fast einen Monat lang gelebt«, begrüßte mich die angenehme Stimme. Ich erkannte sie ebenfalls, konnte mir jedoch kein Bild von der dazugehörigen Person machen.

»Das hört sich jetzt vielleicht seltsam an, bloß … ich habe gerade ein ungutes Gefühl und würde gerne Bescheid wissen, ob mit meinem Mann alles in Ordnung ist«, erklärte ich mein Anliegen. Dann fiel es mir wieder ein.

»Frau Schuster natürlich, verzeihen Sie bitte, ich habe Sie nicht gleich erkannt«, entschuldigte ich mich, ehe ich gespannt abwartete, was sie mir erzählen würde.

»Ich verstehe Sie gut und verbinde Sie mal mit der Intensivstation. Die sind ja immer da. Tschüss und bis bald, Frau Andres. Alles Gute!«

Die heitere Musik vom Band, mit der ich das Warten überbrückte, quälte meine Gehörgänge und passte so gar nicht zu meiner verkrampften Stimmung. Ich hob einen Zipfel von Bens Shirt an mein Gesicht und sog die Luft ein. Ein Hauch männlichen Dufts kroch in meine Nase.

»Sophie?«

Diese Stimme erkannte ich sofort.

»Maria? Du hast heute Nachtschicht? Das trifft sich gut.« Erlöst berichtete ich ihr von meinem bösen Traum.

»Sophie, du hast Schweres durchgemacht. Deine Psyche verarbeitet das Ganze und das braucht Zeit. Glaub mir, Benjamin geht es gut. Seine Werte erfreuen die ganze Station und in ein paar Tagen kannst du dich selbst davon überzeugen. Er ist unser Vorzeigepatient. Du kommst doch, oder?«

Benjamin ging es gut. Der Fels, der von meinen Schultern fiel, wog mehr als eine Tonne. Seufzend versicherte ich Maria mein Kommen und bedankte mich bei ihr. Ich seufzte erleichtert. Alles war gut.

Kapitel 6

Am nächsten Morgen überkam mich eine Idee. Ich wollte testen, ob die Wanderung mit Maria meine Bergangst wirklich eliminiert hatte, und stieg in Benjamins Wagen. Benjamin war damals mit dem Zug gefahren, ich besaß den Zweitschlüssel und startete also in Richtung Eifel. Am Wanderparkplatz Rursee stoppte ich und überlegte, welchen Weg wir damals genommen hatten, um an die Staumauer zu gelangen.

Kinder spielten am Ufer, planschten und ließen sich auf ihren Luftmatratzen treiben, während ihre Eltern auf der Liegewiese saßen und über sie wachten.

Ich hielt mich rechts, wanderte stetig höher durch einen Mischwald, nachdem ich ein Militärsperrgebiet passiert hatte, das am Wochenende frei zugänglich war. Ich schritt mutig voran, bis ich zu dem kleinen Restaurant kam, in dem wir immer Wurst mit Eimerchensalat, also Kartoffelsalat mit Mayonnaise, gegessen hatten. Ich war nie einen Schritt weitergelaufen als bis zu dieser besagten Hütte. Außer einmal. Und das war ziemlich schiefgelaufen. Nun stand ich erneut davor. Allein.

Ich spähte vorsichtig nach rechts zur Staumauer. Eigentlich konnte mir rein gar nichts passieren. Die Mauer war zugänglich und abgesichert. Die Brüstung ging mir auf beiden Seiten bis über die Hüfte. Energisch schritt ich vorwärts. Andere Spaziergänger verfolgten mich von der Terrasse aus mit ihren Blicken.

Ich setzte Fuß vor Fuß. Die Rurtalsperre war siebenundsiebzig Meter hoch und staute die Rur zu einem der größten Stauseen Deutschlands. Ich wagte, als ich mich in der Mitte befand, einen Blick nach unten. Mein Herz schlug schnell. Aber nicht vor Angst, sondern vor Erleichterung und Freude. Es machte mir nichts aus, hier zu stehen. Mein Blick schweifte über das blaue Wasser, das tief unter mir lag. Ich entdeckte Segelboote und beugte mich sogar ein wenig über den Rand der Mauer, um besser sehen zu können. Meine Handflächen berührten den aufgeheizten Stein. Die Wärme des Spätsommers kroch in meine Hände. »Könnten Sie bitte ein Foto von mir machen?«, fragte ich einen Mann, der meiner Bitte gern nachkam. Ich lächelte in die Kamera. »Ist wohl doch nicht genetisch«, murmelte ich, nachdem ich mich bei ihm bedankt hatte und noch ein Stück weiterlief. Die Sperre war ungefähr vierhundert Meter lang und ich wollte jeden Meter auskosten.

Es war also wahr. Ich war eine andere Sophie. Eine mutigere, risikobereitere. Die kommenden Tage verbrachte ich mit der Organisation meines zukünftigen Lebens. Ich telefonierte mit der Schule, mit Benjamins Vorgesetzten und den Versicherungen, die uns aufgrund seines Arbeitsausfalls unterstützten. Esther hatte das Gehalt überwiesen, sodass ich wieder flüssig war, und Mutter hielt mich, was Bens Zustand anging, zusätzlich auf dem Laufenden. Gelegentlich quatschte ich privat mit Maria, die mir seit unserem Ausflug auf die Untere Lochalm sehr ans Herz gewachsen war. Sie war quirlig und trotzdem bedacht und ich mochte neben ihrer Verbindlichkeit ihre natürliche Ausstrahlung. Sie hatte mir verraten, dass Andi angebissen hatte. Sie waren zusammen und ich freute mich unheimlich für das fesche Liebespaar.

In Gedanken sah ich uns zu viert auf der Alm sitzen und Kaiserschmarrn schlemmen und ich stellte mir vor, dass sich auch die beiden Mannsbilder bestens verstehen würden.

Hin und wieder, ich konnte es kaum glauben, sehnte ich mich sogar nach der gebirgigen Landschaft und insbesondere nach dem Zammer Loch, das an jenem Tag auf der Unteren Lochalm seine Bedrohlichkeit verloren hatte. Im Gegenteil. Es wirkte inzwischen wie ein Schutzwall auf mich.

Ich dachte an Esther. Die temperamentvolle, von mir ehemals als so spritzig empfundene Art von Esther nervte mich ein wenig. Seltsam, wie sich das Leben änderte. Obwohl sie noch die Gleiche war.

Der Tag der Tage, ich nannte ihn Benjamins zweiten Jahrestag, rückte näher. Kindlich ausgedrückt noch viermal schlafen, dann würde er endlich seine Lider aufschlagen und das Erste, was er erkennen würde, so stellte ich es mir vor, war mein zärtlich besorgter Blick. Wir würden uns ohne Worte ansehen, aber unsere Augen würden Bände sprechen. Von Liebe und Zusammengehörigkeit. Ich fieberte dem Stichtag entgegen und es fühlte sich an wie Geburtstag, Ostern und Weihnachten zusammen. Die Vorstellung, dieses Datum alljährlich mit Benjamin zu feiern, erfreute mich und ich kaufte ihm als Symbol dafür einen kleinen, goldenen Schutzengel für seinen Schlüsselbund, der ihn von nun an begleiten sollte. Ich hatte ihn in einem Schmuckgeschäft entdeckt und sofort lieb gewonnen. Wir waren die zurückliegenden Wochen einen steinigen Weg gegangen und rückblickend betrachtet fragte ich mich, wo ich die Energie hergenommen hatte, diese Felsen zu erklettern. Möglicherweise deshalb, weil ich stets an Bens Genesung geglaubt hatte, und durch die lieben Menschen in der Klinik, die uns immer noch so hilfsbereit begleiteten.

Pfeifend nahm ich mir einen Energydrink aus meinem blassrosa Kühlschrank im Sixties Style und äugte durch die Fensterscheibe auf die belebte Straße. Studenten standen grüppchenweise vor dem Gebäude und rauchten. Ein Adrenalinstoß ließ mich schwindeln.

Es war, wie mir jetzt bewusst wurde, das Fenster aus meinem Albtraum. Ich wich erschrocken einen Schritt zurück und ein leichtes Frösteln überkam mich, bis mich wenige Sekunden später das gnädige Klingeln meiner Haustür aus meiner Starre erlöste. Ich strich mir im Gehen mit der Handfläche über die aufgestellten Härchen auf meinem Unterarm und drückte den Türöffner.

»Esther? Was machst du denn hier?«

Sie sah gestresst aus und ging nicht auf meine Frage ein.

»Wegen unserer Auseinandersetzung gestern. Du fehlst mir, Sophie. Ich möchte nicht, dass wir so auseinandergehen.«

Die Atmosphäre war befremdlich still und außer unserem Atem war nicht das Geringste zu vernehmen.

»Komm erst mal rein!«

Wir setzten uns an den Küchentisch. Meine Mutter hatte einen Wiesenblumenstrauß gepflückt, den sie vergessen hatte, wegzuräumen. Oder, so kam mir in den Sinn, sie hatte ihn extra für mich stehen gelassen. Als Willkommensgruß. Ein welkes Blütenblatt löste sich von einer nicht mehr ganz weißen Margerite und segelte lautlos auf den Holztisch.

»Esther, du musst mir glauben. Ich hatte vor, noch ein wenig weiterzuarbeiten. Ich habe mit mir gekämpft«, flüsterte ich energielos.

»Hör auf, dich zu rechtfertigen. Es ist gut, wenn du auf dein Inneres hörst, Sophie. Du hast dich verändert. Es ginge sowieso nicht mehr.« Ihr Ton war weder aggressiv noch enttäuscht. Eher sanft, wie der einer Mutter. Nachdem ich erst geschluckt hatte, sah ich sie fast dankbar an.

»Du hast recht. Ich bin eine andere. Es ist vorbei. Ich werde unsere turbulenten Zeiten nicht vergessen!«, versprach ich lachend.

»Dann ist alles gesagt. Du machst das Richtige. Danke für deinen Einsatz und von Herzen alles Gute, Sophie. Lass uns bitte Freundinnen bleiben.«

Ich nahm sie dankbar in den Arm. »Na klar! Lass uns mal was trinken gehen. Und wenn was ist … ich bin für dich da!«

»Dito!«

Mein Mann lag im Koma kurz vor dem Erwachen, *White Yes* war Geschichte. Esther und ich hatten uns zwar entkräftet, jedoch im Guten getrennt. Es hatte keinen Machtkampf gegeben, da wir beide zur gleichen Übereinstimmung gekommen waren. Sie hatte mich einen Tag nach ihrem Besuch noch einmal angerufen und sich nach meinen Plänen erkundigt. Wir waren grundverschieden, aber dennoch seit unzähligen Jahren miteinander verbunden. Vielleicht gerade deshalb, weil der einen fehlte, was die andere besaß.

Im Moment war ich eine sich häutende Schlange. Die verbrauchte Pelle namens Vergangenheit hing in Fetzen von mir ab, wogegen die jungfräuliche Haut darunter zart und nicht widerstandsfähig genug war, um den Anforderungen der Außenwelt standzuhalten.

Ich empfand mich als empfindlich, anfällig und ohne Abwehrkräfte. Doch diese Schutzlosigkeit beinhaltete eine Chance. Die Uhren waren sozusagen auf null gestellt und ich war, so würde es ein Computerfreak formulieren, resettet. Neben der Unsicherheit verspürte ich angenehme Schauer, die meinen Körper wellenförmig durchfluteten, wenn ich an die Zukunft dachte. Wer hatte schon die Möglichkeit, sein Dasein noch einmal zur Gänze neu auszurichten? Und das mit der Liebe seines Lebens.

Ich war eine Abenteurerin und wenn ich ehrlich war, hatte ich unglaublich viel begriffen und gelernt in den letzten Wochen. Ich war gereift. Wusste, was ich wollte. Das frischgebackene Ziel hieß Liebe. Ohne den Termindruck und Esthers Ansprüche würde ich mich hundertprozentig auf meinen Mann konzentrieren können.

Ich würde ihm beweisen, dass ich entschlossen war, zu geben: Aufmerksamkeit, Zeit und all das, was er in den Wochen der Rekonvaleszenz benötigte.

Ich lieferte Bruce bei meiner Mutter ab, die seit gestern wieder im Lande war, und traf dort unerwartet auf Katja und Marc, die mich innig in den Arm nahmen, um mir Glück zu wünschen. Während ich die Geborgenheit, die ich bei meinem alten, neuen Bruder fand, aufsog wie eine Verdurstende, hielt ich erstaunt inne. Es war, als ob mich seine Herzenswärme wie eine warme Decke umgab. Sie materialisierte sich und meine dünne Haut erschien robuster. Ich hatte zwar die Arbeit verloren. aber etwas Neues, Schönes gefunden. Ich lachte heimlich in mich hinein. Marc gab mir tatsächlich Kraft. Ich richtete mein Rückgrat aufrecht, was meinen Körper mindestens vier Zentimeter wachsen ließ. Dankbar küsste ich ihn auf beide Wangen. Plötzlich war ich mir gewiss: Alles würde gut werden. Mein Herz hüpfte jedes Mal, wenn ich daran dachte, dass Ben übermorgen aus dem Koma erwachte. Sicher, bremste ich meinen Überschwang, er brauchte Zeit. Die Muskeln hatten sich zurückgebildet; er würde schwach sein, aber die kommenden Monate würden wir gemeinsam bewältigen. Ich versuchte mir vorzustellen, wie es sich anfühlte, wenn er morgen meinen Händedruck erwiderte. Wie er sanft über meine Haut streichelte und mich ansah mit einem Blick, der sagte:

»Da bist du ja, Baby. Ich habe dich die ganze Zeit, während ich geschlafen habe, gespürt.

Kapitel 7

Ungeduldig schaute ich aus dem Abteilfenster. Ich kannte die Strecke inzwischen auswendig. Wann endlich formte sich die flache Ebene zu saftigen Hügeln, die einige Kilometer entfernter noch höher emporsprießen, aufreißen und sich schließlich in felsige Zweitausender verwandeln würden? Aber auch wenn ich meine Nase noch so sehr ans Glas presste: Draußen blieb alles platt.

Ich fieberte der alpinen Landschaft entgegen, als gäbe es nichts Grandioseres auf der Welt, und als ich an die Felswand dachte, die so erhaben über Zams in den Himmel ragte, verglich ich sie mit einer Schutzpatronin, die ihre Bewohner im Auge behielt, um Unheil von ihnen fernzuhalten.

In meinem Rucksack lagen Stöcke, ein paar nagelneue Wanderstiefel aus Leder und eine hellblaue Goretexjacke. Ich war entschlossen, noch einmal zur unteren Lochalm zu wandern, eventuell sogar weiter. Eine kribbelige Vorfreude erfasste meinen Körper.

»Ich fahre zu meinem Mann in die Berge!«, wollte ich herausschreien.

»Er wacht morgen auf! Er hat eine schwere Verletzung überwunden und wir lieben uns. Hört Ihr? Benjamin wird gesund und wir lieben uns!« Mein lautloses Lachen versetzte mein Herz in Schwingung. Es schallte in mir und übertönte sämtliche Außengeräusche. Ich vernahm nicht, was der Schaffner ins Mikro sprach, und nicht, über was sich die Mitreisenden unterhielten.

Mein Herz jubelte und tanzte, während sich die Stunden zogen wie Kaugummi. Ich war wie ein zappeliges Kind am Weihnachtsabend, das nach dem aufgesagten Gedicht sein Geschenk auspacken durfte. Und dann endlich zeigten sie sich. Die ehemals verteufelten und nun ersehnten, wunderschönen Berge. Der unerwartete Anblick nahm mir den Atem, denn die Gipfel schienen, obwohl Spätsommer, verschneit. Die Abendsonne zauberte ihnen ein orangenes Kleid, dessen Kragen durch die Schneedecke glitzerte wie Millionen von Diamanten.

»Oh Benjamin, wie ich dich verstehen kann. Sie sind überwältigend«, flüsterte ich sprachlos. Benjamin würde jubeln, wenn er von meiner neuen Leidenschaft erfuhr. Wenn er erst einmal gesund und kräftig war, würden wir gemeinsam wandern. Ich könnte ihn bitten, mir den E5 zu zeigen. Ein Schreck fuhr mir durch die Glieder. Womöglich hasste er Berge inzwischen. Schließlich hatte er einen furchtbaren Unfall erlebt und wäre beinahe daran gestorben. Ich grübelte. Man hörte von Motorradfahrern, die nach derartigen Unglücksfällen wieder auf ihre Maschinen stiegen. Oder von Reitern, die nach Stürzen nicht aufgaben und stattdessen mutig weiterritten. »Selbst wenn ... Wir werden sehen. Alles zu seiner Zeit!«, flüsterte ich, ohne dass es jemand der anderen Reisenden mitbekam.

Die Aufwachphase von Benjamin dauerte, das erklärte man mir vor Ort, mehrere Tage. Ein künstliches Koma war, so Dr. Moser, keine natürliche Ohnmacht, sondern eine Langzeitnarkose, mit der der Patient mithilfe von Medikamenten bewusst in eine Art Tiefschlaf versetzt worden war. Und diese Kombination von Schmerz- und Narkosemitteln musste nun so schonend wie machbar ausgeschlichen werden.

Benjamins Atemmuskulatur hatte sich durch das Beatmen zurückgebildet und würde erst trainiert werden müssen. Die Mediziner nannten das Entwöhnen.

Ich war zugegebenermaßen desillusioniert; hatte ich mir doch vorgestellt, dass sich Benjamin innerhalb von wenigen Stunden, befreit von jeglichen Hilfsmitteln, erstaunt im Bett aufrichten und nach einem kühlen Bier fragen würde. Oder nach mir. Jedoch das war logischerweise nur in TV-Soaps möglich und wir brauchten demzufolge aufs Neue Durchhaltevermögen.

Die Ärzte ermunterten mich, den Nachtschrank mit ihm bekannten Fotos zu schmücken, seine Lieblingsmusik abzuspielen und ihm vorzulesen. Sobald er unabhängig von den Geräten war, würde er in ein anderes Zimmer verlegt werden. Eines mit Fenstern und Tageslicht, um ihn an den verloren gegangenen Tag- und Nachtrhythmus zu gewöhnen. Er hatte die letzten Wochen wie ein Baby im Mutterleib verbracht, abgeschirmt von Zeit und Raum.

Die Stimmung unter den Medizinern, die Benjamin betreuten, war ernst, aber optimistisch. Ich merkte ihnen die Freude und den Stolz darüber an, dass sie ihren Patienten so gut über den Berg gebracht hatten. Und auch ich wurde mit Lob und Freundlichkeit überschüttet. Das einst fremde Krankenhaus war eine Art Familie geworden.

»Hier kannst du über dein Herrchen wachen, du kleiner Racker.«

Ich stellte ein gerahmtes Porträt von Bruce auf den Nachttisch und gleich daneben ein Foto von uns beiden als Paar. Ich lag darauf lachend in Bens Armen, im Hintergrund der Eiffelturm. Wir waren zu dieser Zeit einen Tag nach der Verlobung in Richtung Paris gefahren, um dort ausgiebig die Liebe zu zelebrieren. Wir sahen so unglaublich jung und gelöst aus auf dem Bild und Bruce hatte es damals noch gar nicht gegeben. Aller Voraussicht nach noch nicht einmal seine Mutter oder Großmutter.

Dann kramte ich nach dem dritten Foto. Ich hatte es erst vor Tagen entwickeln lassen. Ich stand lässig lächelnd auf der riesig anmutenden Rurtalsperre.

Ein Arzt kam herein, um nach dem Rechten zu schauen. Meine Aufgabe in der Klinik war klar und inzwischen bestens vertraut.

Dennoch stand ich unter Hochspannung, denn ich wollte den Augenblick, in dem mein Mann die ersten Reaktionen zeigte, um keinen Preis verpassen.

»Ich freue mich auf dich, Schatz«, murmelte ich aufgeregt. Wie üblich knetete ich Arme und Beine und ließ dabei sein Gesicht nicht aus den Augen.

»Gehst du heute Abend in die Pension oder sollen wir dir ein Bett reinrollen?«, fragte Maria, die mir beide Handflächen auf die Schultern gelegt hatte und sie nun sanft drückte.

»Ich bleibe bei Benjamin. Du weißt ja, wie der Zufall spielt. Wahrscheinlich läge ich dann sowieso schlaflos im Gasthof, während er hier die Augen aufschlägt.« Ich schüttelte den Kopf. »Nein, auf keinen Fall. Ich bleibe«, wiederholte ich mit Bestimmtheit. Ihr liebevolles Lachen erreichte mich.

»Hätte mich auch gewundert, wenn du anders reagiert hättest.«

Die Nacht wurde lang. Eine der längsten in meinem bisherigen Leben. Als Benjamin die Augen aufschlug, war es circa vier Uhr morgens. Nie zuvor in meinem Leben hatte ich Derartiges empfunden. Er konnte aufgrund der Beatmungsschläuche nicht sprechen, doch sein fragender Blick ruhte auf mir, nachdem seine Pupillen sekundenlang desorientiert hin- und hergeflattert waren.

Er war mir während dieser kurzen Phase der Verwirrung wie ein Neugeborenes vorgekommen, das zum ersten Mal das Licht der Welt erblickt, und ich erinnerte mich an Herrn Dr. Mosers Worte, der das genauso formuliert hatte. Ich war froh, bei ihm zu sein.

»Schhhh, Benjamin, es ist gut«, flüsterte ich beruhigend und strich ihm, während ich nach den Ärzten klingelte, sanft über die Stirn, um ihm die Angst zu nehmen. Meine Rührung ließ die Silben erstickt klingen und ich schluckte mehrfach, bevor ich weitersprach.

Er hatte ja, so mutmaßte ich, kein Zeitgefühl. Er wusste weder, was passiert war, noch wo er sich befand.

»Du bist hier in Sicherheit, Schatz. Ich bin bei dir. Du hattest einen Unfall, aber jetzt ist alles gut. Alles ist wieder gut!« Ich sprach extra ruhig und lang gezogen, um ihm Geborgenheit und Ruhe zu vermitteln, und wischte mir ab und zu heimlich die Tränen von den Wangen. Es schien ihn zu strapazieren, den Blick zu halten, denn er zwinkerte mir zu und schloss nach wenigen Sekunden erschöpft die Lider.

Inzwischen waren zwei Ärzte eingetroffen, unter anderem Dr. Moser, der nun Bens Vitalfunktion überprüfte. Maria war mit ihm gekommen und kontrollierte mit Argusaugen die Geräte.

»Alles nach Plan, wunderbar. Gratulation, Frau Andres.«

Dr. Moser beglückwünschte mich, indem er mir mit festem Druck die Hand schüttelte.

»Sie können stolz auf sich sein. Sie haben durch ihren unerschütterlichen Einsatz ihrem Mann einen großen Dienst erwiesen«, lobte er zum dritten Mal. Ich wand mich innerlich, obwohl ich mich natürlich über die Bestätigung freute.

»Danke! Sie, Maria und Ihr Ärzteteam haben so viel mehr geleistet als ich«, gab ich ihm schüchtern zu verstehen und bedachte Maria mit einem unsicheren Blick. Dr. Moser nickte verständnisvoll.

»Jeder von uns hat seine Leistung erbracht. Aber wir haben uns diesen Beruf gewählt und uns unter Eid verpflichtet, Menschen zu heilen. Sie dagegen waren einfach nur liebevoll. Das kennen wir auch anders, glauben Sie mir. Nicht jede Beziehung ist so ehrlich und innig!«

Maria nahm mich in den Arm.

»Es stimmt. Du warst toll! Jetzt habt ihr es geschafft. Gute Besserung und viele Grüße auch von Andi, soll ich ausrichten.«

»Danke! Ach, wenn ich euch nicht gehabt hätte. Ihr Bergler seid echt aus einem harten Holz geschnitzt«, grinste ich in Erinnerung an die gemeinsamen Erlebnisse der letzten Wochen. Ich hatte in ihr eine echte Freundin gefunden.

»Ich habe mir übrigens Wanderstiefel gekauft«, flüsterte ich ihr ins Ohr, ohne dass es sonst jemand hörte. Maria hob unmerklich den Daumen, bevor wir uns erneut über Benjamin beugten, der, wie es schien, vor lauter Anstrengung eingedämmert war.

»Willkommen zurück im Leben, mein tapferer Held«, hauchte ich, während ich seine geschlossenen Lider küsste.

»Für den Fall, dass es klappt und er selbstständig atmet, wird er morgen oder übermorgen verlegt. Er bräuchte dringend zwei Pyjamas, eine neue Zahnbürste und so weiter. Kannst du das besorgen?« Maria schaute mich fragend an.

»Natürlich! Kein Thema. Dann sieht er wenigstens bald wieder aus wie ein Mensch«, lachte ich glücklich.

Dr. Moser war gerade dabei, Bens Kopfverband abzunehmen. Ein Flaum blonder Haare war nachgewachsen. Die OP Narbe, die sich von der Schläfe bis zum Hinterkopf erstreckte, erschreckte mich dennoch. Sie war zwar nicht mehr blutig, aber wulstig vorgewölbt und ich konnte die Nähte erkennen.

Benjamin stöhnte.

»Er will reden! Hat er Schmerzen?« Angstvoll drehte ich mich zu Dr. Moser.

»Nein, keine Sorge. Er ist immer noch mit Schmerzmitteln eingestellt. Er träumt und wird die nächsten fünf Stunden auf alle Fälle schlafen. Sie sollten das auch tun«, empfahl er mir.

Ich wischte protestierend mit der Hand durch die Luft. »Niemals! Ich bin viel zu aufgekratzt, um zu schlafen. Ich gehe kurz in die Stadt, um Bens Schlafanzüge zu besorgen. Ich möchte ihn ungern später alleine lassen, wenn er wieder wach ist.«

Als ich durch die Drehtür ins Freie stolzierte, empfing mich frische Bergluft. Amseln sangen ein melodisches Regenlied und mein Blick suchte die wolkenverhangene Felswand.

»Danke fürs Aufpassen! Ich nehme alle Gemeinheiten zurück, die ich über dich gedacht und gesagt habe.« Lächelnd schaute ich empor, verharrte ein paar Sekunden, drehte den Körper jauchzend um die eigene Achse und hüpfte federleichten Schrittes in Richtung Einkaufszentrum.

07.23 Uhr. Ich hatte nicht in Betracht gezogen, dass ich viel zu früh dran war, und setzte mich in ein Café, um bei einer Tasse grünem Tee und einem Schokocroissant die Öffnung der Geschäfte abzuwarten. Mein Herz war so leicht und ich notierte mir das heutige Datum mit Leuchtlettern in meinem Kopf. Die Bäckerin wunderte sich sicher, warum ihre Kundin ihr Hörnchen mit einem breiten Dauergrinsen im Gesicht verputzte. Nachdem ich mich überschwänglich für das exzellente Frühstück bedankt und der verdutzten Verkäuferin ein sattes Trinkgeld überlassen hatte, stürmte ich euphorisch in das Kaufhaus. Ich wollte keine Zeit verplempern, hastete die Rolltreppe nach oben in die Männerabteilung und kaufte im Eiltempo zwei Pyjamas, Socken, einen Bademantel und ein Paar Birkenstock-Schlappen sowie im Drogeriemarkt nebenan Hygieneartikel wie Zahnbürste, Zahncreme und weitere Kleinigkeiten.

Ausgerüstet mit dicken Tüten sprintete ich in einer olympiareifen Zeitspanne zurück in Richtung Klinikum, um wenig später kurzatmig über den Flur auf die Intensivstation zu hasten. Der Stoff meiner Bluse klebte lästig unter meinen Achseln, als ich die Klinke niederdrückte.

»Hier bin ich wieder Schatz. Ich habe eingekauft«, japste ich, bevor ich verwundert innehielt. Ich stutzte, ehe ich versuchte, meinen Atem zu regulieren. Meine Lunge stach unangenehm. Hatte ich mich in der Tür geirrt? Mein Blick suchte automatisch das Zimmer ab, ehe er am Nachtschrank kleben blieb. Der kleine Bruce schaute aus seinem Bilderrahmen auf eine verwaiste Liegestatt. Ich lachte auf dem Nachttisch in Benjamins Armen. Ich war definitiv richtig. Der Raum war verlassen, Bens Bett leer. Während ich die Tüten abstellte, sah ich mich unsicher um, ehe ich erleichtert ausatmete. Natürlich! Ich Dummerchen! Dr. Moser hatte es ja angekündigt. Ich war mehrere Stunden unterwegs gewesen. Sie hatten ihn im Laufe des Vormittags auf die Station verlegt. Mit einer so schnellen Entwöhnung hatte ich bei Gott nicht gerechnet.

»Kein Problem, Schatz! Ich komme. Wo auch immer du bist«, flötete ich fröhlich, bevor ich eilig vor das Schwesternzimmer trat und hektisch klopfte, um mich nach der neuen Etage und Zimmernummer zu erkundigen. Ich wollte keine Zeit verlieren. Hoffentlich vermisste mich Benjamin nicht schon. Als ich die versteinerte Mimik der Schwestern sah, erfasste mich Panik. Aber es war nicht deren Pokerface, das mich verwirrte. Warum in aller Welt lag dieser Funken Bedauern in ihren Augen. Irgendetwas stimmte nicht.

»Wo ist mein Mann?«, hakte ich nach. Meine Stimme zitterte. Der gesenkte Blick der Krankenschwester, die sich auf meine Nachfrage hin hilfesuchend an ihre Kollegin wandte, gab mir den Rest. Ich ließ die Tüten fallen. Eine kippte und Bens eingepackte Zahnbürste rutschte über den Boden. Meine Härchen stellten sich auf und eine Gänsehaut überzog meinen gesamten Körper. Dann stürmte Maria den Flur entlang auf mich zu. Ihre Schritte wummerten auf dem Linoleum und ihr Gesicht war tränenüberströmt.

»Sophie? Da bist du ja!«, rief sie schon von Weitem.

»Maria? Was ist los?« Ich hyperventilierte fast vor Bestürzung und ein Angstgefühl schnürte mein Herz ein.

»Hat er einen Rückfall?« Blut und Wasser schwitzend schaute ich sie an. »Wo ist er? Wo ist mein Mann?« Meine Stimme hallte auf der Etage. Die Farbe ihrer Pupillen erschien mir dunkler als sonst und ihre normalerweise frische Gesichtsfarbe glich der eines vergrauten Bettlakens. Sie öffnete langsam den Mund. Die beiden anderen Schwestern fixierten uns mitfühlend.

»Benjamin ist … dein Mann ist tot, Sophie.«

Als ihre Silben mich trafen, war es, als würde ich selber sterben. Nachdem die schmerzhafte Patrone der plötzlichen Erkenntnis meine Seele durchsiebt hatte und mein Herz in tausend Stücke zersprungen war, stellte mein Organismus seine Funktion ein. Während mein Blutdruck wie ein an den Klippen zerschelltes Schiff abrupt zu sinken begann, lief mein Leben im Schnellformat in mir ab. Marcs freches Gesicht, als er mich ärgerte, Mutter, wie sie unnötigerweise mit mir schimpfte, die lustige Mädchenclique, der erste Kuss, das erste Date mit Benjamin, Paris, Esther, Szenen aus der Arbeit bei *White Yes*, die Berge, der furchtbare Albtraum. Zuletzt sah ich den am Fenstersims klammernden Benjamin vor mir, wie er den Mund öffnete.

»Du kannst es sowieso nicht gutmachen Sophie!«

Dann stürzte er in die Tiefe. Und ich mit ihm.

Es war zu Ende. Es gab kein Gestern, kein Heute und kein Morgen mehr. Taubheit bemächtigte sich meiner, der ich beinahe dankbar entgegensank. Finsternis hüllte mich ein.

»Warte, Benjamin, ich komme mit dir! Wo bist du?«

Es war, als ob sich meine Seele von ihrem irdischen Leib befreite, ehe sie durch die Dunkelheit irrte, ihn überall suchte, aber nirgends aufspüren konnte. Überwältigt von dieser Schwärze, die mir so weit wie das Universum erschien, fahndete ich verzweifelt nach einem Tor oder einer Tür, die mir den Weg zu ihm wies. Es gab weder das eine noch das andere und auch keinen hellen Lichtstrahl, wie von Nahtoderfahrenen stets behauptet wurde. Nur Düsternis und Eiseskälte. Ich wollte ihn unbedingt finden. Er war mein Mann und wir gehörten verdammt noch mal zusammen. Er durfte nicht einfach so ohne mich gehen! Ich fing an zu schreien, damit er mich hörte.

»Benjamin? Beeeeeeenniiiiiiiiiii!!! Wo bist du? Lass mich nicht allleiiiiineeeeeee!!!« Alles blieb still.

Kapitel 8

Mein Mann war an einer Lungenembolie gestorben. An einem winzigen Blutgerinnsel, wahrscheinlich durch die wochenlange Unbeweglichkeit. Entstanden war es laut der Ärzte in den unteren Extremitäten.

Ich hatte nach der schlimmen Nachricht einen Kreislaufkollaps erlitten und einen Tag in der Klinik am Tropf verbracht. Nun saß ich in unserem Zuhause in Aachen und weigerte mich, einen Sarg herauszusuchen, während Bruce ständig um mich herumschlich. Er spürte, dass es seinem Frauchen nicht gut ging. Ob er Benjamin vermisste? Alle vermissten ihn! Er war nicht mehr hier und doch war er überall. Für mich. In jedem Winkel der verdammten Wohnung roch ich ihn, sah und fühlte ich ihn, was meine Sehnsucht ins Unermessliche steigerte.

Ich zog seine Pullis über, schlief auf seiner Seite des Bettes und besprach den Anrufbeantworter nicht neu, auf dem Bens Stimme von Band tönte. Immer wieder drückte ich auf die Repeattaste:

Hi! Wir sind momentan leider weit entfernt von unserem Basislager auf dem Himalaja. Aber wenn wir unser Interview mit dem Yeti abgeschlossen haben, rufen wir gerne zurück.

Hi! Wir sind momentan …

Ich wusste, der Preis, den wir für das Festhalten an einem Menschen zahlten, war Schmerz. Doch so sehr er auch wütete, ich ließ Benjamin nicht los. Ich war nicht in der Lage dazu. Lieber starb ich und legte mich zu ihm in den Sarg, dann wäre ich wenigstens in seiner Nähe.

Mein Herz schlug nicht mehr im Rhythmus, was ich an einem seltsamen Flattern in der Brust bemerkte. Es fühlte sich an wie ein im Innern eingesperrter Schmetterling, der bei seinen Befreiungsversuchen mit den Flügeln verzweifelt gegen meine Rippen stieß. Mein Appetit, genauso wie das Bedürfnis zu trinken, hatte sich verabschiedet, was zur Folge hatte, dass ich des Öfteren von Schwindelattacken überwältigt wurde. Es war mir egal.

Mein Zeitgefühl ging verloren und ich saß nur da und versank in der Illusion, Benjamin könnte zur Tür hereinspazieren und sagen: »Hey Baby, hier bin ich wieder. Das war alles ein Missverständnis. Lass uns doch in Südfrankreich ausspannen, das hätten wir uns ehrlich verdient!«

Ab und zu schauten Esther oder Mutter vorbei. Marc besuchte mich, ohne dass ich ihn eingeladen hatte. Wir hockten bei einer Kanne Vanilletee zusammen und sprachen kein Wort. Er war nur präsent, was mir wahnsinnig guttat.

Die Trauergesellschaft passte nicht in die Aussegnungshalle. Es wurden zusätzliche Stühle herbeigeschafft, so viele Menschen waren gekommen, um Benjamin Lebewohl zu sagen. Er war Einzelkind gewesen, seine Mutter war leider schon verstorben. Zum Vater hatte er den Kontakt eingestellt. Ich hatte ihn über Benjamins Tod informiert und nun stand er in einem schwarzen Anzug in der letzten Reihe und verzog keine Miene. Es musste ein schwerer Schock für ihn sein, den einzigen Sohn zu verabschieden. Ich hatte ihn bisher nur einmal getroffen und er war nicht zu unserer Hochzeit erschienen. Benjamin wollte mir nie verraten, warum er die Beziehung abgebrochen hatte, und ich hatte ihn nie bedrängt, es mir zu erzählen. Wie so vieles. Heute fand ich nicht die Kraft, mir darüber Gedanken zu machen.

Gestützt von meiner Mutter und Katja trat ich vor den Sarg. Benjamin. Mein Benjamin. Es war alles so unwirklich. Er konnte nicht einfach weg sein. Nicht so früh. Nicht so jung. Und nicht auf diese brutale Art und Weise. Seine blauen Augen strahlten mich fröhlich aus dem Bilderrahmen an, der auf dem Sarg aufgestellt worden war. Ein frischer Lorbeerkranz mit einer schwarzgoldenen Schleife lehnte daneben. In ewiger Liebe von deiner Frau Sophie.

Einige Kränze aus Stechpalme, Beeren und Tanne ruhten dicht an meinem, unter anderem einer von seiner Klasse, einer von Esther und ein großer von Mama, Katja und Marc.

»Auf Wiedersehen im Himmel, Schatz. Ich vermisse dich so«, murmelte ich stockend und legte eine rote Rose und den goldenen Schutzengel, den ich gekauft hatte, neben sein Bild. Katja, die die Worte vernommen hatte, lag weinend in den Armen meiner Mutter.

Ein Murmeln ging durch die Reihen, aber einen Moment lang fühlte es sich an, als wäre ich mit Benjamin alleine. Die kleine geflügelte Figur betrachtend flüsterte ich:

»Ich hatte leider vergessen, sie dir auf den Nachttisch zu legen. Sie sollte dir eigentlich hier unten Glück bringen. Vielleicht kann sie ihren Job nun im Himmel erledigen.«

Als meine Handfläche sanft über das glatte Ahornholz strich und ich mir vorstellte, dass nur diese dünne Holzwand den entseelten Körper meines geliebten Benjamin von mir trennte, brach ich zusammen. Marc, der mich im Auge behalten hatte, stürzte herbei, fing mich im Taumeln auf und brachte mich wohlbehütet zurück auf den Stuhl in der ersten Reihe. Ich spürte die Augenpaare der Trauergemeinschaft unangenehm in meinem Rücken. Sie beobachteten mich.

Benjamins Lehrerkollegium samt den Schülern waren gekommen und ein Teil von ihnen gruppierte sich vor dem Sarg zu einem Chor.

Ihr Song »Candle in the wind« von Elton John schwebte über unseren Köpfen durch den Raum, bis er jeden Winkel des Saales, samt aller Herzen, ausgefüllt hatte. Sie gaben alles für ihren verstorbenen Klassenlehrer und wurden vom Pfarrer auf dem Klavier begleitet. Die sonore Singstimme des Musiklehrers, gemischt mit ihren kindlichen Stimmen, klang so perfekt und schön. Und das, obwohl ihnen während des Singens Tränen über die Bäckchen fluteten. Als einige der Gäste ihre Stimmen erhoben, um leise mitzusingen, verlor ich das letzte bisschen Selbstbeherrschung.

»Ich kann das nicht!«, entschuldigte ich mich weinend. Vor Schmerz gekrümmt lief ich raschen Schrittes durch die unzähligen Stuhlreihen nach draußen, was mir wie eine Ewigkeit vorkam.

Blicke, die ich nur verschwommen auffing, fixierten und verfolgten mich. Ich spürte sie wie Wurfspieße in meinem Rücken. Mitfühlende, mütterliche, neugierige, aber auch ungehaltene Augenpaare.

Ich kannte die meisten Leute. Ein junger Mann in Tracht, den ich noch nie zuvor gesehen hatte, senkte ertappt die Lider, als ich ihn im Vorbeigehen anguckte. Er hatte einen dunklen Teint, auffällige schwarze Locken und trug ein rot-weiß kariertes Hemd unter einem Janker aus grauer Wolle, wie es die Bergler an Festtagen tragen. Wahrscheinlich ein Kollege. Ein Kinderwagen versperrte mir den Weg. Ich rückte den Wagen zur Seite und richtete den Fokus auf mein Ziel, den Ausgang.

Esther kam mir hinterher, ehe sie mich draußen still umarmte. Wir standen eine Weile beieinander, bis sie fragte:

»Was machst du denn jetzt?«

Ohne zu überlegen, schoss die Antwort aus mir heraus.

»Ich gehe ihm nach«, erklärte ich ihr tränenerstickt, während sie erschrocken schaute.

»Wie? Du gehst ihm nach?« Esther wurde blass.

»Nein, keine Sorge! Ich spreche nicht von Suizid. Ich werde den Wanderpfad pilgern, den E5. Und zwar auf seinen Spuren. Ich kann ihn einfach nicht gehen lassen. Ich möchte Benjamin noch einmal spüren. Die Dinge wahrnehmen, die er auf dem Weg gesehen, erlebt und gefühlt hat. Und ich werde an der Seescharte nicht umkehren, sondern für ihn weiterlaufen bis zu Bens ursprünglichem Zielort Meran«, verdeutlichte ich ihr meine Pläne. »Genau das werde ich tun und erst wenn ich angekommen bin, dann erst sage ich ihm Lebewohl«, erläuterte ich, während ich mir mit einem Taschentuch die Wangen betupfte.

Die Idee war mir ganz abrupt gekommen und es tat mir gut, ein Ziel zu haben, das mit Benjamin zu tun hatte.
»Aber das ist doch gefährlich!« Ihre Stimme zitterte ein wenig. »Ich meine, Benjamin ist in einer Gruppe gewandert und du möchtest das ganz alleine durchziehen? Entschuldige, aber das kann nicht gutgehen!«
»Ich werde das schaffen, okay? Vertrau mir, ich gehe kein Risiko ein«, beruhigte ich sie. »Ich muss es tun. Das sagt mir mein Herz.«

Ich hatte nach Gesprächen mit der Familie vereinbart, Benjamins Körper einäschern zu lassen. Wir hatten uns über dieses Thema schon unterhalten und ich wusste, dass Benjamin damit einverstanden gewesen wäre. Zwischen Aussegnung und Urnenbeisetzung verginge laut Bestattungsinstitut mindestens ein Monat. Ich hatte Zeit.
»Sophie, hör zu. Ich will, dass du weißt, dass ich als Freundin für dich da bin. Jederzeit!«
»Danke! Das weiß ich doch!«
Wir drückten uns noch einmal gegenseitig und schworen, trotz unserer Gegensätzlichkeit die Freundschaft zu erhalten, bis herzzerreißendes Babygeschrei unser Gespräch unterbrach und ich den dunkel gelockten Typ entdeckte, der mit dem Kinderwagen an uns vorbeilief.

»Kennst du ihn?«, fragte ich Esther im Flüsterton und zog schniefend die Nase hoch. Die frische Luft durchblutete und ich hatte mich wieder ein wenig gefangen. Sie setzte ein interessiertes Gesicht auf und betrachtete ihn gründlicher.

»Ist das ein Lehrerkollege? Wobei ... die Klamotten passen nicht hierher. Er kommt nicht von hier, wenn du mich fragst.« Ihr Blick heftet sich auf seinen Hintern, während der Mann das Schreibündel aus dem Wagen hob und auf dem Arm fürsorglich hin und her schaukelte, bis es erst schluchzte und dann verstummte.

»Mir doch egal!« Ich sah weg, weil mich Esthers angeregte Blicke nervten.

Ein paar Tage später war es so weit. Ich war am Start.

»Servus!« Wildfremde Menschen grüßten freundlich, als ich durch Oberstdorfs Fußgängerzone spazierte.

Ich hatte meinen Plan umgesetzt, ein vollgepackter Rucksack lag wohltuend auf meinem Rücken. Ich fühlte mich, kaum dass ich die Stadt betreten hatte, zugehörig und verbunden. Ich meinte Benjamins Aura zu spüren, was mich trotz meiner Traurigkeit beflügelte.

Eine angenehme Lebendigkeit kennzeichnete das Städtchen und ich war nicht die einzige Touristin in Wanderkluft. Hier schien alles und jeder dieser Aktivität nachzugehen.

»Passt unterwegs gut auf euch auf«, wollte ich allen zurufen. »Damit ihr heil zurückkehrt.«

In den Gesichtern der Menschen las ich Fröhlichkeit. Keiner dachte an Katastrophen. Nur ich. Die verzierten Allgäuer Fassaden beherbergten unzählige Sportgeschäfte, die hauptsächlich Outdoorausrüstung wie Wanderstöcke, Schuhe, Kletterhelme oder Funktionskleidung anboten. Im Biergarten vor einem Wirtshaus roch es lecker nach gebratenen Hähnchen und Menschen hatten sich von ihren Bierbänken erhoben, um zu den Songs einer Liveband zu tanzen. Fast jeder, der mir entgegenkam, grüßte mich mit einem *Servus* oder *Griaß di*. Die Allgäuer waren ein freundliches und offenes Völkchen. Ein älterer Mann mit Vollbart jodelte übermütig und wirbelte eine Frau im Dirndl im Kreis. Sie lachten unbeschwert und die langen Haare der Dame stoben durch die Luft. Überall herrschte Fröhlichkeit. Ich versuchte die Szenerie, die sich mir bot, durch Benjamins Sinne aufzunehmen. Ob er den Frohsinn der Leute auch gespürt hatte?

Nachdem ich die Einkaufsstraße durchquert, eine Kirche passiert und schließlich den Ort hinter mir gelassen hatte, hielt ich mich rechts, um den Uferweg durch den Wald zum Berggasthof Spielmannsau nicht zu verpassen. Spielmannsau war ein kleiner Weiler, der sieben Kilometer südlich im Trettachtal lag. Der einfache Ort bestand laut Reiseführer aus gerade einmal fünf Häusern und lag inmitten der prächtigen Natur. Das Schönste daran war, dass das wildromantische Tal für den Durchgangsverkehr gesperrt war. Lediglich Anwohner und Gäste durften per Sondergenehmigung die Talstraße befahren. Vorfreude überkam mich. Die unberührte Natur würde mich also in Kürze in sich aufnehmen.

Mein Blick streifte von Weitem die Skischanze und wenig später hörte ich die Trettach rauschen. Hier war ich richtig. Mein verlässlicher Orientierungssinn stimmte mich positiv und meine einstige Sorge, mich ständig zu verlaufen, löste sich in Luft auf. Ich stellte mich gut an.

Das ausladende Kiesbett des parallel laufenden Flusses, das ich durch das Gesträuch entdeckte, lud mich ein, näherzutreten. Also verließ ich den Weg und stieg im Storchenschritt durch das Buschwerk zu einer flachen Bucht, wo ich mich auf einen gefällten Holzstamm hockte, um Atem zu schöpfen. Ich war erst einen Kilometer gelaufen, doch ich wollte mir Zeit lassen. Ich hatte keine Eile. Nicht mehr.

Wasser floss in temporeichen Schnellen an mir vorbei, das so glasklar war, dass ich nicht umhinkonnte, die Hand hineinzuhalten. »Brrrrr! Gletscherwasser. Kalt«, schnatterte ich vor mich hin, ehe ich die Schuhe und Socken von den Füßen streifte und meine Beine bis zu den Knöcheln ins Nass hielt.

Forellen standen im Strom und nahmen blitzschnell Reißaus, als ich mich näherte. Die Steine im Flussbett hatten wunderschöne Farben, besonders wenn sie nass waren. Grünlich, rot, gesprenkelt oder von weißen Adern durchzogen lagen sie auf dem Grund. Ich hob den einen oder anderen auf, um ihn näher zu betrachten. Jeder war andersartig.

Mein Mann war, seit ich hier war, auf Schritt und Tritt an meiner Seite. Er war mit mir durch Oberstdorf spaziert, hatte neben mir auf dem Stamm Platz genommen und schaute nun, genau wie ich, auf die Kiesel im blau schimmernden Gletscherwasser der Trettach.

»Benjamin, sieh nur, wie schön«, flüsterte ich. »Jetzt verstehe ich.«

Ich wusste um seine Anwesenheit. Ich spürte ihn, auch wenn ich ihn nicht sehen konnte. Das Aroma von Erde hing in der Luft, untermalt von einem Hauch von harzigem Holz. Der Wanderpfad durch den Lärchenwald mit seinem moosigen Untergrund, das Rauschen des Flusses und die Abgeschiedenheit versetzten mich in eine besondere Stimmung. Ohne dass es mir bewusst wurde, summte ich plötzlich den altbackenen Ohrwurm mit, den ich in Oberstdorf aufgeschnappt hatte. Ich war alleine, also störte ich niemanden.

Ich bemerkte nicht, wie ich in Hysterie geriet, die Töne immer schallender schmetterte und immer wieder die gleiche Strophe gegen die Geräusche des Stromes ansang, als hätte ich ein Duell zu gewinnen. Aus dem Singen wurde Brüllen. Benjamin war nicht mehr da. In Tränen zerfließend sank ich auf eine Bank. Ein Sturzbach quoll aus meinen Augen und mein Innerstes schmerzte. Ich wollte Benjamin nicht nur fühlen, sondern auch anfassen können. Ihn riechen. Ich wollte seine Stimme hören, Reaktion erleben. Darauf, dass ich hier stand, mitten in den Bergen. »Wow«, würde er sagen. »Baby, ich kann nicht glauben, was ich sehe. Das ist grandios! Du bist grandios!« Und dann würde er mich lachend an sich drücken, während ich mich stolz an ihn schmiegen und seinen Benjaminduft einsaugen würde. Neben dem Herzweh fühlte ich noch etwas Zusätzliches. Angst. Eine riesengroße Furcht, die sich über mich stülpte wie eine Käseglocke. Verlassenheit breitete sich in mir aus. Ich war ein Samenkorn, das im Ozean trieb. »Lass mich doch nicht allein, Benjamin! Lass mich nicht allein! Bitte, bitte, bitteeeeeeeeee«, murmelte ich Rotz und Wasser heulend vor mich hin.

Kuhglocken läuteten, die Kühe hoben und senkten ihre braunen Köpfe, grasten und kauten einfach weiter. Sie ließen sich nicht aus ihrer Ruhe bringen. Nur ein Pärchen Wanderer, das mit seinem Labrador aus der entgegengesetzten Richtung kam, blieb besorgt stehen. Der Vierbeiner musste im Fluss gebadet haben, denn sein Fell war pitschnass. Er schüttelte sich aus und kam neugierig näher.

»Komm hierher, Pino! Entschuldigen Sie. Er ist noch jung«, sprach die Frau mich an, ehe ihre Mimik sorgenvoll wurde.

»Alles okay? Können wir Ihnen irgendwie behilflich sein?«

»Das macht doch nichts! Lassen Sie ihn ruhig. Ich habe keine Angst vor Hunden.« Dankend lehnte ich ab, schnäuzte in ein Taschentuch und versuchte, zu lächeln, was mir nicht gelang. »Geht schon wieder, merci! Kleine Gefühlswallung. Ich hatte ein bisschen Stress in der letzten Zeit und bin gerührt von der schönen Landschaft hier«, erklärte ich den beiden, die verständnisvoll nickten.

»Oh ja, der Stress … Das kennen wir, nicht wahr, Julia?«, sagte der Mann und legte den Arm um seine Frau. »Deswegen kommen wir zweimal im Jahr hierher.«

Sie waren circa zehn Jahre älter als ich und mir wurde bewusst, dass es nie dazu kommen würde, dass ich zusammen mit Benjamin wandern würde. Nicht heute, nicht morgen und auch nicht in zehn

103

Jahren. Die beiden wussten nicht, was für ein Glück sie hatten. Sie nahmen es einfach als gegeben hin.

»Das machen Sie richtig. Viel Spaß noch!«, wünschte ich und als ich Sekunden später meinen Blick senkte, verschlug es mir beinahe den Atem.

Ich glaubte nicht an übernatürliche Erscheinungen, aber jener Kiesel in Form eines Herzens war alles andere als Einbildung.

Er lag ganz unscheinbar einen Meter vor mir auf dem Boden.

Ich wartete, bis das hilfsbereite Pärchen weitergelaufen war, dann stand ich auf.

»Wenn das kein Omen ist«, dachte ich ehrfürchtig, bückte mich und hob den hellgrauen Stein behutsam auf, um ihn näher zu betrachten.

Er war ungefähr fünf Zentimeter im Durchmesser, fühlte sich glatt an in der Hand und als ich ihn mit den Fingern umschloss, kribbelte meine Handfläche. Am liebsten hätte ich ihn nie mehr freigegeben.

»Danke für das Zeichen, Schatz. Ich werde ihn als Symbol unserer Liebe mit mir tragen.« Der Stein bewies es. Benjamin war präsent.

Kaum hatte ich die Spielmannsau erreicht, da verliebte ich mich schon in diesen Flecken Erde.

Es handelte sich um einen ins Tal eingebetteten, romantisch anmutenden Berggasthof.

Lauthals gackernde Hühner liefen frei herum. Aus den Fensterkästen hingen dicke Geranien, wie es auch in Zams der Fall gewesen war, und auf einer Koppel weideten Haflinger.

Ein kuscheliger Biergarten im Innenhof lud zum Verweilen ein und die Sicht auf die Berge war grandios. Während mir ihr Anblick noch vor Monaten den Atem genommen hätte, war ich bester Dinge.

Ich, Sophie Andres, Stadtkind und ehemalige Flachländerin aus Überzeugung, spürte unwiderlegbar das Verlangen, dort hinaufzusteigen.

Ich hoffte, die Kellnerin würde meine verweinten Augen nicht bemerken, bestellte einen warmen Apfelstrudel mit Vanillesoße und sog die Eindrücke ein. Ein Bus hielt, der jede Menge Wandervögel und Senioren ausspuckte, die sich auf Kaffee und Kuchen freuten und denen der Weg von Oberstdorf zu beschwerlich war. Am Nachbartisch ließen sich einige junge Leute nieder, die ich als E5-Wanderer identifizierte. An ihren dick bepackten Rucksäcken hingen Steigeisen und Helme.

»Ab der Kemptner Hütte wird's heftig«, sagte der Typ mit dem schwarzen Käppi und fixierte mit bedeutungsvoller Miene das Bergpanorama. Ich spitzte die Ohren, während ich ein zimtiges Apfelstück aufspießte, das ich erst in die Vanillesoße, anschließend in die Sahne tunkte.

»Schnee hat's schon unterhalb, Alex. Der Sperrbachtobel ist ebenfalls nicht eisfrei. Aber das ist er nie. Kein Problem. Über die Seescharte wird's halt ungemütlich. Wenn Gruppen vor uns durch sind, können wir uns zusätzlich an den Fußspuren orientieren.«

Eine der Frauen griff sich mit einer abwertenden Geste an den Kopf.

»Wie naiv bist Du? Wir pennen auf der Hütte und es braucht nachts nur zehn Minuten zu schneien, danach sind deine Fußstapfen vom Vortag zum Teufel! Und die Markierungen siehst du auch nicht. Ich hab's gleich gesagt, wir sind Mitte September viel zu spät und ohne Guide ist das der reine Selbstmord.«

Die Männer sahen sich verschwörerisch an, derweil sie das Gesicht zu einer Grimasse verzogen.

»Komm, Annika, stell den Katastrophenmodus ab. Es ist eine sonnige Woche. Wir wussten im Vorfeld, dass wir durch Schneefelder müssen. Meinst du, um Vent herum sieht es anders aus? An der Similaunhütte liegt durchweg Schnee. Da kannst du morgen schon mal üben.«

Lachend schielte er zu seinem Kumpel und kam sich wohl ziemlich männlich vor, während Annika beleidigt schwieg.

Die Sahne zum Strudel war hausgemacht und schmeckte herrlich.

Ich würde mich nicht verrückt machen lassen.

Klar, es bedeutete ein Wagnis, im Alleingang zu wandern.

Dazu kam, da gab ich meiner Tischnachbarin recht, dass es bereits Mitte September war. Spät, aber gleichwohl noch im Zeitrahmen für eine Alpenüberquerung.

Ohne Eis konnte ja jeder. Ich hatte zu Hause die Landkarte studiert und kannte, zumindest theoretisch, den Weg.

Die Route war in diesem Monat noch gut frequentiert, es gab eine Menge Hütten und ich lief streckenweise allein, doch keinesfalls einsam.

Außerdem bist du bei mir, Benjamin, dachte ich zärtlich und umgriff den Herzkiesel in meiner Tasche.

Als ich am nächsten Morgen aufbrach, empfing mich das vertraute Läuten der Kuhglocken. Die Wiesen glänzten von Tau und Nebelschleier, die über den Feldern waberten, versprachen eine sonnige Wanderung. Die erste Etappe hatte etwas Feierliches, denn sie galt als das Herzstück des E5, was meinte: sechs Tage voller alpiner Höhepunkte. Guter Witz. Ich, die Flachländerin in persona, machte einen auf Bergziege. Wenn Esther in Kostüm und Stöckelschuhen auf den Kilimandscharo stiege, käme das ungefähr dem gleich, was ich vorhatte. Was Maria wohl dazu sagen würde? Ich grinste. Maria würde in die Hände klatschen und rufen: »Hey, klasse, dass du das machst! Wusste ich's doch! Das hast du mir zu verdanken!«

Sie fehlte mir und ich nahm mir vor, ihre Ratschläge, was die Berge anbelangte, zu beherzigen.

Ich würde mich trotzdem, da war ich mir ziemlich sicher, bis aufs Blut blamieren, wischte die zerstörerische Selbsterkenntnis jedoch beiseite und nahm mir vor, das Beste zu geben.

»Servus!«, grüßte ich einen Landwirt, der, wie ich beim Näherkommen verblüfft feststellte, Dutzende von Kuhglocken erst am

Brunnen putzte und im Anschluss trocken polierte. Sein erwachsener Sohn schmierte anschließend das Lederband mit einer Pflegecreme ein und reihte dann Glocke für Glocke auf einen Holzzaun, wo sie um die Wette glänzten.

»Kommenden Monat ist Almabtrieb«, erklärte mir der vollbärtige Typ, der meinen fragenden Blick bemerkt hatte.

»Da werden unsere Damen herausgeputzt!«

Er lachte lauthals und sein Sprössling grinste ebenfalls. »Willst mithelfen?«

»Keine Zeit! Ein andermal gern.« Weiterlaufend winkte ich ab, derweil die beiden gespielt enttäuscht mit den Schultern zuckten.

Hatte der Pfad bis zur Spielmannsau durch ein weitläufiges Tal geführt, ging es jetzt stetig aufwärts durch das Trettachtal in Richtung Sperrbachtobel. Erwartungsvoll schritt ich voran, indes sich das gleichnamige Bergmassiv höher und höher vor mir aufbaute.

»Komm näher, Sophie«, schien es zu rufen. »Du wirst mich kennenlernen!«

Noch war es easy. Die Wanderstöcke klackten auf dem asphaltierten Boden, die braunen Allgäuer Kühe glotzten mir wiederkäuend hinterher. Sie kannten das. Für sie war ich eine von den vielen merkwürdigen Wesen, die entweder dauergrinsend oder beseelt schauend vorbeizogen, auf der Suche nach Werten, die ihnen im Alltag abhandengekommen waren. Mir war der Ehemann abhandengekommen.

Kurz nachdem ich eine hübsche, kleine Kapelle passiert hatte, erreichte ich den Waldpfad, der in die Schlucht führen würde. Die Beschaffenheit des Weges änderte sich abrupt.

Mich argwöhnisch vorwärtstastend erklomm ich die Felsen, indem ich immer wieder nach dem rot-weißen Symbol Ausschau hielt, das mir den Weg wies. Ich musste steigen, Stöcke und Hände zu Hilfe nehmen, wenn es im Wechsel unerwartet steil bergab oder bergauf ging. Wasser lief an mehreren Stellen den

Hang hinunter über den Pfad. Der Untergrund war feucht, uneben und verdammt rutschig, sodass ich nach den biegsamen Ästen griff und sie einige Meter als Halt benutzte. Ein falscher Schritt und ich stürzte in die Tiefe. Die Wurzeln, auf die ich trat, fühlten sich an wie Schmierseife und die altbekannte Angst vor alpinem Gelände kehrte zurück. Ich kam nur langsam voran. Ich setzte die Trinkflasche an und nahm einen kräftigen Schluck, ehe ich mir den Schweiß von der Stirn wischte und mich umsah. Unter mir rauschte ein Wildbach und als ich keine drei Schritte weiter mit hochrotem Kopf vor der ersten provisorischen Holzbrücke stand, übermannten mich Zweifel. Ich umgriff den Stein in meiner Jackentasche. Der Übergang, der über einen herabstürzenden Wasserfall führte, bestand aus zwei locker aufgelegten Bohlen. Links schoss schäumend das Wasser darunter, rechts gähnte der steinige Abgrund. Es herrschte Steinschlaggefahr, was ich auch ohne Schild an den herumliegenden Felsbrocken feststellen konnte.

»Ich bin so dumm!«, sagte ich mir selber.

»Es langt doch, dass Benjamin verunglückt ist. Muss ich mich jetzt ebenfalls dieser Gefahr aussetzen?«

Während ich die Luft anhielt, setzte ich den Fuß auf das Brett und verlagerte mein Gewicht. Es wackelte bedrohlich, sodass ich den Fuß sofort zurückzog.

»Nein! Mist! Es geht nicht.« Zögernd stand ich vor dem Hindernis, während ich mich ärgerte.

»Hallo!«

Ein Pulk junger Leute, ich erkannte die Gruppe von gestern, überholte mich. Annika war an der Spitze. Ich ging zu Seite und quetschte mich an den Rand des Weges.

Sie zuckten nicht einmal mit der Wimper, als sie die instabile Überführung passierten und verschwanden, unermüdlich quatschend, hinter der nächsten Kehre.

»Ich bin so eine Versagerin!«

Am liebsten wäre ich heulend zurückgelaufen, hätte an der Spielmannsau ein zweites Frühstück verzehrt, um bequem mit dem Bus nach Oberstdorf zurückzufahren.

»Bequem gilt nicht, Sophie. Geh jetzt! Du bist keine Versagerin. DU PACKST DAS«, befahl ich mir lautstark, ehe ich wieder den Atem anhielt und starr vor Angst über die Bohlen schwankte.

Ich widersagte dem Drang, die Augen zu schließen, sonst wäre ich unweigerlich gestürzt. Mein Herz pochte in den Ohren.

»Ich kann es, ich kann es, ich kann es«, murmelte ich wie ein Mantra vor mich hin, während meine Knie zitterten.

»Du bist da auch drübergelaufen, Schatz, stimmt's?«, flüsterte ich. Dann, endlich hatte ich es geschafft.

Es war ein seltsames Gefühl, auf Bens Spuren zu wandeln. Dieselbe Luft in die Lungenflügel zu saugen, die er geatmet hatte. Genau diesen Steg hatten auch seine Füße berührt. Ich schaute mich um. Mein Blick fixierte sämtliche Felsbrocken, jede Pflanze.

Insgeheim träumte ich davon, noch irgendetwas von ihm zu finden. Eine Hinterlassenschaft. Etwas Bleibendes, das ich wie den Herzstein als Trophäe mit mir nehmen konnte. Und ein bisschen kam ich mir vor wie ein Fährtenhund, der nach verborgenen Geheimnissen witterte.

Es folgten weitere wackelige Brücken, die ich ein wenig couragierter überquerte, und als ich mich an einem Drahtseil hangelnd an tropfenden Gletscherresten vorbeizwängte, fühlte ich eine Stärke wie lange nicht mehr. Stolz durchflutete mich.

»Siehst du Benjamin? Ich kann es. Und es ist toll!«

Es war unser letzter *gemeinsamer Ausflug* und ich würde jeden Kilometer feierlich zelebrieren.

Katja hatte einen Tag nach der Aussegnungsfeier gefragt, wo ich die Kraft hernahm, in dieser Situation zu wandern.

»Ich könnte das nicht«, hatte sie offenherzig beteuert und mich dabei angesehen. Sie hatte es zwar lieb ausgesprochen, trotzdem hatte ich den unausgesprochenen Vorwurf, der sich dahinter verbarg, gehört. Ich war in ihren Augen keine *gute Trauernde*. Ich hatte gefälligst zu Hause zu bleiben und schwermütig zu sein. Aber auch wenn Katja es nicht begriff, ... ich verarbeitete Bens Tod auf meine Weise. Es war für die anderen schwer nachzuvollziehen, doch das Bergwandern schloss das Trauern nicht aus. Der Schmerz um Benjamin war unverändert, dennoch konnte ich etwas tun, was mir half. Laufen! Ich hatte ein Ziel, fühlte mich nicht gelähmt. Nichts stellte ich mir schlimmer vor, als gegen Wände zu starren, tränenreiche, endlose Tage und Wochen zu Hause zu verbringen.

Das Profil meiner Wanderschuhe hinterließ Muster in der verharschten Altschneedecke. Eine schwarze Schicht hatte sich darauf gebildet. Ich achtete akribisch darauf, wohin ich trat, und blies mit hochroten Backen Atemluft aus. Der Schnee knirschte und die Luft war trotzdem so warm und klar, dass ich, als ich zurückschaute, die Umgebung gestochen scharf wahrnahm. Unten im Tal war die Landschaft saftig grün. Ich hatte gewaltig an Höhe gewonnen, wie ich mit stolzgeschwellter Brust feststellte. Und das hatte Spaß gemacht!

Kapitel 9

Ich befand mich 1844 Meter hoch, auf der Mädelealpe, mit dem Großen und dem Kleinen Krottenkopf im Hintergrund. Es handelte sich dabei um zwei gezackte Bergspitzen. Ein redseliger Landwirt aus dem Tal hatte mir verraten, dass das Schutzhaus absichtlich an der Oberen Mädelealpe gebaut wurde, weil auf den saftigen Weiden dieser Alpe schon früh das Vieh gesömmert wurde, wie die Bauern es nannten. Bis zu achtzig Kühe waren dort oben im Sommer gehalten worden und so war es nicht erstaunlich, dass dort auch schon vor dem Bau der Kemptner Hütte im Jahre 1891 eine kleine Alphütte gestanden hatte. Die Kemptner Hütte war vielleicht deshalb viel gößer, als ich sie mir vorgestellt hatte, und größtenteils aus Naturstein gebaut. Sie war 1891 errichtet und danach ständig erweitert worden, was man ihr irgendwie ansah.

»Kürbiscremesuppe«, las ich auf der Kreidetafel neben dem Eingang. Mein Magen reagierte mit einem wohligen: »Ja!«

Als ich die Tür zum Anbau, dem Panoramaspeisesaal öffnete, kam mir warmer Dunst entgegen, wie eine Wand. Es roch intensiv nach Körperausdünstungen und leckerem Essen.

Die Kemptner Hütte war voll besetzt, sodass ich mich gezwungenermaßen zu ein paar Wanderern gesellte, an deren Tisch ein letzter Stuhl frei war. Es war trotz der Enge und der verbrauchten Luft behaglich und ich löste erleichtert die Schnürsenkel, ehe jemand vor mir stand und fragend schaute.

»Guten Tag, eine Kürbisssuppe bitte. Und wenn Sie mir noch ein Johannisbeerschorle bringen könnten«, bestellte ich höflich bei dem Burschen, in dem ich den Hüttenwirt vermutete.

»Servus, Madl, einst musst dir merken! Hier oben duzen sich die Leute. Aufm Gipfel sind alle gleich. Egal ob jung oder alt, Arzt, Bänker oder Arbeitsloser. Verstehst? Also, des ist okay, ich besorge dir deine Schorle und die Suppn.«

»Äh, ach so ja, sorry«, entschuldigte ich mich, während seine grünen Augen verschmitzt blitzten.

Er erschien jungenhaft schlaksig und zugleich sehnig und ich stellte mir vor, dass er enorm fit war und jeden Stein in der Umgebung kannte.

»Bist das erste Mal hier droben? Ich bin übrigens der Quirin.«

Genierlich schaute ich mich um. Ich war nicht in der Stimmung, im Mittelpunkt zu stehen, und als blutige Wanderanfängerin outen mochte ich mich auch nicht. Deshalb versäumte ich absichtlich, mich vorzustellen und griff zusätzlich zu einer Notlüge.

»Ich bin letzten Monat von der anderen Seite, von Zams aus hochgestiegen. Jetzt wollte ich von der Spielmannsau nach oben«, gab ich zum Besten, ehe sich Lachfältchen um seine Augen bildeten.

In der Hoffnung, dass ihn die Information befriedigen und er sich endlich um die Suppe kümmern würde, strahlte ich ihn gut gelaunt und ein wenig herausfordernd an.

»Wo rauf genau? Von Zams aus bis hierher? Über die Seescharte? Respekt!«, staunte er.

»Äh, nein, nur bis zur Unteren Lochalm«, flüsterte ich peinlich berührt und hoffte inbrünstig, dass keiner von den Gästen den Dialog mitbekam.

»Ah, zur Unteren Lochalm, ja da schau her. Da hast gewiss a gute Stunde benötigt für die vier Kehren, oder?«, rief Quirin amüsiert in den Raum, um den anderen seine Erheiterung über meinen *Spaziergang* nicht vorzuenthalten. Mir blieb das Herz stehen, da die übrigen Wandervögel aufmerksam herschauten und anfingen, unser Gespräch zu verfolgten. Mir schoss das Blut in den Kopf.

»Ich habe länger gebraucht. Falsche Treter«, bemerkte ich unnötigerweise. »Ich habe es nicht so mit Bergen … äh gehabt. Das Erdrückende …. Jetzt schon«, fügte ich hinzu und fragte mich, ob es in diesen Höhen Sauerstoffmangel gab. Ich redete Müll.

Daraufhin bewegte sich etwas in mir; die Gehemmtheit schwand und ich sah ihm geradewegs ins Gesicht.

»Quirin, du bist doch jeden Tag hier oben. Kannst du dich an die Gruppe erinnern, die im Juli hier vorbeikam? Es gab unter ihnen, später an der Seescharte, eine Tote und einen Verletzten.«

Gespannte Stille breitete sich im Raum aus. Einige legten ihre Suppenlöffel ab, ehe der Hüttenwirt antwortete.

»Du zielst auf die E5-Wanderer ab, die mit dem Sepp unterwegs waren.« Quirin raufte sich die Haare.

»Jeder in der Umgebung weiß davon. Das war die Katastrophe des Jahres. Der isch jetzt noch kreuznarred, sag ich dir.«

Ich zog eine Grimasse.

»Kreuznarred? Heißt das sauer?«, riet ich und machte aus meiner Verblüffung keinen Hehl. Wieso sollte dieser Sepp sauer sein? Geschockt oder traurig ja, aber sauer? Das passte irgendwie nicht.

»Ja! Sauwütend! Und sowas von!« Quirin schaute in die Runde, um sich Bestätigung zu holen, dass er gehört wurde. Ich schluckte.

»Der isch raus. Existenz kaputt«, rief er vernehmlich über die Tische.

»Kein Schwein geht in Zukunft mit dem Sepp auf Tour, verstehst mich? Ich hab erst neulich mit ihm geredet und er hat mir erzählt, dass des die greislichste Truppe war, die er jemals über die Alpen geführt hat. Er hat es kommen sehen. Nur Chaoten! Besonders zwei davon. Die Frau isch ja jetzt au tot. Tragisch für sie und für den Sepp das Ende. Weißt, wie ich mein? Der muss damit weiterleben.« Er hörte sich, wie ich feststellte, gern reden.

Quirin blies ärgerlich die Luft aus, derweil mich Zorn erfasste. Was bildete sich dieser Stiesel ein? Pietätloser ging es nicht mehr. Er setzte noch einen drauf.

»Wenn Depperte im Berg unterwegs sind. Teamfähigkeit und Anpassung waren denen ein Fremdwort. Traurig, aber kann man nix machen, gell. Hier im Gebirge muss man sich an Regeln halten. Sonst rächt sich die Natur«, tat er weiterhin ungefragt seine Meinung kund, bevor er sich unschuldig guckend umsah, ohne das Unwetter zu bemerken, dass sich gefährlich in mir zusammenbraute.

»Wieso? Hast du was damit zu tun?«, fragte er, als er meine starre Miene sah.

»Wie können Sie nur derartig taktlos über Verstorbene reden? Das waren junge Leute, die ihr Leben vor sich hatten«, machte ich meinem Ärger Luft, was bei ihm keinen Eindruck zu hinterlassen schien.

»Ignoranz und Leichtsinn gepaart mit anspruchsvoller Situation. Zack! Passiert's! Jetzt hol ich dir dei Suppn. Sonst verhungerst mir noch«, wollte er die Flucht antreten. Nicht mit mir!

Benjamin leichtsinnig und ignorant? Mein Mann war der kooperativste und überlegteste Kopf, den ich kannte. Gekannt hatte.

Der Hüttenwirt dagegen besaß in meinen Augen nicht mehr alle Latten im Zaun und meiner Empörung war mit nichts beizukommen.

Nichts auf der Welt konnte mich davon überzeugen, mich länger in der Gegenwart dieses ekelhaften Flegels aufzuhalten, schon gar keine läppische Suppe. Mir war der Appetit gründlich vergangen.

»Vielleicht sollte dein Sepp mal vor der eigenen Tür kehren, statt sich in Selbstmitleid zu suhlen«, rief ich gereizt.

»Er hatte die Verantwortung! Aus der Gruppe sind zwei Menschen gestorben. Mein Mann war Pädagoge, da wird er kaum ignorant gewesen sein. Und Sie waren doch gar nicht dabei«, kreischte ich, während die Atmosphäre im Raum zu knistern begann.

Eine angeregte Diskussion unter den Zuhörern entfachte sich. Einige hielten zu mir, viele zu Quirin, was sie mit Kopfschütteln und bösen Blicken auf meine Person honorierten. Ich sprang auf. »Ich pfeif auf *dei Suppn*. Auf Nimmerwiedersehen!«, rief ich, ehe ich mit offenen Schnürsenkeln aus der Bude stolperte.

Ein kalter Wind schnitt mir ins Gesicht. Ich war überhitzt. Aufgrund der Aufregung stand ich unter Adrenalin und hier draußen herrschten nur um die zehn Grad. Den ursprünglichen Plan, in der Kemptner Hütte zu übernachten, konnte ich vergessen. Nein, danke!

Das bedeutete, heute noch in Richtung Holzgau ins Tal hinunterzuklettern. Zähneklappernd schaute ich auf die Uhr. Die Sonne stand noch nicht tief, es war früher Nachmittag, aber sie ging, das musste ich bedenken, früher unter als im Hochsommer. Eine flinke Bewegung lenkte meine Aufmerksamkeit auf die Wiese neben mir. Ein dick gepolstertes Murmeltier schaute mich aus dunklen Knopfaugen an, als ob es mir beim Überlegen helfen wollte. Dann stieß es einen gellenden Pfiff aus und verschwand in seiner Höhle.

Wenig entfernt, an dem auffälligen Grenzschild nach Österreich, erkannte ich an der Markierung den Weg. Ich schritt über die Wiese und verließ Deutschland. Runter erschien mir gefährlicher als hoch, deshalb stach ich bei jedem Schritt mit den Wanderstöcken vor mich in die Erde, um ja nicht auszurutschen.

Die Wut verlieh mir Kräfte. Alle Angst war verschwunden, sodass ich mich Meter für Meter erfolgreich vorwärtsbewegte.

Unterwegs verputzte ich den Vorrat an Müsliriegeln, um keinen Unterzucker zu bekommen. Seit ich auf Achse war, hatte ich ständig Kohldampf. Während meine Gedanken nicht zur Ruhe kamen, fiel mir eine junge Frau auf, die ein wenig abseits des Pfades auf einem Felsen saß und mit geschlossenen Augen betete. Ich grüßte freundlich, als ich an ihr vorüberging, sodass sie den Kopf hob und zurücklächelte. Sie war wenig älter als ich, hatte ihren langen, blonden Haare zu einem Zopf geflochten und trug Funktionskleidung. Ihre Wanderstöcke lehnten an dem Stein.

»Wissen Sie, wie lange es noch bis ins Dorf runter dauert?«, fragte ich sie und an ihrem darauffolgenden *Servus* hörte ich, dass es eine Einheimische war. »Falls Sie meditiert haben, wollte ich Sie nicht stören«, entschuldigte ich mich nachträglich.

»Nach Holzgau ist's nicht mehr weit und Sie stören doch nicht. Wenn Sie zwei Minuten Zeit haben, erzähle ich Ihnen, warum ich gebetet habe. Ich mache das jedes Mal an dieser Stelle.«

Ich wägte innerlich ab. Eigentlich sah sie sehr nett und modern aus, also setzte ich mich auf den Stein gegenüber und nickte, worauf sie zu erzählen begann:

»Genau auf diesem Weg, dort wo wir sitzen, fand Anfang des neunzehnten Jahrhunderts das Schwabengehen statt.« Sie machte eine Bewegung und zeigte von unten nach oben über den Kamm in Richtung Kemptner Hütte.

Ich bemerkte, dass ihre Augen glitzerten. Sie war kurz vor dem Weinen.

Ich horchte auf. »Das Schwabengehen? Nie gehört. Was ist denn das?«

»Bergbauernkinder, meistens aus Tirol, im Alter von fünf bis vierzehn Jahren wurden von ihren bettelarmen Familien über die Bergpässe nach Oberschwaben geschickt, um auf Kindermärkten für die Saison verscherbelt zu werden. Als Mägde, Hütejungen oder Feldarbeiter.«

Ich erstarrte, während die Frau ruhig weitererzählte.

»Die Kleinen waren nicht warm genug angezogen und hatten schlechtes Schuhwerk an, sodass die Schwächsten unter ihnen auf dem Weg zurückblieben, Lungenentzündung bekamen und starben. Die anderen steckten ihre Füßchen unterwegs in Kuhfladen, um sie zu wärmen und keine Erfrierungen zu bekommen. Sie bettelten um Käse und Brot und vor Ort, nachdem sie mitgenommen wurden, erlitten sie oft Misshandlungen.« Sie zog ein Schwarz-Weiß-Foto aus ihrer Jackentasche und hielt es mir hin.

Ein ungefähr sieben Jahre altes blondes Mädchen in einem zerschlissenen Leinenkleidchen mit ernstem Blick hielt seinen kleinen Bruder, der höchstens vier Jahre alt war, mütterlich an der Hand. Der Kleine schaute groß in die Kamera und in seinen Augen las man Unsicherheit und Angst. Im Hintergrund sah man die Gipfel der schneebedeckten Berge. *Schwabenkinder 1955* stand auf dem Bild. Mein Magen drehte sich um.

»Das ist meine Mutter. Sie war eines der letzten Schwabenkinder. Sie und ihr kleiner Bruder Bruno haben überlebt.«

»Deine Mutter und dein Onkel? Oh, mein Gott. Das tut mir so leid! Es gab hier Kindersklavenmärkte?«, flüsterte ich.

Und jetzt erinnerte ich mich, dass ich in der Vergangenheit eine Reportage darüber gesehen hatte. Es stimmte, was sie sagte. Und das sollte hier gewesen sein? Verblüfft schaute ich ins Tal.

»Sie mussten am Tag bis zu 40 Kilometer schaffen. Meistens war ein Priester oder ein Lehrer dabei, der die Gruppe bis nach Ravensburg begleitete. Genau hier, wo wir stehen, sind sie vorbeigelaufen. Durch das kitschig schöne Lechtal.«

Tränen der Trauer rannen über ihre Backen und auch mein Herz war schwer.

»Meine Mutter ist mit mir diesen Weg nachgelaufen. Jetzt habe ich selbst drei Töchter und laufe ihn einmal im Jahr. Es gibt mehrere Routen. Ich habe mich dieses Jahr für den hier entschieden«, erklärte sie. »Niemand soll vergessen, was ihnen passiert ist. In ein paar Jahren werde ich meinen Töchtern den Weg zeigen.«

»Wie konnten die Eltern das zulassen?«, fragte ich ein wenig zornig, ehe sie antwortete.

»Meine Mutter stammt aus einem einsamen Hof in Südtirol. Oft waren die Erträge knapp. Die Kleinen hätten zu Hause nicht überlebt. Sie wären verhungert. Meine Großeltern hatten keine Möglichkeit, ihre Kinder satt zu bekommen. Das Schwabengehen war die einzige Lösung, die sie sahen. Die Kinder kamen, wenn alles gut ging, im Herbst zurück. Mutter kam zurück. Eine Woche später Bruno.«

Sie pflückte eine kleine Blume und roch daran.

»Und außerdem passiert heute doch das Gleiche, nur auf andere Art«, fuhr sie fort. »Kinder flüchten ohne Eltern in instabilen Gummibooten über das Meer und ertrinken. Ihre Namen tauchen nie mehr auf. Und die Welt schaut zu.«

»Wie heißt du?«, fragte ich die tiefsinnige Frau und streckte ihr die Hand entgegen. Ihre Worte hatten mich tief berührt. Ihr Händedruck war kräftig. »Ich bin die Leni.«

»Freut mich, Sophie! Danke, dass du mir die Geschichte von den Schwabenkindern erzählt hast. Ich werde sie mit mir tragen. Richte deiner Mutter unbekannterweise einen lieben Gruß von mir aus.«

Wir umarmten uns kurz.

»Vergelte es Gott! Servus, Sophie!«

Das Thema beschäftigte mich noch Stunden später, als ich den schäumenden, dreißig Meter hohen Simmswasserfall passierte. Die Wassermassen tosten mit enormer Geschwindigkeit herab und klatschten auf dem Gestein auf, was Sprühnebel und sogar einen Regenbogen erzeugte. Ich versuchte, die traurige Geschichte der Schwabenkinder hinter mir zu lassen, und wanderte nachdenklich auf dem waldigen, schneefreien Serpentinenweg hinunter, bis endlich das Dorf Holzgau vor mir auftauchte.

Im Gasthof Bären nahm ich als Erstes den schlichten Talisman aus der Jackentasche und legte ihn ehrfurchtsvoll auf den Nachttisch. Meine Gliedmaßen, vor allem meine armen Füße, fühlten sich steif und wund an und als ich die Wanderschuhe abstreifte, konnte ich mir ein Stöhnen nicht verkneifen. Die eine Socke war an einer Stelle blutdurchtränkt und als ich nachschaute, zierte eine riesige Blase meine Ferse. Erschöpft versorgte ich sie mit einem Pflaster und ließ mich auf das frisch überzogene Bett fallen. Ein Duft nach Pulverwaschmittel kroch mir in die Nase. Alles war pieksauber und gemütlich. Der rustikale Bettkasten war holzgeschnitzt und ein Gemälde von einem Achtender hing an der Wand.

»E5. Erste Etappe. Was für eine Tortur! Ich bin die doppelte Strecke gelaufen, als ich eigentlich vorhatte. Dennoch war es schön gewesen. Und ich hatte Wanderschuhe angehabt, im Gegensatz zu den armen Kindern von damals«, murmelte ich erschlagen und ein wenig stolz. Die Augen schließend, versuchte ich zu entspannen. Jedoch war ich viel zu aufgewühlt, um das Erlebte hinter mir zu lassen. Ich sah die Kleinen vor mir, wie sie immer höher stiegen und sich nach ihren Müttern sehnten. Schließlich landete ich mit meinen Gedanken wieder bei Quirin.

»Ach, Benjamin«, murmelte ich. »Ich würde dir so gerne erzählen, was ich heute erlebt habe. Da war diese Frau … Leni. Sie war außergewöhnlich. Und der Hüttenwirt von der Kemptner Hütte … ein Chaot, tsss, ich habe nicht zugelassen, dass er schlecht über dich redet, Schatz. Vermutlich hat er noch nie einen Menschen verloren. Er weiß nicht, wie sich das anfühlt. Du und unvorsichtig, das wüsste ich aber«, brummelte ich vor mich hin.

Es fiel mir schwer, einzuschlafen. Ich wälzte meinen Körper von einer Bettseite auf die andere, bevor ich zum Handy griff und im Liegen Esthers Nummer eingab.

»Esther? Bist du wach? Ich bin's, Sophie.«

»Süße, du kennst mich doch. Schlaf ist mir ein Fremdwort. Was gibt's? Hast du Heidi und den Alm-Öhi getroffen?«

»Heidi kommt aus der Schweiz und ich bin gerade in Österreich«, schnaufte ich in den Apparat. Ich war nach diesem Tag ganz sicher nicht zu Scherzen aufgelegt.

»Esther, du glaubst es nicht, der Hüttenwirt von der Kemptner Hütte hat sich erinnert und Dinge über Benjamin erzählt, da haut es dich um«, begann ich, ihr die unmögliche Story von heute Nachmittag anzuvertrauen, während ich mich im Bett aufsetzte.

»Echt? Lass hören! Was hat er ausgepackt?«

»Der hat glatt behauptet, dass die Truppe, also die, mit der Benjamin unterwegs war, teamunfähig gewesen wäre. Dass die nicht auf den Guide gehört hätten und so weiter«, brüskierte ich mich, bevor ich gespannt auf ihre Antwort wartete.

»Ja und? Kann doch sein.« Esther schwieg.

»Wie? Kann doch sein!«

»Du warst nicht dabei, Sophie. Es ist durchaus möglich, dass diese Leute besonders stressig waren. Soll's geben, oder?«

Ihr Tonfall klang schnippisch in meinen Ohren.

»Du kennst Benjamin nicht wirklich«, konterte ich und bemerkte, dass ich in der Gegenwartsform von meinem verstorbenen Mann sprach.

»Du kanntest ihn nicht«, wiederholte ich. »Er hätte niemals unvorsichtig gehandelt oder wäre gar ignorant gewesen.«

»Schon, aber man kann nie ganz in einen Menschen hineinschauen, Sophie. Sei dir nicht zu sicher. Ich will dich nicht enttäuschen, bloß Benjamin hatte bestimmt die eine oder andere Seite, von der du nicht die Bohne wusstest. Warum sollte der Hüttenwirt lügen?« Sie machte eine kurze Atempause, bevor sie weitersprach.

»Ich verstehe dich nicht. Was ist so schlimm daran? Dann war es eben eine chaotische Truppe. What ever! Das tut nichts zur Sache. Lass ihn doch reden!«

»Checkst du das nicht? Ich will nicht, dass sich hier Dinge über meinen Mann verbreiten, die nicht stimmen. Er ist tot. Er kann sich nicht mehr wehren. Die tun ja so, als wäre er mitverantwortlich für den Tod der Frau.«

Esther musste einsehen, dass ich aufgebracht war. Sie verstand nicht, worauf ich hinauswollte.

»Das sagt doch keiner oder hat das jemand behauptet?«, erkundigte sie sich.

»Nicht direkt«, gab ich zu. »Aber es hat sich ja nun mal so angehört. Anscheinend ist dieser verantwortungslose Wanderführer sauer, weil er seinen Job nicht mehr machen kann.«

Esthers Tonfall klang missgelaunt.

»Und jetzt hast du dir zur Aufgabe gemacht, Bens Ruf zu rehabilitieren, oder was?«

»Und wenn? Verstehst du das nicht?«

Esther überlegte ein Weilchen, ehe sie sprach.

»Sophie, hör zu. Ich sage dir das als Freundin. Denk erst mal drüber nach, bevor du mich verurteilst, okay?«

Eine kurze Pause entstand, in der ich gespannt wartete.

»Kann es sein, dass du nicht Benjamin, sondern DICH rehabilitieren möchtest? Warum gehst du diesen Weg? Sei ehrlich! Es geht dir nicht um Benjamin, es geht dir in Wirklichkeit um dich. Du hast Benjamin gegenüber ein schlechtes Gewissen, weil du nie Zeit für ihn hattest. Wie oft hast du ihn abblitzen lassen, als er in der Agentur angerufen und sich nach dir erkundigt hat? Du willst deine Schuldgefühle als miese Ehefrau loswerden und es wiedergutmachen, Sophie, aber das kannst du nicht! Es war, wie es war. Er hatte die Chance, mit dir darüber zu sprechen. Das hat er nicht getan. Und nun ist er weg. Du kannst nichts dafür, Sophie. Du wusstest es nicht besser.«

Tränen rannen über meine Wangen, bahnten sich den Weg auf das frische Laken.

»So denkst du also?« Meine Stimme war futsch und nicht einmal mehr ein Flüstern kam über meine Lippen. Ich drückte mit letzter Kraft das Gespräch weg, zog das schwere Kopfkissen über den Kopf und zog die Beine an, in Embryonalstellung. Schweißgebadet wachte ich auf. Ich musste zur Abwechslung mal wieder im Schlaf geweint haben, denn mein Gesicht war nass. Durstig griff ich zu der Sprudelflasche, ein Willkommensgeschenk des Hauses. »So sprudelnd frisch wie dein Leben«, las ich auf dem Etikett.

Hatte Esther recht? Dürstete ich in Wirklichkeit danach, MICH zu rehabilitieren? Veranstaltete ich diesen Wanderzirkus nur, weil ich eigene Fehler verwischen, mich reinwaschen wollte? *Für nichts und niemanden.* Konnte und wollte ich mir nicht eingestehen, dass ich eine miserable Ehefrau gewesen war, indem ich jetzt, wo er tot war, einen auf Traumfrau machte? Seit dem Telefonat mit Esther wurde ich das schlechte Gefühl nicht los, dass ein Funke Wahrheit existierte, und der schmerzte mehr als jede Lüge. Mein Blick streifte den Nachttisch. Makellos und unschuldig lag er da, der Herzkiesel. Meine Fingerspitze berührte die glatte Oberfläche. »Benutze ich dich, Benjamin, um etwas in mir geradezurücken? Das möchte ich nicht. Ich weiß, dass ich dir fast nie Zeit geschenkt habe. Und das tut mir furchtbar leid.«

Ich war verzweifelt. Mir wurde klar, dass ich nicht nur Benjamins Tod, sondern auch die Sophie, die in ihrer Beziehung lieblos gehandelt hatte, nicht akzeptieren konnte. Am liebsten hätte ich diesen Teil aus mir herausgeschnitten, aber das funktionierte nicht.

Dann fällte ich eine Entscheidung. Ich musste aufhören, über die Schuldfrage nachzudenken. Es war alles viel zu vertrackt und ich folgte letztendlich nur dem Ruf meines Herzens. Das durfte mir niemand übel nehmen.

Das endlose Sträßchen durch die einsame Natur des Madautals war für den übrigen Verkehr gesperrt, doch nur wenige E5-Wanderer liefen die langen Kilometer zu Fuß. Auch ich hatte den Entschluss gefasst, mich chauffieren zu lassen. Das Wandertaxi war voll besetzt und ich atmete befreit durch, als wir endlich an der Materialseilbahn, am Fuße des Bergrückens unterhalb der Memminger Hütte, abgesetzt wurden. Während die männlichen

Gäste derbe Witze gerissen und coole Erlebnisse ausgetauscht hatten, hatte ich nur stumm auf der Rückbank gesessen, war den neugierigen Blicken ausgewichen und hatte gebetet, bald für mich zu sein. Solange sie an der Materialseilbahn über ein Funktelefon die Beförderung ihrer Rucksäcke in Auftrag gaben, entfernte ich mich unauffällig.

Gleich hinter der Materialseilbahn überquerte ich den Parseier Bach und stieg in steilen Kehren durch Latschenkieferwälder hinauf, unter die Nordflanke des Seekogels. Mein Körper schien sich an die Anstrengung zu gewöhnen, denn ich schritt, trotz des Gewichts auf dem Rücken, kräftig voran. Mit jedem Meter, den ich an Höhe gewann, verschwand meine seelische Last. Die Gedanken ordneten sich und ein Gefühl der Freude überkam mich – so, als ob die Natur sich vorgenommen hatte, mich auszugleichen und zu heilen. Hier war die Landschaft alpin. Auf den Nordhängen lag vereinzelt Schnee. Auf den Südseiten prägten Wiesenmatten das Bild und ein munterer Bach plätscherte neben dem Pfad. Murmeltiere pfiffen Alarm und als sich eine Herde Gämsen vor mir in Sicherheit brachte, öffnete sich mein Herz vollends und die Selbstzweifel von gestern flossen restlos heraus.

Andächtig beobachtete ich die Tiere und sog die klare Bergluft ein, die herrlich in den Lungen prickelte. Unzählige Enziane blühten und schmückten zusammen mit Silberdisteln die Wiesen. Es war ein Anblick, den ich ein Leben lang nicht vergessen würde. Ein leichter Windzug streifte durch meine Haare. Den Blick auf die gewaltige Bergkulisse gerichtet, ging ich vorwärts. Es schien, als würden die Uhren auf dem Berg anders ticken – fernab von Hektik und Lärm. Ein Freiheitsgefühl, wie ich es nie zuvor empfunden hatte, überwältigte mich. Gestärkt stieg ich höher. Als auch auf den Südhängen erste Schneefelder auftauchten, war es nicht weit bis zur Memminger Hütte. Ich nahm mir vor, egal was passieren würde, mir durch nichts und niemanden die Laune verderben zu lassen.

Hätte ich geahnt, was mich dort erwartete, hätte ich so schnell wie möglich den Rückweg angetreten. Aber ich war frohen Mutes und treuherziger als ein Welpe.

Das Wetter spielte mit, die Sonne schien. Ich rieb mein Gesicht mit Sonnencreme Faktor 20 ein und zog ein Stirnband über den Kopf. Handschuhe benötigte ich keine, dafür war ich zu erhitzt. Es war ein Kinderspiel, dem Schneepfad, der sich aus einer Vielzahl an Fußstapfen formiert hatte, zu folgen. Insgeheim hoffte ich, dass es über die gefürchtete Seescharte ebenso leicht würde. Rückseitig der wildromantischen Memminger Hütte erstreckte sich der glasklare Seewiessee, hinter dem sich eine bedrohlich wirkende, gezackte Wand erhob, die ich ehrfürchtig staunend als die Seescharte identifizierte. Da war sie nun. Der mörderische Grat, der so vielen Wanderern Unglück gebracht hatte. Sie sah gefährlich steil aus und an einigen Stellen kam unter der weißen Pracht Geröll zum Vorschein.

Die Stimmung, die hier herrschte, war anders als gestern an der Kemptner Hütte. Es war wilder, einsamer und ursprünglicher. Dieses Schutzhaus lag mitten in hochalpinem Gelände, das ich niemals zuvor im Leben betreten hatte. Bis heute. Ich blies Atemwölkchen in die Luft.

»Hier bin ich also. Unglaublich!« Ich starrte erneut auf die Anhöhe, um mir das Drama herzuholen, das sich dort oben abgespielt haben musste.

Dann drehte ich um und ging entschlossenen Schrittes zur Hütte. Sie sah urig aus mit ihren verwitterten Holzschindeln und den rotweißen Klappläden. Ein Schild machte einen auf die 2242 Meter Höhe aufmerksam. Die Seescharte lag noch einmal dreihundert Meter höher.

Innen war die Schutzhütte schlicht und gemütlich. Ich setzte mich an einen der Holztische. Hier war weniger los als auf der

Kemptner Hütte und ich hoffte, dass der Wirt nicht vom gleichen Schlag war wie dieser unverschämte Quirin. Das Essen schmeckte vorzüglich. Der Puderzucker von dem Kaiserschmarrn, den ich bestellt hatte, schmolz herrlich auf meiner Zunge. Als ich das Porträt entdeckte, das schwarz gerahmt auf dem Kaminsims platziert war, setzte mein Herz einen Schlag aus. Es zog mich sofort magisch an, deshalb ließ ich den angegessenen Teller Kaiserschmarrn stehen und erhob mich noch kauend vom Stuhl.

Rest in Peace, Magdalena, stand auf der Schleife, die um eine Ecke des Bildes gebunden war. Ich verharrte einige Sekunden vor dem Foto. Die Frau, die aus dem Rahmen lachte, war unglaublich hübsch und aus ihren braunen Augen strahlte pure Lebensfreude. Sie repräsentierte den südländischen Typ und trug ihre dunklen, glatten Haare offen über der Schulter. Die Aufnahme musste in den Bergen entstanden sein, denn ihre Backen waren rot durchblutet, ihr Haar leicht verschwitzt und im Hintergrund sah man ein Gipfelkreuz.

»Das ist die Magdalena! Sie ist diesen Sommer an der Seescharte verunglückt.«

Ich zuckte zusammen. Die unaufdringliche Stimme gehörte einem in Tracht gekleideten Mann älteren Semesters. Er hatte mir das Essen serviert. Sein Tonfall war unaufgeregt und ruhig, sodass ich mich gleich wieder entspannte.

»Sind Sie der Hüttenpächter hier?«, fragte ich ihn freundlich.
»Ich bin die Sophie Andres aus Aachen und bin auf dem E5 unterwegs.«

Er nahm meine entgegengestreckte Hand, um sie lange und warm zu drücken. Alles an ihm wirkte sympathisch. Der graue Vollbart, seine offenen hellblauen Augen.

»Ich bin Alois. Herzlich willkommen, Sophie. Die Magdalena war, wie du, auf dem E5 auf Wanderschaft. Achtundzwanzig Lenze war sie erst alt.« Aus seinem Blick sprach Kummer. Er hatte

125

leise gesprochen und keiner der anderen Gäste warf ein Auge auf uns.

»Das ist ganz furchtbar«, pflichtete ich ihm bei. »So jung.«

Ich war zweifelsfrei, dass es sich um jene Frau handelte, die mit Benjamins Gruppe unterwegs gewesen war. Die Zeit des Unfalls passte und ich spürte es an einem seltsamen Ziehen in der Magengrube.

»Weißt du, wie es passiert ist, Alois?«

Trauer brannte hinter seinen Pupillen auf, ehe er nickte.

»Der Sepp war zum dritten Mal in dem Jahr auf dem E5. Nie ist etwas schiefgegangen. Der Sepp ist absolut zuverlässig, musst du wissen. Er ist einer der verantwortungsvollsten Guides, die wir haben.«

Ich verdrehte die Augen, was Alois zum Glück nicht bemerkte, riss mich dann zusammen und hörte ihm still zu.

»Diese Gruppe war, könnte man sagen, besonders. Das bekam auch ich zu spüren. Die Leute mussten sich auf dem Weg hier hoch böse gestritten haben. Zumindest ein Paar davon. Die Stimmung in der Hütte war miserabel, es herrschte dicke Luft. In der Folge haben sie sich wohl wieder vertragen.«

Ich stutzte.

»Ein Liebespärchen?«

Alois überlegte angestrengt, bevor er weitersprach.

»Ja, ja. Es waren drei Pärchen. Alle so zwischen fünfundzwanzig und fünfunddreißig. Junge Leute jedenfalls«, erklärte er, während mich eine Welle Übelkeit erfasste. Die Vermutung, die sich mir aufdrängte, war absurd. Mein Puls schoss in die Höhe, meine Wangen brannten. Alois konnte sich getäuscht haben. Unter Umständen waren es drei Männer und drei Frauen gewesen, die sich nur gut verstanden hatten.

»Bist du sicher, dass die untereinander liiert waren? Wie sah denn der Freund von Magdalena aus?«, fragte ich in der Hoffnung auf ein Missverständnis. Alois ernster Blick suchte meinen.

»Ich kann mich an ihn erinnern, weil er ja ebenfalls abgestürzt ist. Zum Glück hat er überlebt. Der Andi, ein Rettungsflieger aus Zams, hat mir das erzählt. Er ist damals geflogen und ab und zu hier. Der Mann war groß und blond. Das Witzige war, dass er gestochen hochdeutsch sprach, während Magdalena, seine Freundin, hier aus den Bergen stammte und Dialekt plapperte. Wenn man die beiden miteinander sprechen hörte, war das schon was Besonderes!«

Er lachte in Erinnerung auf, bevor er mich erneut ansah.

Ich wusste, von wem er sprach, doch mein Gehirn wollte diese Botschaft unmöglich annehmen, geschweige denn verkraften. Nicht Benjamin! So war er nicht. Wir hatten uns Ehrlichkeit versprochen.

Ich spürte, wie sich eine Wand in mir aufbaute. Eine Schutzmauer, die meiner Seele vor den Sätzen Deckung bot, die nun folgten.

»Die waren schwer vernarrt ineinander. Obwohl sie sich gezankt haben. Zwei liebestolle Turteltäubchen. Er konnte die Augen und Finger nicht von ihr lassen«, schmunzelte der alte Mann. In Alois Blick flammte Sehnsucht auf, während mein malträtiertes Herz vollends zerbröselte.

Am liebsten hätte ich mir die Ohren zugehalten und geschrien, dass er nicht weiterreden solle, doch ich wollte Bescheid wissen. Ich MUSSTE es wissen! ALLES. Mir fielen Esthers Worte ein: »Benjamin hat sicher auch die eine oder andere Schattenseite, von der du nichts weißt.«

Benjamin war fremdgegangen. Was für eine Farce!

»Ich dachte mir, jung müsste ich noch mal sein. Sie muss sehr temperamentvoll gewesen sein, die Magdalena, denn in der Nacht ist es wieder losgegangen und die zwei haben sich erneut gefetzt«, erklärte er und schüttelte den Kopf.

»Morgens war sie weg. Sie hatte sich im Morgengrauen im Alleingang aus der Hütte in Richtung Grat geschlichen. Wollte wohl heimlich weg und als ihr Freund das bemerkt hatte, ist er ebenfalls auf eigene Faust hinterher. Ohne den Sepp zu informieren«, schimpfte Alois. »Unverantwortlich! Die anderen haben es eine Stunde später bemerkt. Da waren sie schon abgestürzt.«

Unfähig, etwas zu sagen, hörte ich zu. Ekel eroberte meine Seele. Ich hasste die Frau auf dem Bild plötzlich abgrundtief. Ich verabscheute Benjamin und vor allen hasste ich mich. Mich, die hintergangene Ehefrau, die so dumm gewesen war, zu glauben, dass Benjamin sie aufrichtig geliebt hatte. Alois sprach weiter, während ich wie gelähmt auf dem Stuhl saß und mich fragte, was mein Leben für einen Sinn machte.

»Ich hätte sie allesamt am Vortag wieder herunterschicken sollen, ins Tal. Das wäre risikofreier gewesen.«

Ich durchschaute, dass er sich eine Mitschuld an der Tragödie gab, die ihm nicht zustand, blieb aber stumm. Der Inhalt seiner Worte erreichte mich nicht mehr. Es war egal. Jacke wie Hose. Mein Leben war vorbei. Was tat ich hier? Seine Stimme schmerzte in meinen Ohren.

»Magdalena und, wie hieß noch gleich der Mann? Ach ja! Sie rief ihn immer Benjamin.«

Benjamin. Nachdem er den Namen meines Mannes ausgesprochen hatte, fing sich der Dielenboden an zu drehen und kam rasend schnell näher. Die kräftigen Arme des Hüttenwirts fingen mich auf.

»Holla! Was ist passiert? Ist dir schwindelig, Madel?« Besorgt stützte er mich einige Schritte und platzierte mich unauffällig auf einem Stuhl außer Sichtweite der anderen Gäste, hinter der Theke.

»Du bist ja ganz bleich. Brauchst ein Schnapserl?«

»Benjamin ist inzwischen verstorben. Er war mein Mann«, hauchte ich, bevor mir vollends schwarz vor Augen wurde.

Kapitel 10

»Au verflixt. Das ist eine böse Geschichte.«

Alois stellte eine Tasse Tee auf den Tisch neben der Matratze, auf welcher ich in Decken gehüllt lag. Mir war nicht nach Gesellschaft zumute, jedoch konnte ich ihn schlecht wegschicken und wenn ich ehrlich war, wollte ich nicht alleine sein. Ich fühlte mich wie in einem meiner Albträume, nur diesmal war es die Realität. Ich war ein welkes Blütenblatt, das im Universum vor sich hintrieb.

»Mit viel Zucker drin. Dass du auf die Beine kommst, Mädchen!«

Er hatte mir eine Einzelbettkammer zur Verfügung gestellt, um mir den Schlafsaal mit Gemeinschaftsdusche zu ersparen. Vielleicht auch, um die anderen Gäste nicht mit meiner Hysterie zu behelligen.

»Es ist alles so unwirklich, Alois. Ich fühle mich wie in einem bösen Traum. Ich realisiere gar nicht, was gerade mit mir passiert.«

»Das kann ich mir vorstellen Madel. Lass dir Zeit. Aber immer dann, wenn die Wahrheit ans Licht kommt und etwas kaputtgeht, blüht etwas Neues auf, wovon du jetzt noch keine Ahnung hast. Du wirst sehen! Glaub einem alten Mann! Ich spreche aus Erfahrung«, riet er. Erstaunt sah ich ihn an, während mir ununterbrochen Tränen über die Wangen liefen.

»Echt? Du machst so einen zufriedenen Eindruck«, stöhnte ich. Er war zweifelsfrei seit mindestens dreißig Jahren glücklich verheiratet, hatte drei pumperlgesunde Kinder, sieben Enkel und liebte die Tätigkeit in der Hütte. Sein Lachen erfüllte die Kammer.

»Du bist nicht die Einzige, die so etwas durchmacht. Vertrau mir! Jeder von uns wird früher oder später mit Liebeskummer konfrontiert.

Und auch mit dem Tod. Gebrochene Herzen gibt es viele. Erzähl doch mal was über dich. Natürlich nur, wenn du willst«, bat er, setzte sich zu mir und strich sich mit der Hand über den Bart, während er sich meine Geschichte anhörte. Einfach alles an ihm war beruhigend. Seine Stimme, die lieben, erfahrenen Augen. Ich vertraute ihm zu hundert Prozent, beschrieb erst stockend, schließlich immer stürmischer die letzten Monate meines Lebens und ließ dabei rein gar nichts aus.

»Das tut mir sehr leid für euch.«

Ich blies vorsichtig über die dampfende Oberfläche des Tees und schlürfte einen winzigen Schluck vom Becherrand. Er roch intensiv nach Minze.

»Bergkräuter. Selbst gesammelt.«

Ich griff nach dem dritten Taschentuch, das er mir reichte, und schnäuzte.

»Ich habe ihm vertraut! Das ist das Schlimmste. Wenn ich mir vorstelle, dass er sich in der Klinik eine ganz andere Frau an sein Bett wünschte … Und ich, ich war so naiv!« Erneute Übelkeit überkam mich und meine Stimme brach. Es tat zu weh. All die Investitionen.

»Das kannst du nicht wissen.« Er nahm mir die Tasse aus der zitternden Hand und stellte sie vorsichtig ab.

»Das Wichtige ist doch: Du warst da! Du hast Liebe bewiesen und vielleicht wollte das Schicksal, dass du bei ihm bist in seiner schwersten Zeit. Du warst nicht umsonst bei ihm im Krankenhaus und du bist nicht vergeblich hier! Alles macht Sinn, Mädel, und jetzt schlaf ein bisschen. Morgen reden wir weiter, wenn du willst«, ermutigte er väterlich, ehe er sich erhob.

»Eine kurze Frage hätte ich noch, Alois. Warum steht ihr Porträt bei dir in der Hütte. Warst du mit ihr bekannt oder verwandt?«

»Nein, keinesfalls. Die Magdalena kam, das habe ich später erfahren, aus dem Ötztal. Sie ist nicht weit von hier groß geworden, aber ich kannte sie vorher nicht. Es gibt seit dem Unfall eine kleine Gedenkstätte unterhalb der Seescharte. Ich habe das Bild hereingeholt, als der erste Schnee fiel. Unter freiem Himmel wäre es kaputtgegangen. Wär ja schad drum gewesen«, erklärte er.

Ich nickte. Das entsprach ihm.

»Das heißt, du hast es nicht aufgebaut?«, versicherte ich mich noch einmal.

»Nein, das war Matteo, ihr Bruder. Schlaf gut, Sophie.«

Als er weg war, starrte ich auf die Wand gegenüber. Ein auf weißem Stoff gestickter Spruch hing dort.

»*Klettere nie auf Berge, damit die Welt dich sieht. Erklimme Gipfel, damit du die Welt entdecken kannst.*«

»Passt«, murmelte ich, bevor ich einen schluchzenden Ton von mir gab und ermattet einschlief.

Alois hatte sich einverstanden erklärt, dass ich ein paar Tage auf der Hütte blieb. Da sich die Saison dem Ende zuneigte, war das Haus nicht vollbesetzt und meine Kammer nicht für andere E5-Wanderer reserviert. Ich lag die meiste Zeit grübelnd im Bett.

Morgens und mittags zwang ich mich, das hatte ich Alois versprechen müssen, zu Spaziergängen rund um die Memminger Hütte. In der Regel lief ich am Fuß der Seescharte auf und ab oder ging um den See herum. Die Stille, die hier oben herrschte, war einzigartig. Es gab weder Autolärm noch Hektik. Nur Naturgeräusche.

Ich erkannte die Gedenkstätte an ein paar Friedhofskerzen, die rot leuchtend aus der Schneedecke ragten.

»Hier bist du besser aufgehoben als bei mir«, flüsterte ich und legte den Herzkiesel vorsichtig neben die Kerze, nachdem ich den Schnee an diesem Flecken zur Seite gekratzt hatte. Ich hatte das

Gefühl, den Stein nicht mehr besitzen zu dürfen. Es kam mir unaufrichtig vor.

»Wer warst du, Magdalena? Und warum hat Benjamin mir nicht die Wahrheit über euch erzählt?«

Ich wusste nichts über die beiden. Meine und Bens Vergangenheit war wie die schlangenhäuptige Medusa. Kaum hatte sich ein Geheimnis gelüftet, taten sich drei neue auf. Ich fragte mich, ob sie sich spontan auf dem E5 verliebt hatten. Vorstellbar wäre es. Benjamin hatte sich vielleicht einsam gefühlt, nicht beachtet und dann war da diese attraktive Frau aufgetaucht, die Berge liebte und sein Hobby teilte. Wäre Ben nicht gestorben, womöglich hätte er mir die Affäre gebeichtet. Ich hätte Besserung gelobt und er hätte sich weinend entschuldigt und mir geschworen, dass es sich um einen einmaligen Ausrutscher gehandelt hatte. Ob ich zu naiv war? Vermutlich hätte er geschwiegen und ich es nie erfahren. Jedoch, das war Spekulation. Ich fände die Wahrheit nicht mehr heraus.

»Warum bist du abgehauen, Ben? So was tut man nicht!«, rief ich erbittert gegen die Wand der Seescharte.

»Tut man nicht, tut man nicht, man nicht!«, hallte das Echo.

»Du gemeiner Betrüger!«

»Gemeiner Betrüger, Betrüger, Trüger!«

»Ich habe dir vertraut!«

»Dir vertraut, vertraut, vertraut!«

Verzweifelt hielt ich mir die Ohren zu.

Das Schlimmste war, dass ich ihn nicht zur Rede stellen konnte. Benjamin hatte mir nie erzählt, wie schlecht er sich gefühlt hatte. Er hatte mich betrogen und war dann aus meinem Leben verschwunden. Einfach gegangen, ohne sich noch ein einziges Mal umzudrehen. Unwiederbringlich. Und ich? Ich blieb zurück. Unwissend, konfus und am Boden zerstört. Mit meinen vielen Fragen und Vermutungen.

Als ich in die warme Stube der Hütte trat, raufte sich Alois ratlos den Bart. Im Essbereich saßen vier Wanderer, die sich, so viel hatte ich mitbekommen, vor ihrem Aufstieg über die Seescharte stärken wollten. Es herrschte resignierte Stimmung Alois Blick sagte alles. »Die Materialseilbahn funktioniert mal wieder nicht. Die Lebensmittellieferung können wir heute vergessen. Die Leute mussten ihren Rucksack hochschleppen und haben jetzt doppelten Kohldampf.« Fluchend verzog er sich in die Küche, ehe ich ihm kurzentschlossen folgte. Ich schuldete ihm einiges und aus Überresten Essen kochen, das beherrschte ich!

»Was hast du noch da, Alois? Ich helfe dir! Restekreationen sind mein Spezialgebiet. Wäre doch gelacht, wenn wir die Gäste nicht satt bekämen«, motivierte ich ihn, öffnete ohne um Erlaubnis zu bitten die Vorratsschränke und legte die Sachen, die ich für verwertbar hielt, auf die Anrichte. Ein paar Möhren, Nüsse, vier Äpfel, eine verhutzelte Zwiebel und eine angebrochene Packung Reis waren die Ausbeute. Ich überlegte.

»Nicht gerade üppig, aber müsste funktionieren. Hast du Gewürze, Alois?«

Als er nickend bejahte, formte sich schon die erste Rezeptidee in meinem Kopf.

»Das ist es. Ich kreiere ein leckeres Thai-Gemüsecurry. Gib mir eine Viertelstunde, Alois. Du wirst es nicht bereuen.«

Seine Skepsis war nicht zu übersehen.

»Thai-Gemüsecurry?«, brummte er und raufte sich den Bart. »Das hört sich so fremdländisch an. Hier gibt es sonst Hausmannskost wie Bratwurst mit Kraut oder Kaiserschmarrn. Glaubst du, das mögen die?« Unschlüssig schaute er auf die Mohrrüben. Ich lachte.

»Da ist dein Kollege Quirin auf der Kemptner Hütte aber moderner, Alois«, rügte ich ihn lachend. »Dort gibt es immerhin Kürbiscremesuppe.«

»Der Quirin, der Lausbub«, murrte er. Aber seine Mundwinkel zuckten. »Wenn du denkst. Eine andere Chance haben wir eh nicht. Werde ich auf meine alten Tage eben auch noch modern.«

Ich grinste.

»Die Gäste werden unser Essen lieben. Gib mir sämtliches Curry, das du hast«, bat ich ihn.

Ich kochte den Reis in Salzwasser und schnitt nebenher die Möhren in Scheiben, die Zwiebel und die Äpfel in feine Würfel. Mango wäre besser gewesen, doch die Obstsäure der Äpfel würde die exotische Frucht hoffentlich ersetzen, hoffte ich. Ich setzte statt Kokosmilch, Kuhmilch auf, schüttete Unmengen an Curry und etwas Salz und Pfeffer hinein. Dann gab ich die angedünstete Apfel-Zwiebel-Karottenmischung dazu und ließ alles auf niedriger Flamme weiterköcheln, bis es eine cremige Konsistenz erreichte.

»Das Würzen ist das Wichtigste«, erklärte ich. Ich naschte, gab eine Prise Salz und einen halben Becher Sahne, den ich noch im Kühlschrank gefunden hatte, in den Topf und atmete erleichtert aus. Ein Hauch von Asien wehte durch die Hütte und als das Gemüse weich und die Früchte fast aufgelöst waren und ich das Gericht nochmals probierte, war ich entzückt.

»Versuche mal, Alois! Es schmeckt grandios.«

Dieser nahm argwöhnisch den Löffel, schmatzte skeptisch mit der Zunge, ehe sich sein Blick erhellte.

»Mädel, wo hast du Kochen gelernt? Das ist hervorragend!«, rief er begeistert aus.

»Sag ich doch. Wir sind noch nicht fertig. Das Beste kommt jetzt. Gibst du mir ein paar Blätter von deiner selbst gesammelten, getrockneten Minze?«

Ich hackte eine Handvoll Minzblättchen und gab sie in das orangefarbene Curry. Dann briet ich die Nüsse in Öl an und goss den Reis ab.

»Et voilà !«

Alois portionierte unter Argusaugen auf jedem Teller eine dampfende Ladung Reis, schöpfte das Thai-Curry daneben und bestreute das Ganze mit reichlich gebratenen Nüssen. Es sah exzellent aus. Wir nahmen jeder zwei Portionen in die Hand und marschierten damit in die Stube.

»Bitte sehr, die Herren. Thai-Gemüsecurry à la Alois. Guten Appetit«, lachte ich, ehe der Alte mich verbesserte.

«À la Sophie! Haut rein!«

Stolz beobachteten wir von der Küche aus, wie die Gäste es sich schmecken ließen. Unser aus Resten zusammengeschustertes Gericht war ein voller Erfolg.

»Danke, Sophie!« Alois drückte mich glücklich an sich.

»Wofür? Wenn sich eine bedanken muss, bin ich das.«

Als die Truppe aufgebrochen war, räumte ich den Tisch ab und spülte Geschirr ab. Der Hüttenwirt hatte sich hingelegt, da ihn aufgrund des Föhnwindes Kopfweh plagte, und ich hatte eh nichts Besseres zu tun. Als mein Blick aus dem Küchenfenster auf die Seescharte fiel, wurde meine Atmung flach. Ich durfte keine Zeit verlieren. Den Lappen in die Spüle pfeffernd, zog ich mir Jacke und Schuhe an und hastete wie von Sinnen nach draußen.

Ich hatte mit eigenen Augen eine Person gesehen, die im Schnee vor Magdalenas Gedenkstätte gekniet war.

Außer Atem erreichte ich den Platz. Eine Kerze loderte. Der Mensch war wie vom Erdboden verschluckt, doch als ich den Blick hob, sah ich in der Seescharte auf halber Höhe jemanden laufen.

»Hallo? Warten Sie! Haaaalloooooooo!«, schrie ich aus Leibeskräften. Eine Dohle flog erschrocken auf.

»Halloooooooo!«, kam das Echo mehrfach zurück. Er oder sie konnte mich nicht überhört haben. Die Gestalt hielt trotz meines Rufes nur kurz inne, schaute in meine Richtung und entfernte sich weiter in Richtung Grat. Ich hatte also recht behalten mit der Vermutung. Irgendwer war hier gewesen, der Magdalena kannte. Und womöglich auch Benjamin.

»Das war Matteo.«

Zu Tode erschrocken wirbelte ich herum. Alois war auf mein Schreien hin aus dem Mittagschlaf aufgeschreckt herbeigeeilt und stand ohne Jacke neben mir. Wir betrachteten die kümmerliche Flamme, die tapfer in ihrem Gefäß im Schnee der Brise trotzte, die über den Grat zu uns herunterfegte.

»Entschuldige, ich wollte dich nicht verängstigen. Du hast ja nicht einmal die Jacke übergezogen.«

»Schon gut. Hab sowieso nur gedöst. Das war Magdalenas Bruder. Ich habe dir von ihm erzählt. Er kommt seit dem Unglück oft hierher, um den Tod seiner Schwester zu verarbeiten und Abschied zu nehmen. Die beiden waren sehr innig miteinander verbunden. Meistens besucht er mich noch in der Hütte, aber eben hat er es wohl eilig gehabt. Schade! Ist ein feiner Kerl. Du würdest ihn mögen«, versicherte mir Alois lächelnd, während ich mir schwor, niemanden gernzuhaben, der auch nur im Geringsten mit Magdalena zu tun hatte.

»Er lebt neben dem Hof seiner Familie in Vent, im Ötztal. Wahrscheinlich ist er in der Früh von Zams aus hochgewandert.«

»Schafft er das denn heute zurück?« Besorgt sah ich meinen väterlichen Freund an, der daraufhin in herzliches Gelächter ausbrach.

»Da mach dir mal keine Sorgen. Der Matteo ist in den Bergen aufgewachsen. Vent ist das höchste Kirchdorf Österreichs. Es liegt auf 2300 m. Er hat sozusagen auf den Gipfeln der Alpen laufen gelernt.«

»Matteo«, murmelte ich. »Schöner Name.«

Alois überlegte, bevor er mich fragend ansah.

»Warum besuchst du ihn nicht? Der E5 führt durch Vent hindurch und Matteo kann dir viel über seine Schwester erzählen. Vielleicht weiß er etwas, das dir weiterhilft«, schlug Alois vor. »Und schließlich habt ihr beide einen Schicksalsschlag erlebt, der euch verbindet.«

»Mit dem Typen verbindet mich rein gar nix«, rief ich gereizt, ehe ich den verdutzten Alois stehen ließ, zurück in die Hütte stürmte und mich vor Selbstmitleid zerfließend in meiner Kammer einschloss.

»Es tut mir leid, wegen vorhin!«

Gesenkten Hauptes schlich ich abends in die gemütliche Kochstube, wo Alois auf einem Holzschemel am Küchentisch sitzend über der Abrechnung brütete. Ein Feuer züngelte im Kamin. Es war mollig warm und roch herrlich nach versengtem Zirbelholz. Trocken und würzig. Alois sammelte jeden Sommer das im Wald unterhalb der Baumgrenze gefällte Kiefern- oder Zirbelholz, um es zu spalten und für den langen Winter an der wetterabgewandten Seite der Hütte unter einem Schutzdach aufzuschichten.

»Es braucht dir nichts leidzutun. Komm, Sophie, setz dich zu mir.«

Nachdem er ein zweites Glas aus dem Schrank genommen und mir Rotwein eingeschenkt hatte, nahm ich allen Mut zusammen und stellte ihm eine Frage, die mir seit ich hier war auf der Seele brannte.

»Wo ist eigentlich deine Frau? Lebst du das ganze Jahr über alleine hier oben? Ziemlich einsam. Und aus welchem Grund bist du so nett zu mir? Ich meine, du kennst mich ja überhaupt nicht.«

»Ach, Mädel, wenn du mir sympathisch bist, weshalb sollte ich nicht freundlich zu dir sein? Das, was ich bisher von dir weiß, finde ich jedenfalls sehr liebenswert«, schmeichelte er grinsend und hob das Glas.

»Auf dein Wohl, Küchenfee!«

Schade, dass Benjamin nicht das Gleiche gedacht hatte, überlegte ich, ehe ich den negativen Gedanken beiseite wischte und Alois von Dankbarkeit erfüllt ansah.

»Ich mag dich auch, Alois.«

»Ich hatte eine Tochter«, setzte er unvermittelt an, als ich gerade den ersten Schluck Wein probierte. Er war herrlich süß und süffig und stieg einem, aller Voraussicht nach, rasch zu Kopf.

»Ihr Name war Margret. Sie starb mit fünf Jahren an Leukämie. Wir konnten nicht das Geringste für sie tun.«

Entsetzt hielt ich inne, ehe ich mein Glas etwas zu derb auf dem Holz abstellte. Alois ließ sich dadurch nicht beirren.

»Meine Frau verbrachte endlose Wochen bei ihr im Kinderkrankenhaus auf der Onkologischen Station. Margretchen war unheimlich tapfer.«

Er schluckte und sein Blick wurde durchsichtig, während er sein Weinglas umklammerte. Es fiel ihm sichtlich schwer, weiterzusprechen, derweil ich gespannt den Atem anhielt.

»Sie hat es nicht geschafft. Meine Ehefrau hielt daraufhin die Einsamkeit hier oben nicht mehr aus. Ich war damals vor lauter Trauer stur gewesen. Ich war ein dummer Hund und wollte die Hütte nicht aufgeben, obwohl es das Beste gewesen wäre. Ich habe Margerets Tod verarbeitet, indem ich mich einigelt habe. Wollte von niemandem etwas wissen. Es kam, wie es kommen musste. Meine Frau hat mich für einen anderen verlassen. Ich kann sie heute verstehen. Ich war ein Trottel gewesen und habe viel über mich gelernt die letzten Jahre.«

»Alois!«

Tröstend legte ich meine feingliedrigen, zarten Finger auf seine kräftigen, rauen Hände und sah ihm mitfühlend in die Augen.

»Du bist kein Trottel. Ich weiß nicht, was ich sagen soll. Es tut mir sehr leid!«

Alois winkte ab.

»Ist lange her. Ich mag mein Leben inzwischen wieder. Und hier oben auf dem Gipfel, so nah am Himmel …«, er suchte nach Worten, »… bin ich meinem Margretchen irgendwie näher. Seither bin ich wohl ein bisschen sentimental geworden und pflege ein Faible für junge Damen. Sie erinnern mich an meine Tochter. Ich zähle andauernd mit, wie alt Margret gerade wäre. Eine blühende, junge Frau. Wie du.«

Obgleich mich Alois Geschichte unglaublich berührte, ich seinen Schmerz nachempfinden konnte, half sie mir auf positive

Art weiter. Ich war nicht alleine. Benjamin, Magdalena, Matteo, Alois, aber auch Katja oder Mama. Es gab so viele Schicksale, wie es Menschen gab. Jeder von uns musste sein einzigartiges kleines oder großes Drama bewältigen. Das Leben dachte nicht daran, in schnurgeraden Bahnen zu verlaufen. Es hüpfte nach rechts, hopste zwei Schritte zurück, um dann wie ein verrückt gewordener Mustang nach links auszubrechen. Eben noch hatte es einen in sonnige Höhen gehoben und eine Minute später stürzte man umso tiefer in finstere Abgründe.

Ich blickte in Alois blaue Augen.

»Ach, Alois! Ich kann dich so gut verstehen«, pflichtete ich ihm seufzend bei und schenkte uns den restlichen Wein nach.

»Das Leben schickt uns ständig Prüfungen. Manche davon sind hart, aber jede von ihnen macht uns reifer. Auf das Leben!«, rief ich und hob erneut mein Glas.

»Auf das Leben, Sophie!«

Die Tage verstrichen und die Vorstellung, der Memminger Hütte und dem lieben Alois Lebewohl zu sagen, fiel mir schwer. Ich mochte den Weg, in Anbetracht der herrschenden Tatsachen, nicht mehr zu Ende gehen. Was hätte das für einen Sinn gemacht? Doch auch zu Hause erwarteten mich unerledigte Dinge. Mutter wollte von Bruce erlöst werden und das Datum von Bens Urnenbeisetzung rückte unaufhaltsam näher. On top war ich arbeitslos und in der Pflicht, mich um meine zukünftige finanzielle Versorgung zu kümmern. Die seelische Verletzung, welche die Schocknachricht über Bens Untreue in mir ausgelöst hatte, schmerzte noch. Jedoch war aus meiner Ohnmacht dank Alois Fürsorge Trauer geworden. Die Lähmung war überstanden und ich wieder handlungsfähig. Ob ich die Wahrheit je akzeptieren konnte, wusste ich derzeit nicht, aber immerhin hatte ich den Mut bewiesen, ihr ins unansehnliche Antlitz zu schauen.

Alois hatte mir auf wohlwollende Art geholfen, mich mit ihr auseinanderzusetzen. Die Arbeit in der Hütte hatte mir Spaß bereitet und ich hatte mich innerhalb kürzester Zeit wie zu Hause gefühlt. Ich spürte, dass auch ich dem alten Mann ans Herz gewachsen war. Vielleicht, so sinnierte ich, waren wir über eine Woche lang Vater und Tochter gewesen und hatten es beide genossen. Nun war also der Abschied nah.

»Madel, du kraxelst mir nicht im Alleingang über die Seescharte, dass wir uns recht verstehen!«, warnte Alois, machte ein entschiedenes Gesicht und hob streng den Zeigefinger.

»Ich habe aber keine Flügel und irgendwie muss ich ja drüber, nicht wahr?«, gab ich ihm stur zur Antwort. Alois hielt die Arme vor der Brust verschränkt.

»Hast du dir meinen Vorschlag, Matteo zu besuchen, überlegt? Er kann dich hier abholen. Wenn du magst, rufe ich ihn gleich an«, schlug er vor.

Matteo? Einerseits wollte ich nichts mit ihm zu tun haben. Andererseits … irgendetwas in mir drängte mich dazu, mich mit ihm auseinanderzusetzen. Ich grübelte einen Moment, ehe ich zerknirscht zustimmte. Ich wäre auch gerne alleine über die Seescharte gestiegen und wollte eigentlich keine Gesellschaft, aber Alois sollte sich nicht sorgen und dieser Matteo lieferte mir fehlende Puzzleteile zu Bens Affäre. Also nickte ich ergeben, ehe Alois zum Telefon ging. Wenig später kam er freudestrahlend zurück.

»Ist gebongt«, lachte er gelöst. »Er holt dich morgen früh hier ab.«

Ungläubig starrte ich ihn an.

»Er hat sofort zugesagt? Ohne Einwände?«, wunderte ich mich. Alois Lachfalten vertieften sich.

»Er freut sich darauf, dich kennenzulernen.«

Die darauffolgende Nacht konnte ich vor lauter Aufregung nicht schlafen. Ich wälzte mich unruhig hin und her und stand mindestens dreimal auf, um auf die Toilette zu gehen. Als die Sonne aufging, trank ich schon die dritte Tasse Kaffee.

Dann packte ich meine Sachen, während mein Herz schwerer und schwerer wurde. Ich hatte mir meine widerspenstigen, goldblonden Haare zu einem französischen Zopf gebunden und mir Funktionskleidung übergezogen, um gut gerüstet zu sein.

Dann erblickte ich ihn. Meine Pupillen weiteten sich. Ich hatte mir vorher tausendmal ausgemalt, wie er wohl aussehen würde und was für ein Typ er sein würde. Das Erste, was mir an ihm auffiel, als er in die Hütte trat, waren die langen, seidigen Wimpern. Dunkle Augen blitzten aufgeweckt. Er war genauso attraktiv wie seine Schwester. Ein Kribbeln in der Magengrube meldete sich, als sein Blick mich interessiert touchierte, und ich konnte gar nichts anderes tun als tomatenrot anzulaufen. Mein Herzschlag beschleunigte sich.

Er erschien älter als Magdalena, eher mein Jahrgang. Sein kräftiger Körper steckte ebenfalls in einer Kletterhose im Jeanslook. Dazu trug er eine Goretexjacke und Mütze, die er sich nun mit einer lässigen Bewegung vom Kopf streifte. Ich erstarrte. Diese schwarzen Locken kannte ich. In dem Moment fiel es mir siedend heiß ein und ein Bild erschien vor meinem inneren Auge. Bens Aussegnungsfeier. Der unbekannte Typ mit dem Baby. Fragen schossen durch meinen Kopf wie tollwütige Fledermäuse.

»Servus, Alois!«

Der Schönling klopfte ihm freundschaftlich auf die Schulter, ehe er sich mir zuwandte.

»Matteo, grüß dich!«

Alois drehte sich zu mir, um uns einander vorzustellen.

»Hey!«, stammelte ich und wusste gar nichts mehr.

»Ich bin Sophie«, stotterte ich und die anfängliche Begeisterung für ihn ging abrupt in eine ablehnende Haltung über.

»Ich weiß«, lächelte er, ehe er mir die Hand reichte, die ich zögernd ergriff. Das herzallerliebste Grübchen auf seiner linken Wange ignorierte ich starrköpfig. Davon durfte ich mich auf keinen Fall irritieren lassen. Das Zusammenspiel von dem Grübchen mit den Wimpern, den dunklen Locken und der muskulösen Figur allerdings … Ich schluckte. Schalt deine Birne ein, Sophie, rügte ich mich und tat so, als sei ich die Ruhe selber. Die Fragen in meinem Schädel potenzierten sich nicht zum ersten Mal in den letzten Wochen, doch diesmal preschte ich nicht vor, sondern hielt besonnen den Mund. Ich hatte dazugelernt. Wir würden auf dem Weg nach Zams viel Zeit haben, das Thema zu besprechen. Er wirkte anders als auf der Beerdigung. Heute schien er lockerer und cooler. Dieser Typ war zu Benjamins Aussegnungsfeier gekommen. Aber wieso? Hatte er ihn gekannt? Woher hatte er von seinem Tod gewusst? Mein Schädel qualmte.

»Kommt, Kinder, esst was, bevor ihr aufbrecht. Es ist Mittag«, lud Alois uns ein, Platz zu nehmen.

»Wir haben noch welche von deinen frittierten Kichererbsenbällchen. Und Mango-Guacamole-Lassi ist auch übrig, Sophie«, schlug er vor.

»Frittierte Kichererbsenbällchen also?« Matteo schenkte mir einen herausfordernden Blick und grinste, ehe ich peinlich berührt die Augen niederschlug.

»Habe ich was verpasst? Ist momentan orientalische Woche auf der Hütte?«, schäkerte er, ehe ich beleidigt das Gesicht verzog und versuchte, das Grübchen zu ignorieren, das sich immer dann bildete, wenn er lachte. Alois nahm mich stolz in den Arm.

»Die Sophie ist unsere neue Küchenfee, musst du wissen. Seitdem sie hier oben kocht, bekommt das Wort Jause eine ganz andere Bedeutung. Ihre Gerichte sind famos.«

Bestärkt durch das Lob vergaß ich meine Scheu vor dem absonderlichen Kerl, der mich hier abholte, und küsste Alois sanft auf die Wange. Sein Bart kitzelte an den Lippen.

»Ich werde dich und die Hütte total vermissen!«

Alois nickte und wenn ich mich nicht täuschte, blitzte eine winzige Träne in seinem Augenwinkel.

»Ich habe mich an dich gewöhnt, Madel. Du bist hier immer willkommen, Sophie. Hier ist allerweil ein Platzerl für dich frei.«

»Danke für alles! Ruf an, wenn du einmal Hilfe benötigst, Alois.«

Ich drückte ihm einen Zettel mit meiner Telefonnummer und Adresse in die Hand.

»Ich meine es ernst! Du hast was gut bei mir.«

Kapitel 11

An Magdalenas Gedenkstätte angekommen, drehte ich mich noch einmal um und winkte. Ich wusste, dass er uns vom Küchenfenster aus nachsah, und konnte nicht glauben, dass man einen Menschen innerhalb so kurzer Zeit derart liebgewinnen konnte. Eine Träne suchte sich den Weg aus meinem Augenwinkel über meine Wange, die ich schnell wegwischte.

»Wunderbar, dich kennengelernt zu haben, Alois! Auf ein hoffentlich baldiges Wiedersehen«, murmelte ich vor mich hin, ehe ich zu Matteo aufholte, der ein Stück vorgegangen war.

Sein breites Kreuz unterstrich seine Männlichkeit und sein Gang strahlte Stärke aus. Ich fixierte seinen Rücken. Was war nur los mit mir? Ich war Witwe und er nur irgendein fremder Mann. Einer von vielen, redete ich mir ein.

Da stapften wir durch den Schnee. Zwei sich unbekannte Personen, deren Weg sich heute durch einen gemeinsamen Schicksalsschlag kreuzte. Ich war auf der Hut. Er war zwar nur irgendein Fremder, aber gleichzeitig war er der Bruder der Affäre meines Mannes, was bedeutete, dass er eher Feind als Freund war.

Unerwartet drehte er sich zu mir. Seine dunklen Augen funkelten.

»Wenn wir an den Grat kommen, will ich, dass du genau das befolgst, was ich dir sage, verstehst du?«, fragte er. Sein kommandierender Tonfall gefiel mir nicht, deshalb schwieg ich zugeknöpft.

»Checkst du das? Im Ernst, Sophie. Die Seescharte ist nicht ungefährlich«, wiederholte er mahnend.

»Ach, was? Das hätte ich gar nicht gedacht«, antwortete ich bissig. »Wo doch deine Schwester und mein Mann dort verunglückt sind«, rief ich ihm in den Rücken. Er behandelte mich wie eine törichte Göre, der man alles begreiflich machen musste. Der Aufprall schmerzte und ich rieb mir mit verzerrtem Gesicht die Nase.

»Autsch! Pass doch auf!«, rief ich grimmig. Matteo war unvermittelt stehengeblieben und ich mit dem Kopf gegen seinen Rucksack geprallt. Das ging ja gut los. Er kam mir nah. Zu nah! Sein Antlitz stoppte vor meinem, sodass ich seinen warmen Atem spürte. Er roch wahnsinnig gut. Irgendwie minzig. Mein Herz fing an zu hämmern, ehe ich verlegen seinem Blick auswich, indem ich meinen Oberkörper ignorant zur Seite drehte.

»Sophie«, redete er friedfertig auf mich ein und schob mein Kinn mit dem Zeigefinger zurück in seine Richtung. Ich schlug die Lider nieder, ehe mir die Röte ins Gesicht schoss.

»Schau mich an! Ich wollte dich weder bevormunden noch verletzen. Entschuldige. Wir haben beide das Gleiche durchgemacht«, sagte er in sanftem Ton. Seine kräftige Hand lag schwer auf meiner Schulter, die wie elektrisiert anfing zu kribbeln.

»Aber du kennst die Gefahren im Gebirge nicht. Ich möchte nicht, dass dir irgendetwas passiert, okay?«, bat er eindringlich. Ich versank in seiner Iris.

»Okay«, hauchte ich, während ich schwer schluckte. Seine Nähe verwirrte mich. Mein Körper schien auf ihn zu reagieren, ohne dass ich dagegen ankämpfen konnte. Überall, wo er mich berührte, stellten sich unter dem Stoff meiner Jacke die Härchen auf und mein Magen schlug Purzelbäume.

»Geh bitte voraus, dass ich dich im Auge behalte. Wir müssen den Gratweg hintereinander bewältigen.«

Das Geröll war unter dem Schnee schlecht zu erkennen und erschwerte die Trittsicherheit. Zwischenzeitlich befolgte ich demütig seinen Rat und lief brav an der Spitze.

»Aua!« Ein stechender Schmerz ließ mich erneut aufjaulen, denn mein Knöchel war umgeknickt, nachdem ich auf einen losen Felsbrocken getreten war, der sich unter meinem Gewicht ruckartig verschoben hatte. Ich stützte das Körpergewicht auf die Stöcke und stöhnte.

»Mist, verdammter!«

»Kannst du auftreten?« Matteos besorgter Augenausdruck umfing mich. Er war augenblicklich bei mir, um behilflich zu sein. Behutsam versuchte ich aufzutreten und atmete erleichtert aus.

»Nix passiert!«

Das Fußgelenk drückte zwar, doch ich war fähig, es ohne Probleme zu belasten. Das war noch einmal gut gegangen. Matteos Miene sprach Bände und die Erleichterung darüber, dass nichts Gravierendes geschehen war, sah ich ihm deutlich an.

»Ich bin happy, wenn wir den Schnee hinter uns lassen. Kaum vorstellbar, aber im Patroltal blühen die Blumen.«

»Ich weiß«, antwortete ich und kassierte einen seltsamen Blick von Matteo, der mich zum Lachen brachte. Er dachte sicher, ich wäre eine Besserwisserin.

»Ich weiß es, weil ich schon dort war in diesem Sommer«, erklärte ich.

»Die Untere Lochalm war meine Wanderpremiere, verstehst du? Die erste Besteigung in meinem Leben. Wenn man es Besteigung nennen darf und von der Staumauer am Ruhrsee absieht, wo mir schwindelig wurde. Obwohl, das ist ja eigentlich kein Aufstieg gewesen. War nur so tief, da runterzuschauen.«

»Gecheckt!« Amüsiert blickte er mich an.

»Was gibt's da zu grinsen? Jeder fängt mal klein an, oder?«, rechtfertigte ich mich leicht sauer.

»Ich habe dich nicht aus- sondern angelacht, liebe Sophie aus dem Flachland. Reagierst du immer so empfindlich?«, fragte er treuherzig schauend. Das verflixte Grübchen zog meinen Blick magisch an, ehe ich die Augen zukniff und verbissen nach oben schaute.

Warum zum Teufel musste er auch so erstklassig aussehen? Ein Schuldgefühl baute sich in mir auf. Mein Mann war vor Kurzem gestorben und mein Organismus sprang auf den Körper eines Fremden an. Das passte nicht zusammen. Nicht in meiner Welt. Ich musste das sofort abstellen!

Die Wand hatte schon von der Hütte aus so hoch ausgesehen. Jetzt wurde mir bewusst, wie gnadenlos hoch sie in der Realität war. Das Geröll machte jeden Schritt zur Mutprobe und der Pfad wurde immerfort steiler. Die Neigung war so extrem, dass ein Steinchen, das ich aus Versehen lostrat, den kompletten Berghang hinunter polterte und anderes Gestein mit sich riss. Ich erschrak. Der Aufstieg zum Grat war der reinste Selbstmord.

»Vorsicht! Pass auf!«, schrie ich jedes Mal, wenn ein Brocken ins Rutschen kam und in die Tiefe rutschte.

»Alles okay! Zieh deine Handschuhe an und halte dich jetzt nur noch an dem Stahlseil fest. Lass nicht los, egal, was passiert!«

Matteo trat dicht hinter mich. Obwohl er mich nicht berührte, spürte ich seinen Körper.

»Ich fange dich auf, im Fall, dass du stürzt. Such stets erst mit dem Fuß Schutz, bevor du weitergehst.«

Ich stieß einen Seufzer aus und packte die Stöcke weg, griff mit einer behandschuhten Hand nach dem Stahlseil und lachte spöttisch auf, als ich an die harmlosen Kehren am Zammer Loch zurückdachte, die ich mit Maria gelaufen war. Kindergarten! Erhitzt japste ich nach Luft, während ich den Reißverschluss der Jacke ein Stück hinunterzog.

»Schau immer hoch, nicht runter, hörst du?«, warnte er.

Matteo ließ mich nicht aus den Augen und schob mich ab und zu sanft mit der Hand nach vorn, was mir jedes Mal einen Stromstoß versetzte.

»Gleich hast du's geschafft! Du bist hier exakt 2599 Meter hoch«, strahlte Matteo, indes wir kurz pausierten. »Ist das nicht herrlich?«

Als ich mich vorsichtig umdrehte und einen skeptischen Blick zurück wagte, war ich geplättet.

Zwei weitere Seen glitzerten, umgeben von zackigen Felsen, unter uns und ich konnte die Memminger Hütte in der Ferne als winzigen Punkt erkennen. Dort unten lag sie, winzig klein wie eine Ameise. Alois war im Bauch der Ameise. Ich wartete ängstlich auf ein Schwindelgefühl. Nichts geschah.

»Für eine Flachländerin bist du ganz schön couragiert, Sophie«, schmeichelte mein Begleiter, während ich krampfhaft versuchte, die positiven Regungen, die ich für ihn empfand, zu unterdrücken.

Er war, wie ich unterwegs feststellte, ein optimistischer Charakter und immer, wenn er lachte, glänzten seine weißen Zähne.

»Wie kommt es, dass du spontan Zeit hattest, mit mir nach Zams zu wandern?«, fragte ich im Lauerton. Ich konnte meine Neugier, was seinen Beruf anging, nicht leugnen und tippte heimlich auf Skilehrer im Winter und Bergführer im Sommer. Wie alle Machos aus den Bergen eben.

»Ich bin gerade für sechs Monate freigestellt. Ansonsten arbeite ich als angestellter Waldhüter in Vent.

»Waldhüter? Du jagst Wilderer?«, staunte ich, derweil ich mir vorstellte, wie der fesche Matteo mit einem Gewehr durch das Gehölz schlich und Wilddiebe stellte.

»Nicht nur das. Hauptsächlich schütze ich das Wild vor einer Hungersnot. Wenn die Schneedecke zu dick geworden ist, sprenge ich Lawinen, markiere kranke Bäume und erstelle Statistiken über die Flora und Fauna in der Umgebung. Wie ein Förster eben.«

»Interessant! Du bist den ganzen Tag an der frischen Luft«, folgerte ich, ehe er kopfschüttelnd Einspruch erhob.

»Nicht immer. Oft sitze ich im Büro und mache langweilige Sachen am Laptop.«

Unsere Blicke trafen sich.

»Und du? Sophie aus dem Flachland? Was ist deine Passion?«, wandte er sich erwartungsvoll an mich und hob die Brauen.

»Ich arbeite, besser gesagt arbeitete als Eventmanagerin bei einer Hochzeitsagentur. Von einer Passion möchte ich bei mir nicht sprechen. Nicht mehr. Die Tätigkeit wurde mir zu oberflächlich. Ich bin auf der Suche nach einer neuen Aufgabe«, erklärte ich ihm, ehe ich meinen Rucksack schulterte.

»Mir wird kalt. Lass uns weitergehen«, beendete ich das unerquickliche Thema und hangelte flach an die Felswand gedrückt dem Gratübergang entgegen. Dann stockte mir der Atem.

Ich hatte ja mit vielem gerechnet, aber nicht damit. Der Kamm war an seiner höchsten Stelle keinen halben Meter breit.

Vor und hinter uns gähnende Tiefe. So stiegen wir über ein Felsentor, dessen Querung nicht nur eisig war, sondern in eine fast senkrechte Neigung überging. Meine Knie waren Wackelpudding. Unter mir klafften mehrere hundert Meter Abgrund. Wie zum Geier sollte das funktionieren?

Erschöpft hielt ich inne. Am liebsten hätte ich angesichts dieser unerfüllbaren Aufgabenstellung angefangen zu heulen, doch das kam nicht in die Tüte. Nicht in Begleitung von Matteo. Entmutigt blies ich die Luft aus. Als ich unter mir ein schmales Plateau entdeckte, wurde mir zusätzlich flau im Magen, was die Gesamtlage nicht vereinfachte. Ein unschönes Bild schob sich vor mein inneres Auge, denn ich sah dort Bens blutenden Körper liegen. Tränen verwuschen die Umgebung und ich zwinkerte schnell, um wieder klar sehen zu können. Ob das die Stelle war? Laut Alois und Andi waren er und Magdalena auf dieser Seite der Wand abgestürzt.

Ich mochte mir nicht vorstellen, wo sich Matteos Schwester befunden hatte. Denn außer dem Vorsprung sah ich nur abfallende Eis- und Geröllfelder. Als ich mich panisch vor Sorge zu Matteo umdrehte, stockte mir der Atem. Damit hatte ich nicht gerechnet. Er weinte. Dicke Tränen rollten über die Wangen, suchten sich einen Weg durch den Dreitagebart. Er hatte sich die Mütze vom Kopf gezogen und hielt den Kopf gesenkt. Die sonst so fülligen Locken klebten platt und verschwitzt an seiner Stirn, während er die Eisplatte unter uns fixierte. Augenblicklich schmolz mein Herz zu einer rosa Masse Zuckerwatte und ich sah ihn anteilnehmend an.

»Matteo?«, flüsterte ich sanft. »Es tut mir so leid.« Er stand aufgrund der Platzknappheit dicht neben mir und ich spürte seine Körperwärme. Der Wunsch, ihn zu trösten, regte sich in mir, deshalb legte ich meine Handfläche einfühlsam auf seinen Rücken unterhalb des Rucksacks. Ich kam mir ein wenig komisch vor, aber mehr wusste ich nicht zu tun. Ich spürte, wie schwer er litt.

Ich hatte in der Klinik Zeit bei Benjamin verbracht. Auch wenn ich am Ende nie und nimmer mit seinem Tod gerechnet hätte, immerhin waren uns die gemeinsamen Wochen in Zams vergönnt gewesen.

Ich hatte die Chance bekommen, ihn vor dem großen Abschied noch einmal zu sehen. Vielleicht waren die Wochen dort auch der Abschied gewesen. Unbewusst.

Matteo war aus heiterem Himmel mit Magdalenas Tod konfrontiert worden.

Als ich in seine Augen blickte, die aussahen wie zwei glänzende Spiegel, floss der Rest meiner selbst auferlegten Reserviertheit aus mir heraus. Nussbraun waren sie, wie die eines Rehs, was die überlangen seidigen Wimpern unterstrichen, die tränennass zusammenklebten.

»Es wird alles gut!« Ich spürte die raue Haut seiner Wangen unter meinen Handflächen, als ich seinen Kopf sanft in meine Hände nahm und zu mir drehte.

»Es ist hart, aber wir werden es schaffen! Wir werden ihren Tod irgendwann verkraftet haben«, hauchte ich und sein Gesicht war so nah, dass ich die Welt um mich herum vergaß. Am liebsten hätte ich ihm, ich wusste, es war absolut lachhaft, die Tränen von den Lidern geküsst, um seinen Schmerz zu lindern.

Ich beherrschte mich, jedoch war die Situation zutiefst besonders. Voller Scham schob ich meine nicht einzuordnenden Empfindungen auf die Entbehrungen der letzten Wochen. Ich war fertig mit den Nerven. Eine Ertrinkende, die sich im Strudel ihrer Gefühle an einen Fremden klammerte. Hochnotpeinlich und völlig daneben. Augenblicklich schämte ich mich.

»Danke!«

Matteos Körper versteifte sich und ich bemerkte seine Bemühungen, den Emotionen nicht länger freien Lauf lassen.

»Ich weine jedes Mal an diesem Platz. Sorry. Dieses eine Mal wollte ich das nicht. Nicht in deiner Begleitung«, entschuldigte er sich leise.

»Nein, nein, nein. Du brauchst dich nicht verteidigen. Ich weiß, wie es dir geht. Auf dem Weg zur Spielmannsau hatte ich eine Art Nervenzusammenbruch vor lauter Trauer, also mach dir mal keine Sorgen«, beichtete ich ihm die unerquickliche Szene.

Seine Hand berührte meinen Arm, was ich als Dankesgeste wertete.

»Na los! Schauen wir, dass wir runterkommen, wir zwei Sensibelchen«, sagte er und zog die Nase hoch.

Ich erkannte an dem optimistischen Schimmer, der seinen Blick erhellte, dass es ihm besser ging.

»Aufi geht's!«, rief ich.

Matteo hatte in weiser Voraussicht ein Kletterseil mitgebracht, das er erst an mir, dann an sich fixierte.

»So habe ich dich an der Leine«, erklärte er, was ich ihm keinesfalls übel nahm, da mich diese Vorsichtsmaßnahme immens entkrampfte. Was sich abspielen würde, wenn er statt mir fiel, darüber wollte ich im Augenblick nicht nachdenken. Für ihn war die Seescharte Routine und ich vertraute ihm. Zumindest in dieser Minute. Basta!

Wir hatten es geschafft. Die Brotzeit in der Unteren Lochalm schmeckte fantastisch.

»High Five, Sophie!«

In befreiendes Gelächter ausbrechend, klatschten wir uns ab.

»Ich fasse es nicht! Ich bin über die berühmt-berüchtigte Seescharte geklettert.«

Mein Inneres, so fühlte es sich an, schwang das Tanzbein und ich konnte nicht aufhören, wie ein Honigkuchenpferd zu grinsen.

»Du kannst stolz auf dich sein, Sophie aus dem Flachland. Der Übergang über die Seescharte ist knifflig«, lobte er.

»Du hast mir dabei geholfen. Allein wäre ich umgedreht«, schwächte ich seine Worte ab, ehe er antwortete.

»Und du mir. Ich habe mich zum ersten Mal nicht einsam gefühlt mit meinem Schmerz. Danke dafür, Sophie!«

Ein männliches Wesen, das über seine Emotionen sprach? Ich glaubte, mich verhört zu haben.

Berührt von den Silben, biss ich in das Schmalzbrot. Die märchenhafte Landschaft des Patroltales zog meine Seele auch diesmal in ihren Bann.

Es war ein vertrautes Bild. Die Haflinger grasten seelenruhig zwischen den Lerchen, so als ob sie nie etwas anderes täten. Der dunkelblaue Enzian blühte und die Sonne erwärmte unsere Körper und ließ den Bach glitzern, der lustig vor sich hin gluckerte.

»Das Fohlen ist aber tüchtig gewachsen«, staunte ich und erzählte Matteo von unserem Ausflug. Wir saßen sogar auf der gleichen Holzbank, auf der ich damals mit Maria und Andi gesessen hatte. Nur die Wirtin kannte mich nicht mehr. Es erschien mir trotzdem alles wie an jenem Tag, so als ob die Uhren stillgestanden hätten, und doch war in der Zwischenzeit so unglaublich viel geschehen.

Matteo holte mich aus den Gedanken.

»Mein Wagen steht in Zams. Ich schlage vor, wir fahren rauf nach Vent, reden noch ein bisschen und abends bringe ich dich wie besprochen nach Innsbruck zum Bahnhof.«

Schlagartig wurde mir klar, dass ich ihm auf der Strecke keine einzige Frage über Bens außereheliche Eskapaden gestellt hatte.

Es war, und das war spektakulär, das allererste Mal, dass ich außer am Grat nicht minütlich an meinen Mann gedacht hatte. Verwundert schüttelte ich den Kopf.

»Was ist?«

»Ach nichts. Mir ist nur gerade aufgefallen, dass das Leben tatsächlich weitergeht. Und das tut gut.«

Nachdem wir die Kehren nach Zams heruntergelaufen waren, kletterte ich auf den Beifahrersitz des schwarzen Landrover Defender. Ein lehmbespritzter Geländewagen passte zu Matteo.

»Sorry, ist nicht geputzt.« Er warf mir einen entschuldigenden Blick zu, während der Dieselmotor blubbernd ansprang und ich Tapferkeit bewies und endlich Fragen stellte. Ich hatte natürlich allerhand Vermutungen angestellt und verfolgte eine bestimmte Theorie, die ich nun abklopfte.

»Ich schätze, das mit Magdalena und Benjamin lief eine Zeit lang, sonst wärst du nicht bei seiner Beerdigung gewesen. Du kanntest ihn seit einer geraumen Weile, stimmt's?«, riet ich ins Blaue.

Matteo schaute wieder konzentriert auf die Straße, nachdem mich sein empathischer Blick kurz gestreift hatte. Wahrscheinlich prüfte er insgeheim, was er mir zumuten konnte und was nicht.

»Ich kannte Benjamin. Ja. Ziemlich gut sogar. Er kam oft nach Vent und ging seit zwei Jahren unregelmäßig bei uns ein und aus. Wir mochten ihn.«

Ich pfiff voller Überraschung durch die Zähne.

»Zwei Jahre?«, wiederholte ich eher für mich und versuchte, nicht in den Schlund zu kippen, der sich unter mir auftat. Mein eh schon ruinöses Bild unserer Ehe stürzte wie ein Kartenhaus restlos in sich zusammen.

Es war also keine spontane Affäre gewesen, die sich auf dem E5 aus einer Gefühlsduselei heraus entwickelt hatte. Nein. Benjamin hatte mich, das war nach Matteos Aussage logisch, jahrelang systematisch und mit Vorsatz angeschmiert. Blindheit war anscheinend mein zweiter Vorname. Ich befahl mir, nicht zu heulen, und drängte mit Kraftanstrengung die Tränen zurück, indem ich mir jegliches Selbstmitleid verbot. Ich lebte. Ben war tot. Weh tat es trotzdem. Der liebe, verlässliche Mr. Right hatte ein logistisch ausgeklügeltes Doppelleben geführt. Deshalb die zahllosen Ausflüge in die Berge und sein ritterliches Verständnis, wenn es mit der gemeinsamen Zeit mal wieder nicht geklappt hatte. Er hatte Mal für Mal nur ein Interesse gehabt: Magdalena.

»Weißt du, Matteo, ich suche, seitdem ich weiß, dass Benjamin mich betrogen hat, Hinweise dafür, geliebt gewesen zu sein. Aber alle Beweise sprechen dagegen. Es ist absurd. Ich checke nicht, wieso er nichts gesagt hat.«

Um Fassung ringend, suchte ich nach den passenden Worten.

»Ich meine, er hätte die Ehe ehrlich beenden und mit ihr etwas Neues beginnen können. Warum das heuchlerische Spiel?«, fragte ich ihn. Matteo nickte. Die Dörfer, durch die wir fuhren, waren bezaubernd. Ich starrte wie paralysiert aus dem Fenster auf die holzgeschnitzten Dachgiebel, ohne dass sie mich berührten, während ich Matteos Antwort abwartete. Ich spürte seinen Blick auf mir ruhen. Dann schaute er wieder auf die Straße.

»Ich wollte mich da nicht einmischen. Irgendwann konnte ich es nicht mehr mit ansehen. Meine Schwester und später sogar ich hatten ihn gedrängt, reinen Tisch zu machen. Unsere Familie ist, musst du wissen, ein wenig altbacken oder besser ausgedrückt rechtschaffen, was Beziehungen anbelangt. Wir mochten diese ungeklärten Verhältnisse gar nicht. Magdalena wusste von dir und fühlte sich nicht wohl, hatte aber auch keinen Mut, Schluss zu machen. Dafür liebte sie ihn zu sehr.«

Ich schluckte und mein Hals wurde eng.

»Und?«, hauchte ich.

»Es war keine leichte Zeit. Sie saß zwischen den Stühlen, nahm Benjamin in Schutz, wenn der mal wieder eine Ausrede erfunden hatte, sich nicht zu ihr zu bekennen. Sie litt unter dem Gefühl, die Nummer zwei zu sein.«

Mein ironisches Lachen erfüllte den Innenraum des Wagens.

»Die Nummer zwei? Wie komme ich mir denn vor? Wie die unangefochtene Nummer eins oder was? Ich fühle mich wie die letzte Versagerin! Als Ehefrau, überhaupt als Mensch und auch als seine Freundin. Er hat alle Werte, nach denen wir strebten, mit Füßen getreten«, polterte ich. Die Klangfarbe meiner Stimme verriet mich. Ein mächtiger Groll brodelte in mir. Ich verspürte eine Stinkwut auf ihn. Auf mich auch. Bens Lügen bestätigten mein heimliches Selbstbild, eine unwerte und naive Person zu sein.

»Überleg doch mal, Matteo. Die Logistik, die dahintersteht. Benjamin hat mich seit Jahren zum Narren gehalten«, zischte ich. Ich schüttelte ungläubig den Kopf.

»Ich dachte, ich besitze Menschenkenntnis«, flüsterte ich zutiefst resigniert.

»Sei realistisch, Sophie. Er hat euch beide belogen. Sich eingenommen. Und überhaupt. Die zwei haben sich deshalb sowieso andauernd gezankt. Ich habe mich wirklich gefragt, was die aneinander finden. Die waren wie Feuer und Wasser.«

Ich horchte auf.

»Komisch. Wir haben uns nie gestritten«, wandte ich mich an Matteo, der mich verwundert beäugte.

»Gar keine Auseinandersetzungen zu haben ist auch nicht normal«, gab er mir zu verstehen, während ich genervt die Augen verdrehte. Ich hatte keine Lust zu diskutieren, was in Beziehungen normal war und was nicht. Ben war ein Betrüger. Punkt!

Ich war erschöpft und hatte für heute genug erfahren. Mein Schädel wehrte sich gegen die Flut der Gedanken, indem er mir zur Warnung Kopfschmerzen bescherte. Ich spürte Matteos beruhigenden Händedruck auf dem Knie.

»Ich denke, er hatte Bammel, jemanden zu verletzen. Vielleicht wollte er dich in Wahrheit nicht aufgeben. Magdalena hatte sich vorgenommen, die letzte Wanderung dafür zu benutzen, ihn endgültig vor die Wahl zu stellen. Entweder du oder sie.«

»Deshalb der tödliche Streit?« Ich schlug die Hände vors Gesicht. »Bin ich denn wirklich so abartig? Ich bin nicht liebenswert«, heulte ich nun hemmungslos, mein Selbsthass kam aus tiefster Seele. Mein Kopf fühlte sich inzwischen an, wie in einem Schraubstock gefangen. Ich bemerkte nicht, wie Matteo den Wagen an den Straßenrand lenkte und hielt. Ich ließ den Oberkörper, unfähig dagegen anzugehen, in seine Arme sinken. Die großen Männerhände umschlossen schützend meinen Kopf und ich spürte seine festen Lippen tröstend auf meinem Scheitel. Ich weinte in den Stoff seines Kapuzenpullis wie ein verletztes Kind in den Armen seiner Mutter. Seine Finger schoben mir eine Haarsträhne aus dem Gesicht. Eine Geste, die sanft und liebevoll anmutete.

»Ich hätte dich nie betrogen.«

Er hatte die Worte fast lautlos gemurmelt und doch waren sie meinen Ohren nicht entgangen.

»Was? Was hast du gerade gesagt?«, fragte ich leise und hob ungläubig den Blick. In seinen Augen lag mehr als Fürsorglichkeit.

»Ich sagte, ich hätte dich nie betrogen«, wiederholte er etwas lauter.

Verlegen zog er sich zurück auf seinen Sitz, ehe er fortfuhr.

»Ich kenne dich erst seit wenigen Stunden, Sophie aus dem Flachland. Es ist gewagt, das nach so kurzer Zeit zu behaupten, aber du bist eine ganz außergewöhnlich liebenswerte Frau. Ich mag dich sehr.«

Seltsam berührt schaute ich ihn an. Ich war aufgelöst, meine Nase lief und ich konnte meine Person beim besten Willen nicht mit dem Begriff *außergewöhnlich* in positiven Zusammenhang bringen.

»Ich bin außergewöhnlich bescheuert! Außergewöhnlich blind und außergewöhnlich unansehnlich«, schniefte ich.

»Wieso tust du das?«

Matteos Stimme wurde eindringlich.

»Aus welchem Grund machst du dich selbst nieder?«

Ich nahm das Taschentuch, das er mir reichte, ehe ich mir die Wangen trocknete und ausgiebig schnäuzte.

»Dass Benjamin mit meiner Schwester fremdgegangen ist, lag nicht an dir, sondern an Bens Unvermögen, aufrichtig zu sein. Er hatte die Schwäche. Nicht du! Hör auf, das Opfer zu spielen, Sophie. Das passt nicht zu dir«, ermunterte er mich, während er erneut seine Hand auf meinem Knie ablegte und es sanft drückte. Dann strich er mit der Handfläche über meine Wange. Mein Körper schlug Flammen. Doch dann schob sich das Bild von ihm und dem Baby vor mein inneres Auge.

»Und warum tust du das?«, gab ich die erste Frage zurück, worauf er mich naiv ansah.

»Was?«, fragte er ruhig und nahm seine Hand zurück.

»Aus welchem Grund umgarnst du mich mit schmeichelnden Komplimenten, gehst auf Tuchfühlung, obwohl zu Hause deine Frau und dein Kind warten? Das ist mies!« Ich schüttelte mich vor Abneigung. »Ihr Typen seid alle gleich!«

Ich richtete meine Konzentration vor uns auf die Straße und schwieg.

»Ich habe keine Frau. Und ich bin auch kein Daddy. Ich bin Single«, rechtfertigte sich Matteo eine Spur beleidigt, bevor ihm ein Licht aufzugehen schien. Ich wollte gerade mit einer neuerlichen Schimpftirade, vonwegen dass sämtliche Männer lügen, fortfahren, als er mir das Wort abschnitt.

»Jetzt verstehe ich! Na klar! Du hast mich mit Joy in der Aussegnungshalle gesehen.« Er machte eine bedeutungsvolle Pause.

»Da bin ich dir tatsächlich eine Erklärung schuldig.« Er stockte und ich spürte, dass es nicht leicht für ihn war, weiterzusprechen.

»Ich höre?«

»Ich wollte, dass sie ihrem Vater Lebewohl sagen kann. Sie ist zwar noch ein Baby, aber ich möchte, dass sie später davon profitiert, wenn sie die Wahrheit über ihre Eltern erfährt. Deshalb war ich mit ihr dort«, flüsterte er tonlos. Ein Blitz schlug in mich ein und ich schnappte nach Luft.

»Fahr bitte zum Bahnhof. Ich muss dringend heim. Sofort!«

Kapitel 12

Ich erinnerte mich im Nachhinein nicht mehr, unter welchen Umständen ich nach Aachen gelangt war. Irgendwann, nachdem ich gleich einer Rachegöttin abschiedslos und ohne ein Dankeschön aus Matteos Wagen gestürmt und in den Zug in Richtung Heimatstadt gesprungen war, stand ich in den eigenen vier Wänden und durchwühlte Bens private Sachen.

Die Klinik hatte mir eine Tüte, prall gefüllt mit Benjamins Kleidern, seinem Rucksack und anderen Besitztümern, die sie oder Andi bei ihm gefunden hatten, mitgegeben. Ich hatte unter größter Anstrengung die blutverschmierten Textilien herausgezogen und weggeschmissen. Das Übriggebliebene hatte ich in der Tragetasche belassen und diese gedankenlos unter den Schreibtisch im Büro platziert. Er sollte die Sachen, so war meine Idee gewesen, später persönlich sortieren und versorgen. Ein Stirnband flog durchs Wohnzimmer und landete auf dem Fußboden neben der Mütze, einer Sonnenbrille und der Landkarte. Ich filzte die Taschen des Rucksacks, drehte ihn um und schüttelte übertrieben, sodass der Rest herausfiel, darunter ein paar Centstücke, die kullernd wegrollten. Nichts!

Das Chaos ignorierend, ging ich in sein Büro, wo ich das fürchterliche Spiel fortführte, indem ich Schubladen aus den Schienen riss und ausleerte. Ich war im Moment Detektivin und Opfer zugleich und Benjamin war der Angeklagte. Er war schuldig!

Im untersten Schubfach wurde ich fündig. Zwischen den Seiten eines Timers aus dem Vorjahr klebte der Beweis: ein Schwarz-Weiß-Bild aus dünnem Papier. Dass es sich um das Ultraschallbild eines Embryos handelte, konnte auch ich als Laie feststellen. Das aufgedruckte Datum war von vorletztem Jahr. Ich nahm es angeekelt zwischen zwei Finger und starrte auf das unförmige schwarze Gebilde, bevor ich es wie in Zeitlupe auf die Rückseite drehte.

»Unser Baby, welche Freude!«

Joy, die Freude. Ich drückte wie von Sinnen die Klospülung, aber die zusammengeknüllte Kugel weigerte sich beharrlich, unterzugehen.

Auf dem Weg zurück ins Homeoffice kickte ich Bens Rucksack vor mir her und bildete mir ein, den Angeklagten schmerzhaft mit meiner Fußspitze zu treffen. Ich fühlte mich nicht mehr zu Hause und war auf der Flucht in meiner eigenen Wohnung. Seine Sachen lagen kreuz und quer herum. Schubladen standen unschön heraus und sämtliche Schranktüren waren geöffnet, deren Inhalt davor auf dem Boden versprengt vor sich hingammelte. Ich pfefferte Bens Shirt aus dem Bett. Am liebsten hätte ich das ganze Zeug mit einer Schneeschaufel aus dem Fenster, auf die Straße gekippt.

Esther lachte gekünstelt, nachdem sie sich das Etikett der Weinflasche genauer angeguckt und uns dann eingeschenkt hatte.

»Joy, die Freude. Dann sitzt ihr ja sozusagen im selben Boot!«

»Wie meinst du das?«, fragte ich irritiert. Ich hatte vor ihrem Besuch aufgeräumt, Bens Sachen in Säcken gesammelt und diese in seinem Homeoffice eingeschlossen. Irgendwann, so wusste ich, käme der Zeitpunkt, wo ich die Kraft fände, sie entweder auf den Sperrmüll zu stellen oder zu verschenken.

Ich hatte Esther den Hergang der zurückliegenden Woche erzählt und blickte nicht durch, worauf sie mit ihrer letzten Feststellung abzielte.

»Na, es gibt ja wohl zwei Verlierer in dieser Story. Wie du ohne Unterlass betonst, natürlich dich.« Sie vollführte eine Sprechpause und zog eine, wie ich empfand unverschämte, weil unangebrachte Grimasse.

»Und unzweifelhaft das arme Würmchen.« Erfüllt von Anteilnahme schaute sie an die Wohnzimmerdecke. Wir hatten uns Pizza bestellt, die herrlich nach Knoblauch roch. Bruce schnurrte eingerollt zwischen uns auf dem Sofa. Esther streichelte ihm mit der freien Hand den Rücken, woraufhin er sich behaglich streckte und herzhaft gähnte. In ein knuspriges Randstück beißend, verfolgte ich abwartend die Szene, ehe ich mir mit dem Handrücken über die öligen Lippen wischte.

»Spüre ich da Mitleid für das verlassene Waisenkind?«, nuschelte ich mit vollem Mund. Mitgefühl verdiente ja wohl bloß eine. Und die war ich!

»Wer kümmert sich überhaupt nun um das Schätzelein?«, bohrte sie weiter. »Das Mädchen hat kurz hintereinander beide Elternteile verloren. Welche Tragödie!«, murmelte Esther niedergeschlagen.

Verwundert hielt ich mit dem Kauen inne. Sie, die sonst so kühle, rationale Geschäftsfrau trat unvermutet für ein bedauernswertes Wickelkind ein. Ich konnte es nicht fassen und tat desinteressiert.

»Sophie!«, rüttelte sie mit den Händen an meinem Arm.

»Sag mir nicht, dass dich das kaltlässt. Joy ist Bens Kind! Hörst du? Dein Mann Ben ist der Vater. Du musst irgendetwas tun!«

Kauend sah ich sie an. Ich tat, als ob der Inhalt ihrer Silben mich nicht berühren würde. In Wahrheit brandmarkte sie mich mit ihren Worten.

»Seine Affäre ist Mutter geworden. Na und? Was soll ich denn deiner Meinung nach veranstalten? Mein Leben ist verworren genug. Schlimmer kann es nicht kommen! Soll doch deren Clan sich kümmern. Warum ich? Ich bin doch die, die belogen und betrogen wurde.«

Esther packte unsanft meine Schultern, sodass Bruce vor Schreck aufsprang und miauend in die Küche rannte. Ich zuckte zusammen. »Hör endlich auf, Sophie. Ich kann es nicht mehr mit ansehen«, schrie sie. »Deine Opferhaltung wird langsam ermüdend. Du bist verdammt nochmal eine erwachsene Frau und dein Leben mag sich unzweifelhaft schwierig gestaltet haben die letzte Zeit. Chapeau für das, was du leistest! Doch verworren ist es nicht. Das war es nie!« Sie holte Luft, während ich in Erwartung der nächsten Standpauke den Kopf einzog.

»Bens Verhältnis zu Magdalena war verworren!«, zischte sie. »ER wusste nicht, WAS oder WEN er wollte. Magdalena war ebenfalls hin- und hergerissen zwischen Schlussmachen und Bleiben, aber du wusstest immer, wo du hingehörst. Du warst dir in eurer Beziehung klar.«

Ich überlegte, während ich den Rest des Weins in einem Zug leerte.

»Stimmt eigentlich! Ich habe unsere Beziehungskiste nie infrage gestellt. Er war der Wankelmütige«, stellte ich mit leichter Zufriedenheit fest. Ich musste mir nicht mehr vorwerfen, die schlechte Ehefrau gewesen zu sein. Es tat gut, sich von dieser Schuld zu befreien.

»Und jetzt? Jetzt rufe ich den süßen, unwiderstehlichen Matteo an und sag ihm, dass ich die Tochter meines verstorbenen Mannes kennenlernen will? Oder was?«

Der Raureif auf meinem Herzen betäubte so herrlich.

»Genau das wirst du tun, meine Liebe. Genau das!«

»Du spinnst! Das wäre das Letzte, was ich unternähme. Und jetzt möchte ich nicht länger darüber reden«, beendete ich das unleidige Thema. »Es ist alles gesagt. Das Mädchen wurde mir bewusst verheimlicht, also geht sie mich auch jetzt nichts an.«

Ich versuchte den Umstand, dass Benjamin Vater war, aus meinem Gedächtnis zu streichen oder zumindest zu ignorieren.

Ich hatte nicht das kleinste Bisschen mit dem Kind von Magdalena und ihm zu schaffen. Irgendwie wollte ich auch mit Ben nichts mehr zu schaffen haben. Je stärker ich mich von der Geschichte distanzierte, umso mehr ging der Schuss nach hinten los. Beim Metzger nebenan, auf der Domplatte, in den Gassen der Altstadt ... An jeder Straßenecke stieß ich plötzlich auf Säuglinge. Ich glaubte, verrückt zu werden. Miteinander befreundete Mütter schoben im Park ihre Kinderwagen parallel vor sich her und die Zwerge, die eingemummelt drinsaßen, schienen es auf mich abgesehen zu haben. Sie suchten geradezu meinen Blick, lächelten zuckersüß oder gurrten aufgeregt, wenn ich sie unauffällig beguckte. Die ganze Welt bestand aus pummeligen, pausbäckigen Babys.

»Das macht ihr doch mit Absicht, ihr kleinen Herzensbrecher«, murmelte ich und versuchte, demonstrativ wegzuschauen.

»Aber da habt ihr bei mir keine Chance! Das Kindchenschema funktioniert bei mir nicht«, murrte ich und verstaute kopfschüttelnd die Einkäufe im Kühlschrank, als das Telefon klingelte.

»Schoko- oder Obstkuchen?«, rief eine Frauenstimme in den Hörer.

»Katja?«

»Ich bin am Backen und würde mich freuen, wenn du heute Nachmittag vorbeikommst. Ich will alles über deine Abenteuertour erfahren«, lud sie mich ein, bevor sie in gespielt strengem Tonfall weitersprach. »Keine Widerrede! Ich weiß, dass du Zeit hast.«

Schmunzelnd füllte ich mit der freien Hand Bruce Napf mit frischem Wasser auf.

»Ist gebongt! Drei Uhr? Äh ... und ich bevorzuge Schokoladenkuchen, wenn du mich schon vor die Wahl stellst. Grüß meinen Lieblingsbruder Marc«, lachte ich, ehe ich mich verabschiedete. Ich hatte gerade aufgelegt, da läutete es erneut. Katja hatte bestimmt noch etwas vergessen.

»Katja?«

»Servus, Sophie aus dem Flachland.«

Der sonore Klang umhüllte mich wie eine warme Decke. Mein Herz vollführte einen Hüpfer und die vertraute Klangfarbe der Stimme löste bereits während dieser ersten fünf Worte einen Gefühlssturm in mir aus. Meine Hand zitterte. Blockier das, Sophie, schrie es in mir, während ich sehnsüchtig auf seine nächsten Worte wartete. Ich durfte meiner Sehnsucht nicht nachgeben. Dieser Mann durfte in meinem Beuteschema nicht vorkommen. Er war tabu. Es gab zahlreiche andere Typen mit Grübchen und dunklen Locken. Er war nur einer von vielen, redete ich mir ein.

»Matteo. Was kann ich für dich tun?« Ich klang wie eine Versicherungsmaklerin, die einen Kunden bediente. Höflich distanziert.

»Ich möchte wissen, wie es dir geht, Sophie. Immerhin haben wir die Seescharte zusammen gemeistert. Das verbindet.« Er lachte herzlich und seine Zuneigung war nicht zu überhören. »Wollen wir uns treffen?«

Ich schluckte das hinterhältige Glück, das sich klebrig in mir auszubreiten versuchte, hinunter und schloss die Augen, bevor ich unter größter Anstrengung den nächsten Satz aussprach.

»Es tut mir leid. Kein Interesse. Uns verbindet null, Matteo. Du bist ein Mann aus einer anderen Welt, der seine Schwester verloren hat. Ich kenne dich nicht wirklich. Wir sind ein paar Kilometer gemeinsam gewandert. Mehr nicht«, formulierte ich die Sätze in einem Ton, der die Worte leicht arrogant färbte. Ich schlug mit einer Machete um mich. Zerstörte mit einem Hieb das zarte Band, das sich wie ganz von selbst zwischen uns geknüpft hatte. Ich hörte an seiner veränderten Sprachfärbung, dass mein Plan aufgegangen war. Seine Herzlichkeit hatte die Biege gemacht und er reagierte nüchtern.

»Okay, verstehe. Noch was. Ich möchte um Erlaubnis bitten, an Benjamins Urnenbeisetzung teilnehmen zu dürfen«, bat er ebenso sachlich wie ich.

»Du hast bei der Aussegnungsfeier keine Genehmigung gebraucht. Dann brauchst du sie jetzt auch nicht. Ob du kommst oder nicht, geht mich nichts an. Tu, was du für richtig hältst«, hielt ich ihn auf Abstand. Ich vernahm an seinem Atem, dass er zu einer längeren Antwort ansetzen wollte, es jedoch unterließ.

»Ich weiß Bescheid, danke. Ich habe keine Chance bei dir, stimmts?«

Trauer hatte seine Stimme noch dunkler gefärbt, aber ich verspürte keinerlei Mitleid mit ihm. Er hatte sich mit mir in etwas verrannt und würde innerhalb eines Wimpernschlags drüber wegkommen. Die Söldener Skihasen oder Klettermädels würden sich auf ihn stürzen und sie würden sich streiten, welche ihn als Erste trösten dürfte. Er würde mich schnell vergessen haben. Und in zwei Jahren würde er fragen: »Sophie? Welche Sophie? Ich habe nie eine Frau mit diesem Namen gekannt.«

»Keine Chance. Tschüss!«, flüsterte ich in den Hörer und drückte das Gespräch weg. Gelöst ging ich ins Schlafzimmer, um mich für Katjas Besuch umzuziehen. Wenn ich zur Ruhe kommen wollte, musste ich den schönen Matteo ein für alle Mal vergessen.

An der Seite des gelockten Berglers mit den langen Wimpern wäre ich auf die Ewigkeit verurteilt, auf Magdalena und Benjamin zu gucken. Wie sollte es mir unter solchen Begleitumständen gelingen, einen Schlussstrich ziehen?

»Never ever!«, sagte ich laut, schnappte Autoschlüssel und Handtasche und begab mich auf den Weg zu Katja.

»Du siehst glücklich aus!«

Katja betrachtete fasziniert das Display, während ich ihr am Kaffeetisch die Schnappschüsse zeigte, die ich auf dem E5 gemacht hatte. Ihr Schokoladenkuchen schmeckte köstlich und ich genoss bereits das zweite Stück.

»Wenn man sich die Bilder chronologisch sortiert ansieht, erkennt man die Verwandlung.«

»Findest du?« Erstaunt nahm ich ihr das Handy aus der Hand und prüfte die Aufnahmen. Sie hatte recht. Das war mir vorher nicht aufgefallen. Ich lachte offenherzig in die Kamera und in meinen Augen stand pure Fröhlichkeit. Meine Stirn war glatt, die Wangen rosig. Ich strahlte auf dem Bild eine ganz und gar zufriedene Frau von natürlicher Schönheit aus. Ich pfiff leise durch die Zähne.

»Es stimmt. Du hast recht.«

Es war in der Woche bei Alois entstanden, der sich mein Handy gegriffen und mich in der Küche während des Kochens fotografiert hatte.

»Auf den anderen ist es das Gleiche. Mal abgesehen davon, dass wir uns nicht oft begegnen ... So happy habe ich dich noch nie gesehen, Sophie.«

»Echt?«, fragte ich unsicher und wunderte mich.

»Wow, hahaha!« Katja lachte auf und zog die Brauen amüsiert nach oben.

»Holla die Waldfee! Was ist denn das für ein stattlicher Adonis? Wie eine trauernde Witwe siehst du ja nicht aus auf dem Bild. Eher wie auf Wolke sieben!«

Erschrocken hielt sie sich die Hände vor den Mund.

»Was sage ich da? Sorry, Sophie«, entschuldigte sie sich und schüttelte den Kopf über sich. »Das war dumm von mir! Ich wollte nicht pietätlos klingen. Im Gegenteil«, erklärte sie und sah mich liebevoll an. »Du warst seit Bens Unfall im Sommer so depressiv, dass ich mich ehrlich freue, dich so unbeschwert zu sehen. Der bildhübsche Mann, wer auch immer er ist, scheint dir sehr gutzutun«, erklärte sie und suchte meinen Blick. Als ich auf das Selfie schaute, das sie mir unter die Nase hielt, wurde mein Hals eng. Meine grünbraunen Augen strahlten darauf heller als sonst, weil sie in starkem Kontrast zu Matteos braunen standen. Er hielt seine Wange lachend an meine.

»Das haben Matteo und ich auf der Unteren Lochalm gemacht, nachdem wir die Querung über die Seescharte geschafft haben.«

Er ist der ältere Bruder von Magdalena«, verdeutlichte ich meiner Schwägerin, die mich gespannt anschaute.

»Gibt es da vielleicht eine Geschichte, die ich nicht kenne?« Sie nahm meine Hand und drückte sie. »Möchtest du sie mir verraten?«

»Ehrlich gesagt tut es mir nicht gut, darüber zu sprechen. Aber vielleicht kannst du mir sagen, wie du darüber denkst!«

Ich wunderte mich über mich selber, da ich bei Esther so kaltschnäuzig reagiert hatte und nun Katja um Hilfe bat.

Das Verhältnis zu ihr war die letzten Jahre von Distanz geprägt gewesen, was ich mir heute zu großen Teilen selbst in die Schuhe schob.

Im Nachhinein betrachtet hatte ich Marcs Frau nie wirklich ernst genommen und wenig Interesse an einer tieferen Beziehung gezeigt. Und das bereute ich nun von ganzem Herzen.

Katja war, wie ich heute feststellen durfte, die fürsorglichste und verständnisvollste Schwägerin, die ich mir wünschen konnte.

Nachdem ich ihr die Story erzählt hatte, schüttelte sie skeptisch den Kopf und strich sich eine braune Strähne ihrer langen, glatten Haare hinters Ohr. Sie trug sie entweder zu einem losen Dutt zusammengerafft oder, wie momentan, offen. In ihren lässigen Männerhemden und weiten Hosen sah sie aus wie eine hübsche Studentin für Sozialwissenschaften oder Biologie. Apart und Leger.

»Ein Stadtmädchen und ein schöner Fremder aus den Bergen … Das wäre ja ein wahnsinnig spannender Stoff für meinen neuen Roman«, flüsterte sie ehrfürchtig. »Los! Erzähl!«

Ich horchte auf.

»Du schreibst?«

Ihr Nicken erreichte mich, bevor sie mit einem bescheidenen Lachen antwortete.

»Ja. Wusstest du das nicht? Ich verfasse Unterhaltungsliteratur für Frauen.« Verständnisvoll fügte sie hinzu: »Du konntest es nicht wissen. Ich habe Marc anfangs gebeten, es keiner Menschenseele zu verraten, aber in der Zwischenzeit bin ich recht erfolgreich und entlaste Marc, der froh ist, wenn ich mitverdiene«, erklärte sie spitzbübisch lächelnd. Ihre Augen glänzten. Perplex schüttelte ich den Kopf.

»Katja! Ich meine, das ist ja großartig! Meine Schwägerin ist eine Schriftstellerin und ich weiß nichts davon?«, staunte ich ehrlich beeindruckt.

»Hör auf! Wie sich das anhört. Ich bin doch nicht berühmt. Höchstens eine motivierte Autorin, die Spaß am Schreiben hat und sich immer wieder von spannenden Schilderungen inspirieren lässt wie von deiner gleich. Jetzt fang schon an!«

Katja strahlte mich an.

»Ich glaub's nicht!«

»Tja, wie sagt man so schön? Die Verwandtschaft ist immer für eine Überraschung gut. Aber du lenkst von deinem Thema ab«, rügte sie, ehe ich ihr haarklein alles erzählte, was ich erlebt hatte.

»Wahnsinn, was das mit dir gemacht hat.«

»Bin ich denn, wo wir schon mal dabei sind, ansonsten ungenießbar?«, fragte ich lauernd. Katja verzog das Gesicht und sann, ehe sie Antwort gab, nach.

»Na ja, wie soll ich sagen? Du warst stets höflich. Nett, bloß so oberflächlich und, sorry, unverbindlich. Und ich habe nie einen Funken echte Freude in deinen Augen festgestellt«, beschrieb sie mich. Aufmerksam schaute sie mich an.

»Bist du jetzt sauer?«

»Nein. Ja. Quatsch, ich bin nicht sauer. Es tut weh. Ich habe das bereits von anderen Leuten aus meinem Umfeld gehört.«

Katja legte mir beschwichtigend einen Arm um die Schulter.

»Umso wunderbarer, dass du mir heute Zeit schenkst. Wir haben einiges nachzuholen«, tröstete sie.

»Das machen wir, da darfst du sicher sein, liebe Schwägerin«, gab ich ihr recht, ehe ich sie ansah.

»Du, Katja … Mit neutralem Abstand betrachtet: Wie hast du uns als Ehepaar empfunden?«

Katja rollte mit den Augen, während sie energisch abwinkte.

»Also ehrlich. Sophie, das kann ich dir doch nicht beantworten. Eine Beziehung ist in Wahrheit immer ganz anders, als sie nach außen hin wirkt. Ich werde mir nicht erlauben, ein Urteil über eure Ehe abzugeben. Geht's noch?« Sie seufzte.

»Jetzt sag schon«, blieb ich hartnäckig.

»Ich weiß, dass es deine subjektive Sichtweise ist. Aber es würde mich wirklich interessieren. Also?«, probierte ich, sie zu einer ehrlichen Antwort zu bewegen.

»Na gut. Wie ich sagte. Nett«, fasste sie die Beziehungskiste zwischen Benjamin und mir mit einem Wort zusammen, ehe sie in die Küche lief, um Kaffee zu holen. Von dort fügte sie rufend hinzu: »Ohne Feuer.«

Ohne Feuer? Benjamin und ich waren doch nicht nur platonisch befreundet gewesen. Wir hatten mehr als eine Zweck-WG. Oder?

Ich versuchte, mich an die körperlichen Momente zu erinnern. Ich hatte Benjamin unheimlich liebgehabt, seinen Geruch gemocht, ihn gerne angefasst. Und er mich, da war ich mir sicher. Er fehlte mir unendlich. Doch das aufregende Prickeln auf der Haut, dieses angenehme Ziehen zwischen den Lenden, das ich schon in Matteos bloßer Anwesenheit spürte, hatte es bei Benjamin nie gegeben. Vielleicht anfangs, ja, aber nicht in dem Maß. Ich brütete vor mich hin, während Katja die Teller abräumte. Sexuelles Verlangen für sich genommen war noch lange keine Liebe, überlegte ich. Liebe war das Band des Vertrauens und der Freundschaft, das die Zeit zwischen zwei Menschen dicker und dicker flocht, die sich füreinander entschieden hatten. Die Basis sozusagen.

Das andere waren nichts als Hormone. Flüchtige, flatterhafte Schmetterlinge, die nach einer Weile des Nektarnaschens zu einer anderen Blüte weiterflogen. Nichts Verlässliches und schon gar keine echte Liebe. Aber gehörte ebendiese Art der Anziehung nicht quasi dazu? Katja warf mir einen behütenden Blick zu, als sie das Geschirr in die Maschine räumte. Sie sah mir an, dass ihre Worte mich ins Grübeln gebracht hatten, und vielleicht hatte sie das genau so beabsichtigt. Benjamin und ich waren sehr zärtlich zueinander gewesen. Rücksichtsvoll. Gut, das körperliche Begehren hatte mit der Zeit abgenommen. Und, überlegte ich …, hatte zwischen uns je der Moment existiert, in dem wir von triebhaftem Verlangen übermannt begierig übereinander hergefallen waren? Verdammt, nein!

Ob er diese Gefühlsregung, die ich bei Matteo verspürte, bei Magdalena empfunden hatte?

»Hör auf, dir das Hirn zu zermartern, Schwägerin«, ermunterte mich Katja, während sie plötzlich hinter mir stand und anfing, mir den Nacken zu massieren. »Das Leben wirft dich sowieso an den Platz, an den du gehörst.«

»Und wenn ich das nicht erkenne? Oder mir meinen Platz lieber selber heraussuche?«

Katja hielt mit ihrer wohltuenden Knetkur inne.

»Du denkst, für den Fall, dass du entweder zu blind oder zu stur dafür wärst? Tja, das wäre fatal. Dann hättest du dein Glück sozusagen versäumt oder es mutwillig ausgeschlagen!«, schlussfolgerte sie und in ihrer Stimme lag eine winzige Brise Humor. Ich dagegen nahm jede ihrer Silben mehr als ernst. Ihre Theorie jagte mir einen gehörigen Schrecken ein.

»Das hieße ja, dass das Leben Benjamin und Magdalena zusammengeführt hätte. Mit voller Absicht könnte man sagen und mit dem Ziel, dass die beiden ihr Glück finden.« Etwas Spitzes stach in meine Brust.

»Wenn dem so wäre, empfände ich das als mega-ungerecht«, wetterte ich. Mein Selbstwertgefühl meldete sich, indem es auf Erbsengröße schrumpfte. Ich zog eine bedauernswürdige Grimasse.

»Denk doch mal weiter! Du hast Matteo kennengelernt. Vielleicht wollte das Leben auch, dass du dein Glück findest«, sagte Katja, die anscheinend um drei Ecken dachte, denn ich verstand nicht auf Anhieb, was sie meinte.

»Unter der Voraussetzung ginge das Glück seltsame Wege«, murrte ich misstrauisch.

»Wenn das Leben sortiert, dann richtig!« Katja lachte.

»Wir können nicht entwischen. Am schlimmsten trifft es die Kontrolleure, die versuchen sich an dem festzuklammern, was nicht für sie vorgesehen ist«, warnte sie mit leicht spöttischem Unterton.

»Kontrolleure wie mich?«, flüsterte ich.

Katja sah mich einfühlsam an.

»Ich finde, du hast dich dem Leben mutig anvertraut in der letzten Zeit. Du bist in die Berge gefahren, obwohl du Muffe vor ihnen hattest. Du hast deinen Mann auf seinem schwersten Weg begleitet, ohne von seiner Seite zu weichen, und du hast eine berufliche Tätigkeit an den Nagel gehängt, die dich nicht mehr ausgefüllt hat. Hut ab vor deiner Kraft und deinem Mut.«

Ich stand berührt auf und wir drückten uns lange und innig.

Kapitel 13

Auf dem Nachhauseweg fühlte ich mich merkwürdig aufgewühlt. Der Knoten in meinem Gehirn hatte sich nicht gelöst. Im Gegenteil, ich empfand alles noch verworrener. Dennoch hatte Katja eine andere Sichtweise in mir erweckt.

Ich strengte mich an, Bens Liebesbeziehung zu Magdalena mit anderen Augen zu betrachten. Kein Mensch, das war auch mir klar, verlor sein Herz in böser Absicht. Man, und damit meinte ich keine notorischen Fremdgänger, verliebte sich fremd, wenn man etwas Wesentliches in seiner Beziehung vermisste.

»Schade, dass du dich nicht getraut hast, deine Wünsche anzusprechen, Benjamin«, murmelte ich an einer Kreuzung bei Rot wartend. Irgendwie wurde ich die dumme Angewohnheit, Monologe zu führen, nicht mehr los.

»Sorry, ich konnte nicht in deinen Kopf sehen und habe in meinem Dauerstress nicht gecheckt, was falsch läuft«, flüsterte ich.

Die Ampel war lange von Rot auf Grün gesprungen als ich, begleitet von einem Hupkonzert, anfuhr und eine entschuldigende Geste in den Rückspiegel zeigte.

»Du hattest sicher Panik davor, mir die Wahrheit zu sagen, aber das hättest du tun sollen. Auch Magdalena zuliebe. Es wäre das Mindeste gewesen. Denn jetzt ist alles verdammt vertrackt«, murmelte ich das Lenkrad verkrampft umklammernd.

»Oder wusstest du am Ende selbst nicht, für wen dein Herz schlägt? Kann man zwei Frauen gleichzeitig lieben, Ben? Und wenn ja, ist ein Kind kein hilfreiches Entscheidungskriterium?« Während ich hörbar vor mich hin spekulierte, hatte ich plötzlich die untrügliche Wahrnehmung, Benjamin säße auf dem Beifahrersitz und hörte mit zu.

»Warum habt ihr gestritten? Hat sie dich wegen des Babys bedrängt?«

Fast war ich in Versuchung, meinen Kopf nach rechts zu drehen, aber ich hätte mich komisch gefühlt und wollte nicht übertreiben, also ließ ich es.

»Aus ihrer Sicht verstehe ich das absolut. Joy ist deine Tochter. Sie hätte Zeit, Aufmerksamkeit und vor allem die Liebe ihres Vaters verdient. Jedes Baby tut das. Und jetzt, jetzt ist es zu spät.«

Ich fragte mich, was es bedeutet hätte, wenn Benjamin sich rechtzeitig entschieden hätte. Würden die beiden am Ende noch am Leben sein? Hatte seine Unentschlossenheit dazu beigetragen? Zur tödlichen Katastrophe? Was für ein Wahnsinn.

Zuhause angekommen sprintete ich ans Telefon, inspizierte die Anruferliste und drückte auf Rückruf.

Ich wollte mich für meine Unhöflichkeit entschuldigen und Matteo sagen, dass er natürlich zur Urnenbeisetzung kommen konnte. Matteo ging nicht an den Apparat und es existierte auch kein Anrufbeantworter, den ich hätte bequatschen können.

»Typisch diese Hinterwäldler«, dachte ich bei mir. »Leben wie im vorletzten Jahrhundert.«

Nach dem dritten Versuch gab ich auf, setzte mich in die Küche und vertiefte mich in die Fotos, die ich in den Bergen aufgenommen hatte.

Bens Urnenbeisetzung fand im kleinsten Kreise der Familie statt. Ich hoffte, dass ich mit dem Begräbnis im Friedenswald und dem eigenen Baum als Ruhestätte seinem Wunsch entsprochen hatte, und sah auf das lehmige Loch im Waldboden. Die Atmosphäre empfand ich als wohltuend und ursprünglich. Blumenschmuck oder Grabsteine waren nicht erlaubt. Es existierte lediglich die Schönheit der Natur mit ihren Bäumen, den Vögeln und idyllischen Pfaden, die durch das Terrain führten.

»Deine Asche im Himalaya-Gebirge in den Wind zu streuen, ging leider nicht«, flüsterte ich, sodass niemand der anderen Trauergäste es mitbekam. Wir waren zu fünft. Mama, Katja, Marc und ich. Und der Pfarrer. Matteo war nicht aufgetaucht. Ich hatte ihn, so vermutete ich, mit meiner patzigen Antwort am Telefon für alle Zeiten vergrault. Was ich sehr gut verstehen konnte.

Nachdem ich mich ab und zu suchend umgeblickt hatte, erkannte ich zu meiner Verwunderung Bens Vater, der einsam auf dem zwanzig Meter entfernten Waldweg stand. Ich überlegte nicht lange, sondern eilte klopfenden Herzens zu ihm.

»Herr Andres? Gut, dass Sie gekommen sind. Haben Sie meine Nachricht erhalten?«, rief ich ihm entgegen.

»Kommen Sie doch näher! Ich war auf der Aussegnungsfeier zu traumatisiert, um auf die Gäste zuzugehen. Aber ich habe Sie gesehen. Wie schön, dass Sie hier sind. Sie gehören schließlich zu uns.«

Seinen unsicheren Blick ignorierend, nahm ich ihn kurzentschlossen am Arm und führte ihn zur Verwandtschaft, um ihn vorzustellen. Nach der berührenden Zeremonie der Urnenbeisetzung beugte ich mich noch einmal über die Stelle, wo Bens Asche vergraben lag.

»Danke für alles Schöne, Benjamin! Ich benötige noch ein bisschen Zeit, um die Wahrheit zu verarbeiten. Ich würde mich freuen, wenn du mir vergibst, weil ich so wenig Zeit für dich hatte. Ich hätte mir im Nachhinein nichts sehnlicher gewünscht, als dir eine gute Frau zu sein«, murmelte ich kaum vernehmbar.

»Ich werde dich hier ab und zu besuchen. Mach's gut!«

Die Tränen trocknend drehte ich mich suchend um und nahm dann Bens Vater beiseite, bevor dieser sich stillschweigend davonschleichen konnte.

»Herr Andres? Warten Sie einen Moment«, bat ich ihn.

Ein widerwilliges Zucken ging durch seinen Blick.

»Sag doch bitte Herbert zu mir, Sophie«, entgegnete er auf meine überzogene Höflichkeit. Er sprach kaum hörbar und seine Stimme klang freundlich. Ich versuchte, eine Ähnlichkeit zu seinem Sohn festzustellen, und tatsächlich: Während er redete, erkannte ich eine Übereinstimmung in der Mimik der beiden.

»Es ist so oder so zu spät. Weißt du, ich habe die letzten Jahre bereut, ein derartig katastrophaler Vater und Schwiegervater gewesen zu sein. Wenn du mich wenigstens nicht siezen würdest. Sonst komme ich mir noch grässlicher vor, als eh schon«, bat er.

»Herr, ähh Herbert!«, stotterte ich.

»Möchtest du dich mal mit mir treffen? Ich könnte dir von Benjamin erzählen. Und du mir von ihm. Er war nie wütend auf dich. Vielleicht ein wenig geknickt, weil ihr euch nie gesehen habt, aber böse? Nein! Außerdem …«, hielt ich kurz inne, »… hättest du eventuell die Chance, es zu begleichen«, sagte ich, wohlwissend, dass ich mich mit dieser Behauptung ziemlich weit aus dem Fenster beugte. Aber er musste es doch wissen, oder?

Nun war es zu spät. Augenblicklich gab es kein Zurück mehr. Die Fragezeichen, die sich in den Augen meines Gegenübers formierten, sprangen mich geradezu an.

»Wie soll ich das gutmachen können?«, lamentierte er, während er deprimiert den Kopf schüttelte. »Mein Sohn ist tot.«

Katja, die einen Teil des Dialoges mitbekommen hatte, schielte interessiert zu uns herüber.

»Es gibt da nämlich etwas, das du wissen solltest, Herbert.«

Ich schluckte, ehe ich seine Hand nahm. Sie war kalt und fühlte sich leblos an. Herberts Pupillen wurden weit, nachdem ich den nächsten Satz ausgesprochen hatte.

»Du bist Opa! Nein, nicht von mir«, erklärte ich rasch, da sein suchender Blick auf meinem flachen Bauch kleben blieb. »In Österreich lebt ein kleines Mädchen, mit dem Namen Joy, das deine Enkeltochter ist.«

Eine Hand legte sich auf meine rechte Schulter.

»Das darauf wartet, dass es seine Familie endlich kennenlernt«, vollendete eine maskuline Stimme meine Aussage, die sämtliches Adrenalin, das meinem Körper zu Verfügung stand, mobilisierte. Wie von Sinnen drehte ich mich um.

»Matteo? Du hier?«

Sein linker Arm umfing meinen Rücken. Ich spürte seine kräftige Gestalt wie einen Felsen neben mir.

»Herr Andres? Herzliches Beileid«, wünschte Matteo, während er Bens Vater warmherzig die Hand schüttelte und mich mit einem rätselhaften Blick von der Seite besah.

»Sophie hat recht! Es stimmt, Sie haben ein Enkelkind. Ich lade Sie jederzeit ein, Joy zu besuchen.«

Seine gebräunte Hand strich mehrmals über den dunklen Dreitagebart. Mir fiel auf, wie gepflegt seine Nägel waren.

Ich musste aufgrund seiner Geste wegschauen, um meinen Körper still zu halten. Nicht hier. Nicht jetzt.

Herberts Überraschung war nicht zu übersehen und wir verabredeten uns zu dritt für den kommenden Tag, um das Thema Joy in aller Ruhe zu besprechen.

»Wo hast du dich eingemietet?«, fragte ich wie beiläufig, bevor mich Matteos offenes Lachen erreichte.

»Nirgends. Ich penn im Auto. Gesetzt den Fall, dass du nichts dagegen hast, könnte ich vielleicht morgen früh dein Badezimmer benutzen? Duschen wäre schon nicht schlecht.« Seine braunen Augen funkelten. Er strahlte jede Menge Energie aus. Ich suchte umsonst nach einem Anzeichen von Ironie in seinen Zügen, doch er hatte es bierernst gemeint.

»Wenn ich die Rückbank umklappe, habe ich eine geniale Koje. Das funktioniert super. Ist mir lieber, als in irgend so 'ner ungemütlichen Bude zu übernachten, die viel Geld kostet«, erklärte er, während ich sprachlos nickte. Marc, der den Wortwechsel mitverfolgt und wohl vergeblich auf meine Gastfreundlichkeit hoffte, mischte sich vermittelnd ein.

»Das kommt nicht infrage. Du übernachtest unter keinen Umständen in deinem Wagen!« Er besah mich mit einem schiefen Blick. »Du bist unser Gast, Matteo.« Er betonte das Wort Gast. »Wir haben ein Gästezimmer mit eigenem Bad. Du kannst so lange bleiben, wie du möchtest.«

Verwundert über Marcs Hilfsbereitschaft schaute ich zu Katja, die mir lächelnd zuzwinkerte und den Daumen hob. Ich schloss aus seiner und ihrer Reaktion, dass sie meinem Bruder die ganze Geschichte brühwarm geschildert hatte und dass meine Familie, eingeschlossen meiner Mutter, darüber informiert war, wer Matteo war.

Ich schämte mich schlagartig. Was war nur los mit mir? Hatte ich in den Bergen nicht zur Genüge erfahren, was Gastfreundschaft bedeutet? Alois hatte mich nicht nur väterlich unter seine Fittiche genommen, sondern mir zudem eine Kammer zur Verfügung gestellt und Matteo war eigens für mich zur Memminger Hütte gewandert, um mich abzuholen.

»Nein! Wartet! Matteo, entschuldige! Du kannst selbstverständlich bei mir nächtigen. Ich habe Platz und außerdem haben wir noch einiges zu bereden.«

Ich richtete das Wort an meinen Bruder.

»Danke Marc. Das war sehr nett von dir! Ich denke, Matteo kommt am besten mit zu mir, wenn dir das recht ist«, wandte ich mich an Magdalenas Bruder, der zuerst ratlos mit den Schultern zuckte und zwischen Marc und mir hin und her sah, ehe er nickend zustimmte. Ich meinte, einen Funken Belustigung in seinen Pupillen zu entdecken.

Bruce' Schnurren erfüllte das Wohnzimmer. Der schwarze Kater schien Herrenbesuch zu mögen und ruhte ausgestreckt auf Matteos Schoss, der ihn unter dem Kinn kraulte. Wir hatten zwei Bier geköpft und unterhielten uns über belanglose Dinge.

»Du kannst mein Bett nehmen«, bot ich ihm großzügig an und fügte lachend hinzu: »Die Couch ist ein wenig zu kurz für deine Körpergröße.«

Matteo ging nicht näher darauf ein, sondern schnitt ein anderes Thema an.

»Wie kamst du dazu, Benjamins Vater die Existenz seines Enkelkindes zu verraten? Hast du dich zwischenzeitlich an den Gedanken gewöhnt, dass dein Mann mit meiner Schwester ein Kind hat?«

Ertappt guckte ich zu Bruce, der nun tief und fest schlief.

»Es ist, wie es ist. Ich war halt geschockt, als du es mir erzählt hast, und schließlich muss er es ja wissen. Er ist sogar blutsverwandt mit ihr«, rechtfertigte ich mich.

Die Angelegenheit belastete mich ungeheuer, doch zumindest war ich inzwischen fähig, darüber zu sprechen. Ich fuhr fort: »Ich weiß, ich bin zu schnell vorgeprescht. Ich kenne das Mädchen überhaupt nicht und es wäre eher deine Aufgabe gewesen, die Verwandtschaft bzw. ihre Großeltern ausfindig zu machen, um es ihnen zu sagen. Ich hatte nicht mit dir gerechnet. Außerdem ist er Witwer und wirkte so verzweifelt«, erklärte ich ihm mein vorschnelles Handeln.

»Was wird eigentlich mit ihr?«, erkundigte ich mich mehr aus Höflichkeit, denn aus Mitgefühl. Ich wollte mit dem Kind der beiden nach wie vor nicht das Geringste zu tun haben. Matteo runzelte die Stirn.

»Das ist ein großes Problem. Meine Eltern haben den Bauernhof mit den vielen Kühen und sind zu alt, um sich um ein Kleinkind zu kümmern. Joy wird bald acht Monate. Sie fängt an, sich überall hochzuziehen und ihre Umgebung zu erkunden. Der Hof birgt Arbeit genug. Wir werden wohl eine Pflegefamilie für sie finden müssen. Das Jugendamt hat sie bereits als Vollwaise unter ihre Fittiche genommen. Es kann sich nur noch um Wochen handeln, bis sie untergebracht ist.«

»Um Wochen?«, wiederholte ich flüsternd und zu meiner Verwunderung erfasste mich eine Welle von Traurigkeit.

»Das hätten Benjamin und Magdalena niemals gewollt«, murmelte ich ergriffen. Matteo nickte.

»Das wünscht man keinem Kind, aber Joy ist jung und sie wird sich schnell an die neuen Umstände gewöhnt haben«, äußerte er sich überzeugt, doch ich hörte am Tonfall, dass auch er geknickt war.

Matteo nestelte an seinem Handy, bevor er mir ungefragt das Display entgegenhielt. Es war zu spät. Mein Herz machte einen Sprung, denn ich glaubte, in Benjamins hellblaue Pupillen zu schauen. Ein weißes Zähnchen blinkte aus dem sonst zahnlosen Mund. Ich hatte mir im Vorfeld kein Bild von dem Baby gemacht, aber wenn, dann hätte ich mir einen rotwangigen, schwarzhaarigen Wicht mit dunklem Teint vorgestellt, der super in die Familie von Matteo und Magdalena passte. Ein zünftiges Bergbaby.

Um Atem ringend, versuchte ich die Tränen zurückzuhalten. Dieses Mädchen, Bens Tochter, sah zum Verwechseln aus wie ihr Vater. Verstrubbelte, blonde Locken umspielten das süße Babygesichtchen, das fröhlich in die Kamera lachte. Ich fühlte förmlich, wie die Narbe in mir riss.

»Sie sieht genau aus wie er«, murmelte ich fassungslos und sah konsterniert weg. Ich verblutete. Am liebsten wäre ich aufgestanden und weggelaufen, aber ich war erwachsen und hatte die Realität zu respektieren. Matteo bemerkte nichts von meinem Gefühlschaos, sondern vertiefte auch noch meine Sichtweise.

»Das stimmt. Ihre Eltern leben in ihr weiter. Von Benjamin hat sie ohne Zweifel das Aussehen und von Magdalena ihr Temperament«, erklärte Matteo, dem die Kleine anscheinend vertraut war. Ich saß steif auf dem Sofa und war nicht zum ersten Mal zum Opfer mutiert. Das Verständnis für Benjamin war wie weggeblasen. Neid und Missgunst erfassten meine Seele. Magdalena hatte ihm die wunderbare Joy geschenkt. Ein zauberhafteres Kind konnte es nicht geben. Sie hatten ihr Glück auf diese Weise vollendet, auch wenn sie ... Ich mochte den Gedanken nicht zu Ende denken.

Ich habe Benjamin verziehen, sagte ich mir wie ein Mantra, das mich positiv stimmen sollte. Es half nichts. Ich fühlte mich ausgeschlossen und unnütz.

»Du bist doch ihr Onkel, da hast du viel Zeit mit ihr verbracht«, redete ich unüberlegt drauflos, während Matteo schmunzelnd bejahte. Mein Gehirn war, seit ich Joy gesehen hatte, nicht mehr aufnahmefähig, denn ich wurde von einem einzigen Gedanken beherrscht: Ihm Nachwuchs zu schenken, das wäre meine Aufgabe gewesen! Er hatte Kinder geliebt. Stattdessen hatte ich wertvolle Jahre bei *White Yes* verplempert und ihn mit oberflächlichen Ausreden auf Abstand gehalten. Matteos Worte traktierten mein Inneres, was ich mir nicht anmerken ließ, indem ich mich verkrampft grinsend zurücklehnte. Sophie, die Versagerin. Ich hatte meinem Mann nichts geschenkt. Nicht einmal Zeit.

»Sie war oft bei mir, die Kleine. Als Magdalena auf dem E5 unterwegs war, habe ich den Babysitter gespielt.«

Er lachte hell auf, in Erinnerung an Joy.

»Sie ist wirklich großartig. Wie du, Sophie aus dem Flachland. Lass deine Gefühle zu! Ich weiß, dass du mich magst«, flüsterte er plötzlich mit rauer Stimme, während er das Handy wegpackte und mich mit bohrendem Blick fixierte. Das Nussbraun seiner Augen schien mich aufzusaugen und ich spürte, wie mir das Blut in den Kopf schoss. Er legte den Kater beiseite, streckte sich und zog die Beine bequem auf die Couch.

»Komm her!« Seine Hände griffen nach mir. Der Annäherungsversuch hätte nicht deplatzierter erfolgen können.

Ich sprang auf, bevor seine Hände und Lippen mich erreichten. »Lass das! Deine Familie ist tabu!«, schrie ich. »Wie kommst du darauf, dass ich mich auf dich einlassen könnte? Magdalena, Joy, du, ihr alle miteinander habt mir mein Leben versaut! Außerdem bist du anders. Zwischen dir und mir liegt die ganze Welt!«, rief ich und fühlte mich wie eine Zweijährige, die ihren Willen nicht bekommen hatte.

Ich flüchtete, die warnende innere Stimme ignorierend, Rotz und Wasser heulend aus dem Wohnzimmer und als ich nach Minuten reumütig von der Toilette zurückkehrte, war Matteo fort.

Kapitel *14*

Die darauffolgenden Tage verausgabte ich mich mit Hausarbeiten, putzte, scheuerte und wischte die Wohnung, als ob das beißende Reinigungsmittel mein Elend eliminieren könnte. Ich hatte Bens Vater angerufen und das Treffen abgesagt mit dem Verweis, sich an Matteo zu wenden.

Die gerahmten Fotografien, die uns gemeinsam zeigten, lagen abgehängt im Homeoffice und hatten rechteckige Ränder auf der Wand hinterlassen.

Ich traf mich regelmäßig mit Esther in unserer Lieblingsbar am Dom und genoss das oberflächliche Geplänkel und ihren scharfzüngigen Humor, während der frühe Abend jedes Mal viel zu rasch in eine proseccoreiche Nacht überging, die meinen Schmerz so herrlich betäubte. Unser albernes Lachen erfüllte den Pub und die interessierten Blicke der männlichen Gäste, welchen ich die letzten Wochen keinerlei Beachtung geschenkt hatte, blieben nicht mehr unbemerkt. Es war, als ob das Leben einen Looping gedreht hatte, um danach wieder an seinem herkömmlichen Startpunkt anzukommen.

Fatal nur, überlegte ich sarkastisch, dass ich im Verlauf dieser Achterbahnfahrt meinen Mann und meinen Job verloren hatte. Ich beschloss, einen Schlusspunkt hinter die Geschichte zu setzten, und benahm mich so, als wäre ich den E5 nie gelaufen. Die Story zwischen mir und Benjamin war, so redete ich mir ein, an dem Tag geendet, als er in der Klinik gestorben war. Wir waren verheiratet gewesen. Benjamin war verunglückt. Ich hatte ihn die letzten Wochen seines Daseins bis zum Tod begleitet. Punkt. Alles Übrige ging mich nichts an. Ich hatte die Chose in einer verschlossenen Kiste in der hintersten Windung des Gehirns vergraben. Und mit ihr Joy, Matteo und seine Familie.

Esther bot mir an, abermals bei *White Yes* einzusteigen, was mich insgeheim freute, ich jedoch dankend ablehnte. Ich war, so empfand ich es, einigermaßen auf der Spur und die Zeit würde die restlichen Wunden heilen.

Was meine berufliche Zukunftsperspektive anbelangte, tappte ich immer noch im Dunkeln. Ich besaß nun kein Alibi mehr, um die Angelegenheit weiter herauszuschieben. Das Geld auf dem Konto ging langsam, aber stetig zur Neige. Ich musste handeln.

Das Kochen, der kreative Umgang mit Lebensmitteln erfüllten mich nach wie vor und ich wog ab, mich in ausgewählten, erstrangigen Restaurants zu bewerben. Die Aachener repräsentierten ein genussfreudiges Volk und die Stadt hatte einige Adressen zu bieten. Dennoch ahnte ich, dass ich als Nichtköchin, gerade in diesen Schlemmertempeln, ohne Vitamin B schlechte Karten hatte.

»Ich könnte selbst etwas Ausgefallenes aufziehen. Ein Kulturcafé vielleicht«, träumte ich vor mich hin. Ich dachte an einem inspirierenden Ort, an dem meine Gäste lesen und nebenher Kaffee trinken und Kuchen essen könnten. Ich würde Musiker einladen, die Livesessions spielten, oder Autoren, die ihre Romane vortrügen. Ich schmunzelte in Gedanken an Katja, die ich natürlich als Erste auffordern würde, vor Publikum aus ihren Werken zu zitieren. Das wär's! Oder eine schnuckelige Confiserie, welche selbstgemachte Pralinés und Kuchen anbot, bunte Cupcakes in allen Farben, möglicherweise auch salzige aus Gemüse.«

Suchend strich ich mit dem Finger über die Immobilienangebote, bis eines davon meine Aufmerksamkeit erweckte.

Top Gelegenheit. 60 qm Ladenlokal in bester Lage zu ver-
mieten, mitten in Aachen City. Die Einzelhandelsfläche ver-
fügt über große Schaufenster und befindet sich ebenerdig zur
Straße in einem restaurierten Altbau, der vollständig moderni-
siert wurde.
Die repräsentative Schaufensterfront bewirkt eine hohe Werbe-
wirksamkeit.

Das hörte sich toll an. Ein Schwirren im Bauch sagte mir, dass
ich auf dem richtigen Weg war. Aufgeregt tippte ich die Nummer
des Maklers in mein Handy, der sofort dranging.

»Andres Sophie, ich hätte gerne einen Termin zur Besichtigung
des kleinen Ladenlokales gemacht. Am besten so schnell wie
möglich!«, bat ich zappelig.

Schon einen Tag später stand ich erwartungsvoll an der angegebenen Adresse und drückte mir meine Nase am Schaufenster
platt. Ich konnte durch den schlierigen Schmutzbelag kein bisschen erkennen. Das Fenster musste monatelang nicht geputzt
worden sein. Aber das waren Kleinigkeiten, die ich in null Komma
nichts beheben konnte.

»Frau Andres?« Ein jungenhaft aussehender Typ mit flammend
roten Haaren und Sommersprossen streckte mir die Hand entgegen und schaute mich belustigt an. Er sah so gar nicht aus wie
ein Immomakler. Eher wie …Ich grinste. Wie der kleine Bruder
von Prinz Harry aus England.

»Hi, ich bin Jack«, stellte er sich vor und ich hörte am Dialekt,
dass er tatsächlich Engländer war, worauf ich ihn sofort ansprach.

»Waschechter Ire aus Dublin«, verbesserte er.

»Ist mir wichtig, nicht mit einem steifen Engländer verwechselt
zu werden. Die Iren sind cooler. Keine Memmen, sondern echte
Männer, falls du verstehst, was ich meine.« Er lachte frech, doch
ich nahm ihm die anzüglichen Worte nicht übel. Er war er-

frischend und auf seine Art gut aussehend. Und Irland war ein Ort, der sich räumlich betrachtet unglaublich weit weg von Österreich befand. Allein dieser Umstand ließ ihn noch attraktiver erscheinen.

»Äh, ja, also hallo Jack. Ich bin Sophie. Wollen wir?«

Ich schritt in Richtung Ladentür und schlüpfte, nachdem Jack aufgeschlossen hatte, als Erste durch die Öffnung.

Der Anblick war ernüchternd. Überall hingen Spinnennetze und eine dicke Schicht Schmutz klebte nicht nur auf den Simsen und Böden. Wasserflecken an den Wänden ließen nichts Gutes vermuten.

»Oje«, murmelte ich. »So habe ich mir das nicht vorgestellt.«

Jack winkte ab.

»Das ist doch nur die Oberfläche, Sophie. Du musst den Schatz darunter erkennen. Es ist das Gleiche wie bei den Menschen«, zwinkerte er vertraulich. Er betonte meinen Namen wie den von Miss Sophie im Film Dinner for One. Ich lächelte.

»Wenn du mir persönlich hilfst, diesen klebrigen Dreck zu beseitigen«, schäkerte ich. Jack war mir irgendwie vertraut, obwohl ich ihn gerade erst kennengelernt hatte. Er strahlte eine kindliche Fröhlichkeit und Unbeschwertheit aus, die ich in letzter Zeit so vermisst hatte.

»Auf dein Wort! Es wäre mir eine Freude«, grinste er und reichte mir seine Hand.

»Wir polieren das ungepflegte Schätzchen auf, sodass nach Eröffnung die gesamte Stadt deinen Laden stürmen wird. Ich sehe schon das riesige Schild vor mir.

Miss Sophies Cupcake-Paradies!«

»Wir? Spinner!« Ich funkelte ihn an.

Als wir uns verabschiedeten, war ich nicht nur um ein verstaubtes Ladenlokal, sondern um ein Date mit einem Iren reicher. Wir hatten uns spontan für den kommenden Tag verabredet, um die Räume zu putzen und als Belohnung Pizza essen zu gehen. Jack entpuppte sich als herrlich unkompliziert. Mit ihm fühlte sich alles so normal an. Und Normalität war das, was ich jetzt und in Zukunft am meisten brauchte. Der Mietvertrag war noch nicht aufgesetzt und unterschrieben, doch das entsprach nur einer Formalie und er würde, so sein Ehrenwort, das Dokument morgen mitbringen.

Das Wetter versprach einen sonnigen Tag. Ich wählte eine hauteng Jeans, schlüpfte in meinen Lieblingspulli und betrachtete mich kritisch im Spiegel, bevor ich ungeschminkt und in flachen Sneakers das Haus verließ. Als ich am Postkasten vorbeikam, bemerkte ich den bunten Umschlag, der in der Klappe klemmte. Nachdem ich ihn herausgenommen und umgedreht hatte, wurde ich neugierig. Der Absender war eine Frau Sabrina Kaldewei. Gespannt riss ich das Kuvert mit dem Finger auf. Das Briefpapier bestand aus handgeschöpftem Bütten, versehen mit echten getrockneten Blütenblättern, und sah wunderschön aus. Mein Herz zitterte ängstlich. Ich kannte Sabrina von früher. Atemlos las ich den handgeschriebenen Text.

Liebe gibt nichts außer sich selbst! Zwei Herzen haben sich gefunden.

Sabrina und Thomas trauen sich.

Einladung zur romantischen Hochzeitsfeier in und vor der Waldkapelle St. Maria in Burtscheid.

Liebe Sophie,

es ist zwar schon ein paar Jahre her, aber du hast mich damals bestärkt und mir Mut gemacht, an die wahre Liebe zu glauben. Und du hattest recht! Es gibt sie! Wir laden dich hiermit zu unserer legeren, aber romantischen Hochzeitsfeier ein, die schon nächste Woche stattfinden wird.

Treff: Backhaus des Landfrauenvereins Burtscheid. Wir freuen uns riesig auf dich (gern mit Begleitung)!

Herzlichst deine,
Sabrina und Thomas

Von Freude durchflutet ließ ich die Einladung sinken. Eine ehemals deprimierte Kundin, die kurz vor ihrer Hochzeit, die Esther und ich ausgerichtet hatten, verlassen worden war, hatte ihren Menschen gefunden. Ich hatte sie gegen Esthers Willen damals mehrfach ermuntert, den Bräutigam zu vergessen. Selbst nicht aufzugeben. Und ich hatte sie darin bestärkt, ihren Menschen zu finden.

Ich steckte den Brief in die Handtasche. Mit Begleitung? Ob Jack vielleicht Lust hatte? Ich würde ihn fragen. Fröhlich vor mich hin pfeifend, schlenderte ich durch die Gassen Aachens. Ich trug in der einen Hand einen Eimer, gefüllt mit verschiedenen Reinigungsutensilien, in der anderen einen Wischmopp.

Jack stand rauchend vor dem Laden, als ich ihn strahlend begrüßte.

»Hi, Sophie. Du siehst zum Anbeißen aus! Steht dir super, der Eimer.«

»Quatschkopf! Hilf mir lieber und schließ die Tür auf. Wir wollen keine Zeit verlieren.«

Ich stürzte mich wie eine Verrückte auf den Schmutz. Die Staubpartikel tanzten im Licht ihren letzten Tanz, während Jack die Augen verdrehte und sich aus seinem Halstuch einen Mundschutz herstellte.

»Bist du immer so übermotiviert?«, lachte er und hielt sich übertrieben den Hals. »Ich ersticke gleich.«

»Nicht immer. Nur, wenn ich von etwas überzeugt bin«, erwiderte ich grinsend und wischte ihm zum Spaß mit dem Staubwedel über den Kopf, ehe ich vertieft weiterarbeitete.

Als mein Blick den Tisch streifte, stieß ich einen Laut der Überraschung aus. Jack hatte, ganz Gentleman, zwei Sektgläser und eine Flasche Champagner bereitgestellt und stand plötzlich lächelnd neben mir.

»Wir müssen auf dich und deinen Laden anstoßen. Herzlichen Glückwunsch, Sophie!«

»Es ist toll, dass du mich unterstützt, Jack! Das ist nicht selbstverständlich!«, erklärte ich ihm dankbar, bis wir urplötzlich nicht mehr alleine waren.

»Hier gibt's was zu helfen?«

Als ich mich erschrocken zu den Stimmen drehte, kamen Katja und mein Bruder Marc durch die Tür gestürmt, beide mit Besen, Folien, Farbeimern und Pinseln bewaffnet.

»Das gibt es doch nicht! Katja? Marc?«, rief ich erstaunt aus.

»Hey, da kommen wir ja gerade noch rechtzeitig zum Anstoßen. Kein Problem, wenn ihr nur zwei Gläser habt«, witzelte Marc.

»Wir können auch aus der Flasche trinken.«

»Oder aus dem Eimer«, bemerkte Jack sarkastisch und reichte Katja lachend die Hand. Er klopfte Marc auf die Schulter und ich war aufs Neue fasziniert von seiner Unkompliziertheit. Er hatte meinen Bruder innerhalb einer Minute in ein Gespräch verwickelt und die beiden standen vertieft vor der Lokalität, wo sich Jack eine Zigarettenpause gönnte.

Katja nahm meine Hand.

»Sophie, ich freue mich so für dich! Der Laden macht keinen schlechten Eindruck.« Sie sah sich um, ehe ich ihr von meinen Vorstellungen erzählte.

»Hier entsteht die Theke und dort …«, ich zeigte in eine Ecke des Raums, »… werde ich einige runde, pastellfarbene Bistrotische aufstellen. Ich überlege, ob ich große Bilder von Stars im Comicstyle aufhänge oder doch ein eher maritimes Flair mit Möwen und Leuchttürmen schaffe? Oh Katja, du glaubst nicht, wie aufgeregt ich bin!«

Meine Schwägerin schüttelte den Kopf.

»Und ich hätte mein Leben verwettet, dass du in die Berge auswanderst. Da habe ich mich wohl sehr getäuscht?«

Ein stechender Schmerz ergriff mein Herz. Ich wusste sofort, worauf sie anspielte.

»Matteo ist ein toller Mann, Katja. Unter anderen Umständen, in einer anderen Zeit hätte eine Liebe zwischen uns vielleicht Platz gehabt. Bloß so … es darf einfach nicht sein. Er ist tabu.«

»Wir hatten darüber gesprochen. Belüge dich nicht selbst, Sophie. Es ist dein Leben. Mehr sage ich dazu nicht.«

»Eben.«

Katja schwieg betreten, bevor sich ihr Ausdruck wieder erhellte.

»Ist der rothaarige Typ deine neue Flamme?« Sie zeigte grinsend nach draußen.

»Nein, aber ich glaube, er ist ganz süß. Er ist irgendwie außergewöhnlich, denkst du nicht?«

Katja hob die Schultern.

»Ich finde ihn witzig. Mehr kann ich nicht sagen. Ich treffe ihn ja gerade das erste Mal. Sag mal, hast du den Mietvertrag schon unterzeichnet?«

»Jack wollte ihn heute mitbringen. Nein, ich habe noch nichts unterschrieben.«

»Was?« Katjas Pupillen weiteten sich erschrocken.

»Du putzt einen Laden, der dir nicht sicher ist? Soll ich Jack darauf ansprechen? Marc könnte sich den Vertrag gründlich ansehen, bevor du unterschreibst. Mensch, Sophie, es können doch alle möglichen und unmöglichen Klauseln in dem Dokument stehen, mit denen du unter Umständen gar nicht einverstanden bist.«

Sie fuchtelte wild mit den Händen in der Luft herum.

»Ich würde vorschlagen, wir machen hier keinen Handstreich, ehe der Wisch nicht unterzeichnet ist. Erst die Unterschrift, dann der Champagner! Andersherum passt nicht!«

Ich musste meiner Schwägerin recht geben. Im Feuereifer des Gefechts war ich wieder einmal zu schnell vorgeprescht, ohne genauer hinzuschauen. Ich trat vor die Tür.

»Sorry, dass ich euer Gespräch unterbreche. Jack? Kannst du mir bitte die Verträge zeigen? Ich möchte wissen, was mit dem Laden auf mich zukommt. Über viel mehr als die Miete und die Kaution haben wir uns ja gestern nicht unterhalten.«

Jacks Miene wurde ernst.

»Na klar! Komm rein, ich habe alles vorbereitet.«

Er kramte ein paar Blätter aus seiner Ledertasche und hielt sie mir entgegen.

»Alles in bester Ordnung. Überzeuge dich selbst«, murmelte er, bevor ich danach griff und mich damit an den bereits staubfreien Tisch setzte.

»Das ist ein Fünfjahresvertrag«, bemerkte Marc, der mir über die Schulter schaute.

»Ganz schön heftig, so lange gebunden zu sein. Du weißt noch nicht, ob dein Konzept aufgeht, Sophie«, warnte er.

Jack beschwichtigte, indem er beide Handflächen hob.

»Keine Panik, Leute! Sophie kann, für den Fall, dass sie aus dem Vertrag aussteigen möchte, auf eigene Faust einen weiteren Mieter auftun, der sozusagen ihr Untermieter wird. Dann ist sie raus«, erklärte Jack. Ich konnte an Marcs verkniffenen Lippen sehen, dass er mit Jacks Lösung nicht einverstanden war.

»Sie ist eben nicht raus! Erstens ist es verdammt schwer, jemanden zu finden, und zweitens muss sie für diesen neuen Mieter bürgen. Das heißt im Klartext, wenn der nicht gewillt ist, seine Miete zu bezahlen, ist meine Schwester fällig.«

»Stimmt das, was Marc sagt?«, forderte ich Jack auf, mir eine klare Antwort zu geben.

»Ja das ist richtig«, murrte er und schaute genervt auf die Straße.

»Aber du glaubst doch an dich und an dein Projekt. Dann sind jene Hirngespinste und Eventualitäten hinfällig.«

Nun begann auch noch Katja dazwischenzufahren.

»Tu das nicht, Sophie! Du könntest dir damit selber das Genick brechen.«

Ich sprang ungehalten auf.

»Jetzt haltet mal den Ball flach, okay! Das ist MEIN Plan und MEINE Existenz und ich bitte euch, euch nicht länger einzumischen. Es ist verständlich, dass der Vermieter sich absichert. Kein Ladenbesitzer hat Lust, alle paar Monate einen neuen Mieter zu finden.« Ich holte tief Luft, bevor ich weitersprach.

»Ich bin überzeugt, dass mein Konzept aufgehen wird. Ich weiß, dass ich mein Handwerk beherrsche. Allerdings, und da gebe ich euch recht, es besteht ein Restrisiko, dass ich keinen Erfolg haben werde.«

Ich drehte mich zu Jack um, der nach Zigaretten nestelte. Er schien Kettenraucher zu sein, was ihn an Pluspunkten auf meiner Skala für männliche Attraktivität von eins bis zehn verlieren ließ. Er rutschte von einer dicken Acht plus auf eine magere Vier minus.

»Wie lange steht der Laden schon leer, Jack?«

Der Makler zuckte unwissend mit den Schultern. Sein Sinn für Humor hatte in der zurückliegenden halben Stunde extrem nachgelassen.

»Spuck's aus! Zwei Jahre? Drei Jahre oder noch länger?«, hakte ich nach.

»Also gut, Sophie. Du bist mir sympathisch. Ich will dir die Wahrheit nicht vorenthalten. Das Ladenlokal steht seit sieben Jahren mit Unterbrechung immer wieder leer. Es gab durchaus Existenzgründer, die sich einige Monate durchkämpften und dann resigniert aufgaben, weil sie sich mit ihrem Erfolg verschätzt hatten und die hohen Mieten nicht zahlen konnten. Die vorige Mieterin war eine Fußpflegerin.«

»Eine Fußpflegerin«, wiederholte ich ruhig seine letzten Worte und setzte mich. Es entwickelte sich alles komplizierter als gedacht.

»Ich bitte um ein, zwei Wochen Bedenkzeit, Jack. In Anbetracht der Vertragsbedingungen und der Tatsache, dass dieser Laden seit Jahren leer steht, möchte ich noch einmal in mich gehen.«

Ich hörte, wie Katja erleichtert ausatmete, und warf ihr einen beruhigenden Blick zu.

»Und erzähl mir jetzt nicht, dass es andere Interessenten gibt! Unter der Voraussetzung würde ich dich nicht mehr ernst nehmen«, wandte ich mich an Jack, der den Kopf schüttelte.

»Du bist die Einzige.«

Ich ordnete an, die Putzaktion abzubrechen, vertröstete Jack auf übernächste Woche und cancelte das Pizzaessen.

»Können wir uns nicht doch sehen?« Jacks Augen glichen denen eines bettelnden Welpen.

»Ich ruf dich an, okay?«, versprach ich, obwohl wir beide wussten, was das zu bedeuten hatte.

»Das sagen sie alle!«, antworte der Ire und griff nach seiner Ledertasche.

»Mach's gut Sophie, bis hoffentlich bald. Denk daran: Iren sind echte Männer!«

Und Kettenraucher, dachte ich bei mir und winkte Marc und Katja, die mit dem Wagen anfuhren und zum Abschied mit den Händen wedelten.

Ich konnte die graue Rauchsäule schon von Weitem erkennen. Das Backhäuschen des Landfrauenvereins war in vollem Betrieb. Ich war solo unterwegs, da mich der zweite Eindruck von Jack nicht mehr überzeugt hatte. Traummänner gab es eben nicht an jeder Ecke. Dem Umstand, dass mir bei dem Wort Traummann automatisch Matteos lächelndes Gesicht erschien, schenkte ich keinerlei Beachtung.

Als ich auf der in der Einladung angegebenen Wiese angekommen war, roch es lecker nach frischgebackenen Flammkuchen. Die Apfelbäume um das Backhäuschen herum waren mit weißen Serviettenröschen geschmückt und überall standen Stehtische, um die sich kleine Grüppchen von Leuten scharten und sich unterhielten. Eine Musikkapelle, hauptsächlich aus Bläsern, spielte und als die Braut Sabrina mich entdeckte, gab es kein Halten mehr. Ich glaubte, meinen Augen nicht zu trauen.

»Sabrina? Bist du das?«, fragte ich staunend, nachdem ich sie liebevoll umarmt hatte.

Die ehemals dickliche Frau mit der strohigen Kurzhaarfrisur und dem unsicheren Blick hatte sich in eine selbstsichere, vor Glück strahlende Lady verwandelt. Sie hatte sich die Haare länger wachsen lassen, die sie heute hochgesteckt trug, und erschien mir mindestens zehn, wenn nicht zwanzig Kilogramm leichter, was ihrem Aussehen Jugendlichkeit verlieh. In ihre Frisur war ein echter Margeritenkranz eingearbeitet und sie hatte ein eng anliegendes, sandfarbenes Kleid an, welches ihre Weiblichkeit betonte und ihre Augen blauer wirken ließ.

»Ich bin es, Sophie! Ich kann nur sagen, Liebe macht schön. Wenn es denn die wahre Liebe ist«, fügte sie hinzu und nahm mich bei der Hand.

»Komm mit! Ich stelle dich Thomas vor.«

Der schüchterne Bräutigam war, was unschwer zu übersehen war, über beide Ohren in seine Sabrina verliebt. Sie passten ausgezeichnet zusammen.

»Du hast mir meinen Selbstwert wieder zurückgegeben, Sophie. Dafür bin ich dir ein Leben lang dankbar«, flüsterte Sabrina, während Thomas sie zärtlich ansah.

Ich schüttelte den Kopf, nachdem ich das Paar innig gedrückt und ihnen gratuliert hatte.

»Das warst du ganz allein, Sabrina. Du hast den Mut bewiesen, deinen eigenen Weg zu gehen. Ich habe dich nur daran erinnert, dass es diesen Weg gibt«, widersprach ich, ehe ich mit den Turteltäubchen anstieß und mich danach unter die feiernden Gäste mischte. Nicht ohne von den leckeren Flammkuchen zu probieren, die es in allen Variationen gab.

»Eine Hochzeit muss eben nicht immer pompös sein«, murmelte ich vor mich hin und dachte dabei an Esther, als das Handy klingelte.

Ich erkannte an der Vorwahl sofort, dass es eine Nummer aus Österreich war. Meine Nackenhärchen stellten sich auf. Mit Alois hatte ich am allerwenigsten gerechnet. Seine Stimme hörte sich verschnupft an. Er hustete ununterbrochen, während er mit mir telefonierte. Ich strengte mich an, um ihn zu verstehen.

»Sophie, ich glaube, ich brauche deine Hilfe! Es ist nicht viel zu tun. Nur ein paar hungrige Schneeschuhwanderer. Bin krank. Ich kann mich nicht rühren. Das Fieber geht nicht runter, obwohl ich literweise Kräutertee trinke«, krächzte er.

Innerlich fluchend versuchte ich, mich aus der Falle herauszuwinden. Ich hatte den Bergen und allen Wesen, die diese bewohnten, abgeschworen. Der Anruf passte jetzt und überhaupt niemals in mein Konzept. Ich hatte Pläne und Alois musste selber zurechtkommen.

»Dann mach die Hütte ein paar Tage lang zu. Ich habe leider keine Zeit. Und du gehst bitte zum Arzt, Alois! Du hörst dich schlecht an und benötigst Hilfe!« Ich klang wie eine Fremde in meinen eigenen Ohren. Wie ich vermutet hatte, blieb er stur. Bergler gaben nicht so schnell auf. Und wenn sie um die siebzig waren, kannte ihre Halsstarrigkeit keine Grenzen.

»Ich habe noch nie im Leben einen Quacksalber gebraucht. Hier oben ist mein Zuhause, da bekommt mich niemand weg. Aber wenn du nicht kommen kannst …«

Die verzagte Stimme des alten Mannes drang in mein Herz und plötzlich schämte ich mich abgrundtief.

Für nichts und niemanden. Die Erinnerung holte mich ein wie ein Gepard seine Beute. Sie riss mir den Boden weg und ließ mich straucheln. Der Eisenring, der mein Herz abgeschnürt hatte, barst.

»Alois, warte! Ich sage meine Termine ab. Ich bin spätestens morgen Mittag da, Alois. Mach dir keine Sorgen«, versprach ich ihm, ehe ich bange auflegte.

Natürlich würde ich ihm helfen. Er hatte mich, als es mir schlecht ging, wie ein Vater versorgt und jetzt würde ich ihm einen Teil seiner Gutherzigkeit zurückgeben, indem ich ihn unterstützte. Er war nicht mehr der Jüngste und dort oben herrschten raue Temperaturen. Ich durfte keine Zeit verlieren, sondern musste mich so schnell wie möglich um ihn kümmern. Dann kam mir eine geniale Idee. Ich bewegte mich ein wenig weg von der Party und wählte entschlossen die eingespeicherte Nummer meiner Freundin Maria.

»Maria, hier ist Sophie«, begrüßte ich meine Lieblingskrankenschwester und grinste, als sie erfreut jauchzte.

»Hey, wie schön von dir zu hören. Ich dachte schon, du meldest dich nie mehr. Wie geht es dir, du alte Bergziege? So ganz ohne Berge. Ich vermisse dich!«

»Es geht mir gut. Mein Leben sortiert sich langsam. Hör mal, Maria, glaubst du, Andi kann mich mit dem Helikopter zur Memminger Hütte fliegen und so eine Art Hausbesuch machen? Alois ist krank. Er weigert sich, zum Arzt ins Tal zu gehen. Wahrscheinlich ist er dafür zu schwach. Er ist bettlägerig und hat, wie er sagt, Fieber«, erklärte ich ihr die missliche Lage.

»Das ist allerdings besorgniserregend! Krank darf er nicht ins Tal wandern und heute Abend ist es für einen Helikopterflug zu spät«, pflichtete Maria mir bei.

»Aber unter diesen Umständen müsste das eigentlich morgen früh funktionieren. Den Flug übernimmt die Kasse. Ich rede sofort mit Andi. Du wirst nach Zams kommen müssen, weil hier der Hubschrauber stationiert ist. Danke, dass du Bescheid gegeben hast, Sophie.«

»Kein Thema«, verabschiedete ich mich, nachdem wir vereinbart hatten, dass Andi sich heute noch melden würde, um die Einzelheiten mit mir zu besprechen.

Nach dem Telefonat sagte ich der glücklichen Sabrina Dankeschön und Lebewohl und machte mich eilig auf den Weg.

»Da bin ich wieder«, murmelte ich, während ich die Berggipfel betrachtete. Andi steuerte den Helikopter geübt über die zerklüfteten Kuppen der Alpen. Einige Minuten nach dem wackeligen Start konnte ich nicht mehr aufhören zu staunen. Wir flogen in einer Höhe von 3000 Metern über dem Meer. Unter uns lag die atemberaubende Bergwelt. Eine Gruppe ausgewachsener Steinböcke flüchtete vor dem unbekannten Flugobjekt.

»Wow! Der König der Alpen. Das ist fantastisch!«, schwärmte ich, den Atem anhaltend. Der Himmel zeigte sich wolkenlos und in tiefes Blau getaucht. Schneefelder glitzerten in der Sonne. Aus der Vogelperspektive betrachtet erschien die Memmingerhütte wie ein Spielzeughaus in Streichholzschachtelgröße, inmitten von sich auftürmenden Graten. Andi bedachte mich mit einem lächelnden Seitenblick.

»Alois hat Glück, dass das Wetter mitspielt. Und dass du ihn unterstützt, finde ich sehr sympathisch von dir. In den Bergen hilft man sich gegenseitig.«

»Im Flachland im Grunde genommen auch«, lachte ich und strich mit der Hand über die Kiste, die zu meinen Füßen lagerte. Sie war gefüllt mit Lebensmitteln und Gewürzen, die ich in der Küche verwenden würde, während sich Alois im Bett erholte. Unter anderem enthielt sie auch drei Kilo frische Mangos und etliche Dosen Kokosmilch.

»Hast du Medikamente dabei? Untersuchst du ihn gleich?«, fragte ich Andi und deutete auf den Notfallkoffer hinter uns.

»Ja, klar, das ist der Zweck dieses Fluges.« Andi lachte kopfschüttelnd und machte aus seiner Verwunderung kein Hehl.

»Die ärztliche Versorgung hat Alois dir zu verdanken«, lobte er und klopfte auf meine Kiste. »Und wie ich sehe, hast du ebenfalls vorgesorgt. Falls ich ihn mit in die Klinik nehme, managst du die Hütte oder? Respekt!«

Erschrocken sah ich ihn an. Darüber, dass Alois so ernsthaft erkrankt war, dass er ins Krankenhaus geflogen werden musste, hatte ich mir keine Gedanken gemacht.

»So weit wird es nicht kommen! Mit Sicherheit braucht er nur Hustensaft und ein paar Tage Ruhe«, hoffte ich laut, während ich in Andis Mienenspiel Bestätigung suchte.

»Das glaube ich nicht. Ich kenne Alois. Wenn der um Hilfe bittet, ist ihm sterbenselend. Wir werden sehen.«

Der von den Rotorblättern aufgewirbelte Pulverschnee stob im Verlauf des Aufsetzens in alle Richtungen, sodass ich die Gestalt, die sich auf uns zubewegte, erst jetzt erkannte.

Zuerst hatte ich angenommen, es handele sich um Alois. Doch der war ja viel zu krank, um draußen im Schnee umherzulaufen. Ich erstarrte. Bitte nicht er! Dann begriff ich. Es war tatsächlich Matteo.

Andi reichte Matteo den Notfallkoffer aus dem Hubschrauber, während ich protestierend vom Sitz kletterte.

»Mit dir habe ich nicht gerechnet. Was tust du überhaupt hier?«

Matteo nahm, nachdem er mich mit einem Nicken bedacht hatte, keine Notiz mehr von mir, stattdessen rannte er eilig mit dem Bergretter in die Hütte. Als ich dazukam, saß Andi schon an Alois Bett, um ihn mit dem Stethoskop abzuhören. Ein Blutdruckmessgerät war mit seinem Oberarm verbunden.

»Alois, was machst du denn für Sachen?«, rief ich ihm von der Tür aus zu. Der Atem des Hüttenwirts rasselte und ich konnte an seinen Reaktionen erkennen, dass er an Schmerzen litt. Er sah eingefallen und blass aus.

»Danke, Sophie! Ich wusste, dass ich mich auf dich verlassen kann«, flüsterte er und mit einem Schlag wurde mir bewusst, dass der alte Mann nicht erst jetzt dringend ärztliche Versorgung gebraucht hätte. Liebevoll setzte ich mich zu ihm und drückte die schwielige Hand.

»Lungenentzündung!« Andi packte besorgt das Stethoskop weg und untersuchte Alois Blutdruck.

»Ich nehme ihn mit runter nach Zams. Er braucht eine Woche lang intravenös Antibiotikum. Du hast diesem Sturkopf vermutlich das Leben gerettet, Sophie«, mutmaßte er und an Alois gewandt schimpfte er: »Du hättest ein einziges Mal den Stolz beiseiteschieben und um Hilfe bitten können.«

»Hab ich doch«, murmelte der Angesprochene, ehe Andi abwinkte.

»Du weißt schon, was ich meine! Sophie ist keine Ärztin und hier geht es nicht um die Herstellung warmer Mahlzeiten für die Wanderer, sondern um deine Gesundheit, mein Lieber«, schimpfte er. Alois schwieg beleidigt, ehe er mir verschmitzt zuzwinkerte.

»Ich bin eben ein alter, störrischer Kauz, nicht wahr, Sophie?«

»Bist du nicht. Erhole dich! Ich werde hier mein Bestes geben.«

Gestützt von Andi und Matteo humpelte Alois zum Helikopter, bis er sich noch einmal umdrehte.

»Die Schlüssel liegen in der leeren Zuckerdose. Mittwochs kommen die Lebensmittel mit der Materialbahn«, rief er mit rauer Kehle, ehe ihn ein Hustenanfall schüttelte.

»Mach dir keine Sorgen! Ich pack das! Gute Besserung«, rief ich nach draußen, während ich mich fragte, wie ich die kommenden Tage managen sollte.

Matteo klopfte sich vor der Hütte den Schnee von den Schuhen, nachdem sich der Hubschrauber wie ein riesiges Insekt erhoben und in Richtung Seescharte davongeflogen war.

»Ist das Zufall, dass du hier bist?«, erkundigte ich mich mit eintöniger Stimme, als er Hände reibend die Stube betrat.

»Tut mir leid, dass du meine Anwesenheit ertragen musst, Sophie«, antwortete er, während er sich durch die durcheinandergewirbelten Locken fuhr. Sein Ausdruck war mehr als ernst.

»Ich war an der Gedenkstätte und wollte vor dem Rückweg auf einen Kaffee bei dem Alten vorbeischauen, als ich ihn krank im Bett vorfand. Ich habe ihm Tee gekocht und die Bergrettung benachrichtigt. Aber die war ja schon informiert. Das hast du gut gemacht, Sophie aus dem Flachland.« Er holte Luft.

»Man könnte fast annehmen, dass Bergblut in deinen Adern fließt. Du hast die Situation einwandfrei eingeschätzt. Einen Tag länger und es wäre böse ausgegangen.« Seine Augen schienen einzig aus Wimpern zu bestehen. Ich kannte keinen Kerl, der so seidige besaß.

»Und jetzt?«, forderte ich ihn heraus, während mein Inneres nach seiner Nähe schrie.

»Worauf spielst du an?« Matteo sah mich fragend an.

»Na, wanderst du nun wieder zurück oder was gedenkst du zu tun?«, fragte ich schnippisch.

Dieser Mann war ein Lottogewinn. Jedoch nicht für mich.

Ich durfte nicht schwach werden, sondern musste aus Selbstschutz das Richtige tun. Ich hatte keine andere Wahl. Meine gesamte Zukunft stand auf dem Spiel.

»Du hättest mit Andi ins Tal fliegen können.«

Traurigkeit durchflutete seine Augen und er schüttelte deprimiert den Kopf.

»Ich verstehe nicht, was du gegen uns hast, Sophie. Du bist uns los, sobald Joy aufgewacht ist, okay«, murmelte er resigniert.

»Joy?«, rief ich erstaunt aus und bemerkte erst jetzt die hölzerne Kraxe, die im Flur lehnte. Auch das noch.

»Du bist mit dem Baby in der Rückentrage über die verschneite Seescharte geklettert?«

Matteo zuckte unbeeindruckt mit den Schultern.

»Ich nehme sie dann und wann mit auf Tour. Joy kennt das schon. Und so winzig und zerbrechlich ist sie nicht mehr«, erklärte er, als sei es das Normalste auf der Welt, mit einem kleinen Kind über einen Grat zu klettern. Mich schauderte.

»Bevor wir gehen, muss sie etwas Warmes essen«, entschied er, ehe er in die Küche ging, mich verdutzt zurückließ, den Gasherd anfeuerte und Nudeln aufsetzte.

Es war nicht auszuhalten. Benjamins Tochter befand sich mit mir unter einem Dach. Ein Funke Neugier meldete sich in mir.

Als ich mich vergewissert hatte, dass Matteo abgelenkt war, huschte ich so lautlos wie möglich die Holztreppe hinauf in den ersten Stock vor die Kammer, in der ich gewohnt hatte.

Die Tür war nur angelehnt, sodass ich geräuschlos hineinschlüpfen konnte. Ich war einfach zu neugierig, würde aber sofort, nachdem ich einen Blick auf die schlummernde Joy geworfen hätte, wieder nach unten verschwinden.

Kaum war ich in den Raum geschlichen, blieb ich wie angewurzelt stehen.

»Dada!«

Zwei riesige Knopfaugen, blau wie der Ozean, schauten mir vergnügt entgegen. Ich erschrak. Das kleine Mädchen war hellwach und saß wie ein Miniatur- Buddha gefährlich nah an der Bettkante. Eine falsche Bewegung und sie würde von der Matratze auf den Dielenboden plumpsen.

»Mamam! Dada.«

Sie rieb sich mit den winzigen Fäustchen die Augen und streckte fröhlich die knubbeligen Ärmchen nach mir aus. Ich war innerhalb einer Sekunde zu ihr geeilt, um sie noch rechtzeitig im Fall aufzufangen.

»Hoppla! Hab dich! Du machst aber Sachen, Pummelchen«, hob ich sie beruhigend hoch. Sie hatte sich ein bisschen erschreckt, weinte jedoch nicht. Ihre blonden Härchen waren im Nacken verschwitzt und sie roch nach Baby. Vertraut kuschelte sie sich an mich.

»Matto!«

»Dein Onkel ist unten, süßer Sonnenkäfer. Du bist ja komplett durchgeschwitzt.«

Ihre Körperwärme erhitzte meinen Oberkörper, während ihr Herzchen ganz nah an meinem klopfte. Ich konnte es deutlich spüren. Es schlug viel schneller als meins. Dieses wonnige Wesen auf dem Arm zu halten, erfüllte mich unvermutet mit einem Glücksgefühl und ich sprach mit ruhiger Stimme auf Joy ein, nachdem ich ihr eine dünne Decke umgelegt hatte.

»Onkel Matteo kocht dir gerade Nudeln. Hast du Hunger, kleines Summchen?«

Joys entzückter Blick traf meinen, bevor sie ihre Schläfe erneut an meine Brust schmiegte.

»Nuden! Mammam.«

»Hey, du kannst ja schon sprechen? Du bist schlau.«

Gerührt küsste ich sie auf den Scheitel und legte eine Hand schützend um ihr Köpfchen. Ihre weichen Locken waren fein wie Spinnweben. Sie war ein Wunder und ich konnte mir nicht erklären, warum, aber sie war das süßeste Mädchen, dass mir jemals begegnet war.

»Du bist also Joy. Ich kannte deinen Papa, weißt du. Er sah als Baby aus wie du. Er ist jetzt im Himmel und passt von dort auf dich auf.«

Tränen tropften auf ihren kleinen Lockenkopf, ohne dass ich etwas dagegen tun konnte. Ich wollte nicht in ihrer Gegenwart weinen und zog geräuschvoll die Nase hoch. Ich konnte es kaum glauben, doch ich schaukelte Bens Baby sanft auf meinen Armen hin und her, bis ich mich schlagartig beobachtet fühlte. Aus Matteos Augen sprach pure Zuneigung. Sein Blick glänzte, er sagte jedoch kein Wort und ich vermutete, dass er eine ganze Weile still im Türrahmen gestanden und uns heimlich betrachtet hatte.

»Matto!«

Während ich ihm das Mädchen behutsam reichte, streiften meine Handrücken seinen Oberkörper. Ein Hitzegefühl durchflutete meine Arme und ich schloss die Lider.

»Spagetti sind fertig. Wenn die Damen zu Tisch erscheinen wollen«, grinste Matteo zufrieden und vollführte eine auffordernde Handbewegung, mit ihm zu kommen.

Lachen erfüllte die Hütte. Joy griff mit den Fäustchen in ihren Teller und jauchzte jedes Mal begeistert, sobald sie es geschafft hatte, eine Portion Nudeln in ihr Plappermäulchen zu jonglieren. Ab und zu fütterte Matteo sie mit einem Löffel selbst gemachter Tomatensoße, deren Temperatur er vorher an seinen Lippen prüfte.

»Es tut mir leid wegen eben. Und überhaupt«, begann ich unsicher, ehe ich mich unter seinem durchdringenden Blick bog.

»Ich war gemein zu dir!«

»Ich habe gespürt, dass du nicht du selbst warst. Was war los?«, fragte er, nachdem er Joy den Mund abgewischt hatte.

»Ich habe Selbstwertprobleme und Angst, nicht abschließen zu können. Ich dachte, es ist besser, wenn ich mit dem Ganzen nicht das Geringste zu tun habe«, erklärte ich meine Befürchtungen.

»Wenn du mit *dem Ganzen* uns meinst, belügst du dich. Und das weißt du.«

Matteo reichte Joy eine mit Wasser gefüllte Nuckelflasche.

»Man könnte denken, sie sei dein Kind. Du gehst so leger mit ihr um, als ob du ihr leiblicher Vater wärst«, wunderte ich mich über seine Routine mit Joy.

»Du lenkst vom Thema ab, meine Liebe!« Matteo ließ nicht locker.

Verschämt schaute ich auf den Wurm, der zufrieden vor sich hin saugte.

»Ich weiß auch nicht! Es ist alles so schwierig.«

»Es ist schwierig, weil du es schwierig machst, Sophie.«

»Vielleicht«, gab ich zu und schielte auf mein Handy, das schon wieder vibrierte.

»Zweifelsfrei! Dabei ist es so einfach. Hör endlich auf, dich dagegen zu wehren. Wer ist der Typ, der dir ständig SMS sendet?«

Entschlossen packte ich mein Handy weg und sah Matteo an.

»Das ist Jack, ein Ire aus Aachen. Er makelt Immobilien und hat, wie es aussieht, einen Narren an mir gefressen.

Matteo pfiff leise durch die Zähne, sodass Joy freudig quietschte.

»Ein Ire. Du stehst also auf weißhäutige, sommersprossige Immobilienmakler mit englischem Akzent. Das passt gar nicht zu dir, Sophie.«

»Ich habe dem armen Kerl einen Korb gegeben, geschäftlich wie privat. Was passt denn zu mir?«, stellte ich mich naiv und sah ihn vorwitzig an. Matteos Hand legte sich auf meine. Ich zog sie nicht weg, sondern hielt sie ganz still, während sich in meinem Zentrum ein Feuer entzündete.

»Ein kräftiger Mann aus den Bergen, der manchmal weint, aber immer ehrlich ist«, flüsterte er, ehe sich unsere Lippen wie automatisiert näherten, dann behutsam berührten. Die Sehnsucht, die seine Worte und diese sanfte Berührung in mir auslösten, war unvergleichlich.

Joy patschte mit den Händchen auf die Tischplatte. Wir lösten uns voneinander und verständigten uns wortlos, erst das Baby zu versorgen, bevor wir dem Verlangen nachgeben würden.

»Willst du denn, dass wir dableiben?«, fragte er vorsichtig nach. Er traute dem Frieden nicht, doch ich wischte alle Zweifel mit einem weiteren innigen Kuss fort.

»Bitte bleibt«, bat ich ihn heiser. Ich hatte den absurden inneren Kampf aufgegeben. Die Wahrheit hatte gesiegt und mein Körper forderte nur noch eines. Matteo.

»Sie schläft jetzt.« Ich spürte seine athletische Gestalt hinter mir, als ich die Teller abtrocknete. Die Luft knisterte.

»Hast du den Rahmen gesichert? Ich mag nicht, dass sie aus dem Bett fällt«, wollte ich von Sorge erfüllt wissen, ehe Matteo mich zu sich drehte.

»Du benimmst dich, seit du Joy kennengelernt hast, wie eine liebevolle Mutter. Das gefällt mir.«

Die Spitze seines Zeigefingers wanderte an den Rand meiner Oberlippe und fuhr daraufhin langsam die Konturen nach. Meine Knie verwandelten sich in Pudding.

»Sie ist wunderbar«, flüsterte ich, während er noch ein Stückchen näherkam. Es war wie am ersten Tag. Ich spürte Matteos Körper, ohne dass wir uns berührten. Als ich aufschaute, war sein Blick fordernd und ehe ich mich wehren konnte, versank ich in kräftigen Armen und hatte das Gefühl, darin zu zerfließen.

Ich registrierte in Trance, wie er mich forttrug und vorsichtig wie ein wertvolles Gut auf einem weichen Untergrund niederlegte. Nachdem wir uns die Kleider vom Leib gerissen hatten, war er über mir.

»Du bist wunderschön, Sophie.«

Männerlippen streiften meinen Hals, während tastende Finger in intimere Stellen vordrangen. Ich keuchte. Die Glut in meinem Unterkörper entfachte sich zu einem Flammenmeer. Ich presste, derweil unsere Zungen miteinander spielten, meinen bettelnden Körper an seinen. Als seine Männlichkeit hart in mich eindrang, entglitt mir ein Schrei. Matteo stöhnte auf.

»Sophie, ich liebe dich. Vom ersten Augenblick an.«

Wir tauschten die Positionen, sodass ich mich auf ihn setzte. Sein maskuliner Geruch ließ mich schwindeln vor Begierde und ich glitt mit den Handflächen über die behaarte Männerbrust, indes ich den Rhythmus vorgab. Winzige Schweißperlen hatten sich auf seiner Haut gebildet, die salzig schmeckten, als ich darüber leckte. Seufzend vor Leidenschaft nahm er schließlich meinen Kopf in seine Hände, zog mich zärtlich zu sich, um mich zu küssen. Mein Zeitgefühl löste sich auf, ehe wir um uns herum alles vergaßen. Es gab nur uns beide im Hier und Jetzt.

»Ich habe mich von der ersten Minute an zu dir hingezogen gefühlt, Sophie aus dem Flachland«, flüsterte er.

Wir lagen umschlungen und erfüllt beisammen. Die befriedigten Körper spendeten einander Wärme und ich mochte diesen Moment nie mehr loslassen, so wohl und vollständig fühlte ich mich.

»Ich wollte es nicht wahrhaben, aber mir geht es genauso«, hauchte ich und strich mit dem Mund über seine Wange. Es kratzte ein wenig.

»Lass es uns versuchen. Ich weiß, dass es gut geht!«

Matteo zog ein derart bitterernstes Gesicht, dass ich lachte und ihn neckisch kitzelte.

»Hey! Das gibt Ärger! Na warte!« Er packte, während ich umsonst versuchte, mich zu wehren, meine Füße und holte zum Gegenschlag aus. Japsend bettelte ich:

»Ich ergebe mich! Hör auf, sonst muss ich laut schreien und wecke Joy auf«, lachte ich und zog flink die Beine an.

»Komm, ich zeige dir was.« Matteo warf mir meinen Pullover zu, ehe er seinerseits begann, in seine Sachen zu schlüpfen.

»Das musst du gesehen haben!«

Eine sternenklare Nacht empfing uns vor der Hütte. Wir ließen die Tür geöffnet, um das Mädchen zu hören.

»Schau hoch!«, bat er, ehe er den Horizont fixierte.

»Ohhhhh«, staunte ich ergriffen. Am Himmel leuchteten Abermillionen von Himmelskörpern.

»Du kannst die Milchstraße sehen!« Matteo zeigte über die Seescharte.

»Wie klitzeklein wir sind unter diesem Himmelszelt. Das dachte ich bereits heute Mittag, beim Hinflug.« Matteo nickte, bevor ich weiter sinnierte.

»Was die alles mitbekommen, da oben. Wenn die sprechen könnten, hätten sie mich vielleicht vorgewarnt.«

»Tja«, lächelte Matteo: »Sterne sind nicht geschwätzig, sondern verschwiegen. Zum Glück! Sonst hätten wir uns nie kennengelernt. So viele Himmelskörper auf einem Fleck siehst du nur in der Einsamkeit, dort wo es keine künstliche Beleuchtung gibt. Und dazu der Sound der Stille.«

Mein schöner Bergler sog die Luft ein.

»Das ist es, was ich zum Leben brauche. Die Berge und dich!«

Wir küssten uns innig und trotz der Abgeschiedenheit der Hütte fühlte ich mich zum ersten Mal seit Langem nicht mehr allein.

»Du hast die sechs Monate Auszeit, von denen du damals erzähltest, für Joy in Anspruch genommen«, riet ich, als wir in der beheizten Stube saßen. Das Feuer flackerte im Kamin und ein Geruch nach Zirbelholz erfüllte den Raum. Als mein Blick die Uhr streifte, war es nach Mitternacht, doch wir hatten uns so wahnsinnig viel zu erzählen, dass wir die Uhrzeit ignorierten. Joy schlief selig in ihrem Bettchen und wir wechselten uns mit Aufpassen ab, indem einer von uns ab und zu die Stufen hochschlich, um nach ihr zu sehen.

»Ja, bis das mit der Pflegefamilie geklärt ist, habe ich die Obhut für Joy übernommen. Das bin ich Magdalena schuldig«, erklärte er mit ernsthafter Miene.

»Und gibt es eine Familie, die sich für Joy interessiert?«, fragte ich gespannt, während es mir das Herz zuschnürte, bei dem Gedanken daran, dass die Maus in fremde Hände kam.

»Es gab ein Paar, jedoch ist die Frau unverhofft selber schwanger geworden. Deshalb haben sie leider die Pflegschaft zurückgewiesen.« Matteo raufte sich die Locken.

»Wird vermutlich komplizierter als gedacht.«

Wir schwiegen betreten. Auf irgendeine Weise passte es mir nicht in den Kram, dass Bens Tochter aus der gewohnten Umgebung gerissen werden sollte. Sie war so niedlich und vertrauensvoll. Aber Matteos Vater und Mutter waren, wie er betont hatte, zu alt und er persönlich bald wieder verpflichtet, den ganzen Tag zu arbeiten.

»Armes Ding! Wie es ihr wohl gehen wird, wenn man sie aus ihrem Umfeld reißt? Sie hat schon ihre Eltern verloren.«

»Sie bekommt die Chance, später von ihrer Pflegefamilie adoptiert zu werden. Es wird einige Zeit dauern, doch dann wird sie sich eingelebt haben. Mach dir keine Sorgen«, tröstete Matteo.

»Vielleicht hast du recht. Kinder sind wahre Anpassungskünstler«, unterstrich ich seine Meinung.

»Sind die Curryomeletts fertig? Die Gäste haben Heißhunger!«

Matteo wedelte den Dunst von sich weg und griff nach den zwei Tellern, auf denen Rührei dampfte. Wir hatten eine Gruppe Wanderer bei uns, die heute noch in Richtung Zams wollten.

»Danke, Küchenfee! Und drei Portionen Bratwurst bitte!« Er küsste mich auf die Stirn.

»Da haben wir uns was aufgebürdet, was?«, erwiderte ich amüsiert. »Wie der alte Zausel das im Alleingang geschafft hat? Unglaublich!«

Joy saß in einem Hochstuhl in der Küche und nagte zufrieden an einem harten Brotkanten.

»Was ist denn das Orangefarbene neben der Wurst?«, fragte Matteo, als er die Gerichte mitnahm.

»Hokkaidomus mit Muskatnuss. Wer nicht aufisst, bekommt es mit der Köchin zu tun«, schäkerte ich.

»Das kannst du ausrichten!«

»Wie du befiehlst, Boss!« Aus der Stube erklang heiteres Gelächter und auf einmal spürte ich ein Gefühl von Heimat, das so intensiv war, dass mein Blick verschwamm.

»Joy, Summchen! Bist du immer so ausgeglichen?«, fragte ich in ihre Richtung, um mich abzulenken.

»Mammam«, erwiderte sie, bevor der halbe Brotkanten in ihren Hamsterbäckchen verschwand. Ich lachte auf.

»Du liebst Essen genauso wie ich, nicht wahr, Moppelchen? Das ist gut«, nickte ich ihr zu und strich ihr zärtlich über die Locken. Matteo telefonierte mit Andi, der uns, was den Gesundheitszustand unseres alten Freundes betraf, beruhigte. Alois bekam ein starkes Antibiotikum in die Vene injiziert und ruhte sich aus.

»Richte ihm aus, dass es hier super läuft!«, formulierte Matteo die Lage an Andreas gerichtet.

»Sophie hat die Küche voll im Griff. Und den Rest auch«, beendete er den Satz und schmunzelte, ehe er auflegte.

»Ich fühle mich unglaublich wohl mit dir!«

»Dito!«, funkelte ich.

Da stand ich nun, Flachländerin aus Überzeugung, mitten in einer vernebelten, nach Bratwurst stinkenden Kochstube, 2242 Meter über dem Meeresspiegel und strahlte vor Glück. Katja hatte recht behalten. Das Leben hatte mich an den richtigen Platz geschmissen.

Ich vermutete jeden Moment aufzuwachen und vor einem Scherbenhaufen zu stehen, doch es gab keinen und ich war hellwach. Ich genoss jeden Atemzug, ohne ängstlich in die Zukunft zu schauen und ohne mir etwas anderes zu wünschen als das, was im Augenblick geschah. Es war perfekt.

Matteo wedelte mit der Hand vor meinen Augen herum.

»Los, los! Keine Zeit zu träumen! Der Nachtisch wird gebraucht.«

Ich schwenkte grinsend die Cashewkerne in heißer Butter, gab braunen Zucker darüber, sodass es herrlich nach Karamell duftete, bis ich die Masse über die Teigstücke gab und frisches Mangokompott daneben häufte.

»Voilà, Sophieschmarrn. Bon appétit!«

Matteo stippte, bevor er die Männer mit dem Dessert bewirtete, mit dem Finger in die Rührschüssel, um einen Rest Mangokompott zu erwischen, und leckte ihn genießerisch ab.

»Mhhhhh! Gut! Kochen ist eine Leidenschaft von dir, stimmts? Du blühst ja total auf in Alois Küche.«

»Wenn ich Essen zubereite, vergesse ich die Zeit. Ich liebe es tatsächlich. Schau dir meine Hüften an«, erwiderte ich vergnügt und hielt ihm die Nachspeise hin.

»Ich verehre deine runden Hüften. Könnte ruhig noch mehr dran sein«, flachste er, während ich ihm eine Kusshand zuwarf.

»Die Kaiserschmarrn werden kalt!«

»Bin schon weg!«

Matteo war, nachdem er mir einen wollüstigen Blick zugeworfen hatte, durch die Holztür nach draußen verschwunden, bis er zwei Minuten später wieder auftauchte.

»Mir ist da was eingefallen«, begann er.

Interessiert wand ich mich ihm zu.

»In Bezug auf meine Hüften?«, fragte ich verwirrt.

»Quatsch! Die sind perfekt, wie sie sind. Allerdings fängt es auch mit HÜ an. In meinem Forstrevier, bei Vent, steht seit Längerem eine Almhütte leer, die einen Pächter sucht.« Abwartend sah er mich an.

»Es ist eine winzige Hütte, viel kleiner als die Memminger, aber sie liegt unmittelbar an einem Wanderweg. Das heißt, man könnte sie gut bewirtschaften. Also ich meine, du könntest sie super bewirtschaften.«

Aufgeregt hielt ich mit dem Abwasch inne und ging zu Joy hinüber, um sie aus dem Hochstuhl zu heben.

»Hast du gehört, was dein Onkel gesagt hat, Summchen? Er denkt, dass deine neue Freundin Sophie aus dem Flachland noch höher hinaus möchte.«

Grinsend drehte ich mich mit dem Baby auf der Hüfte zu Matteo.

»Wie hoch, sagtest du, liegt dein Dorf? 2300 Meter über dem Meeresspiegel?«

Aus vollem Hals lachend schüttelte ich den Kopf. Das war einfach zu viel.

»Mein Gott, wer hätte das gedacht ... Ich, der ehemalige Bergmuffel und eine Zukunft in den Alpen. Wenn Benjamin das alles mitbekommen hätte.«

»Sie liegt 2700 Meter hoch«, murmelte Matteo. »Ich meine es ernst! Und ich käme jeden Tag auf eine heiße Suppe vorbei.«

»Ha! So stellt der Herr sich das vor!«

Freudestrahlend gab ich ihm einen Kuss auf die Wange und wirbelte mit Joy im Kreis.

»Obwohl, Summchen, wenn ich mir das überlege ... eine eigene kleine Jausenstation in den Bergen, in der jeden Tag ein anderes Mittagsgericht angeboten wird. Das könnte Spaß machen!«

Ein Prickeln verwandelte meinen Bauch in einen Ameisenhügel.

»Und du wärst in der Nähe. Ich will dich nämlich ab jetzt immer bei mir haben«, offenbarte sich mein Traummann.

»Hilfe, mir ist ganz schwindelig vor lauter Aufregung. Bitte veräppel mich nicht, Matteo. Du meinst es wirklich ernst mit uns, oder? Wir leben so weit voneinander entfernt. Verstehe mich nicht falsch. Mir geht gerade sehr viel im Kopf rum.«

Ich gab ihm das Baby und riss mir aufgewühlt die Schürze vom Leib.

»Ich muss an die Luft!«

Als ich durch die Stube gelaufen war, hatten mir die pappsatten Wanderburschen Höflichkeiten zugerufen.

»Kompliment, Küchenchefin! Hat super geschmeckt!«, hatten sie meine Kochkünste gelobt und mir damit eine enorme Freude bereitet.

Ich sog die klare Luft ein und streifte durch den Schnee zur Gedenkstätte. Ein leichter Wind blies und der Grat war wolkenverhangen. Die Flamme war erloschen und ich nestelte in meiner Hosentasche nach dem Feuerzeug, das ich in der Küche bei mir trug, um den Gasherd anzufeuern. Ich ging in die Hocke.

»So, jetzt brennt es wieder. Ihr habt eine wunderbare, kleine Tochter, Magdalena. Joy hat im Sturm mein Herz erobert.«

Ich drehte mich um, um sicherzugehen, dass niemand lauschte. Die Wandergruppe war aufgebrochen, schlug aber eine andere Richtung ein.

»Ich habe mich in deinen Bruder verliebt und weiß ehrlich gesagt nicht, wie es weitergeht. Du weißt ja, was es bedeutet, eine Fernbeziehung zu führen.«

Mein Blick schweifte über das verschneite Holzkreuz.

»Ich bin unglaublich glücklich hier. So glücklich wie noch nie zuvor in meinem Leben. Ging es Benjamin auch so? Ich möchte es richtig machen, verstehst du?«

Ich hatte die Worte kaum ausgesprochen, da stockte ich überrascht. Jemand hatte den Herzkiesel unter der Schneedecke hervorgeholt und auf das Holzkreuz gelegt. Ich konnte mir nicht vorstellen, wer dieser Unbekannte gewesen war, jedoch das spielte im Moment keine Rolle. Instinktiv griff meine Hand nach dem Stein und schloss ihn in meiner Faust ein. Und da verstand ich. Das Zeichen, das ich unterwegs gefunden hatte, stand nicht für Benjamin. Es war das Erkennungszeichen für etwas, was ich auf meinem Weg finden würde. Mich!

Ich hielt die Augen auf den Stein gerichtet.

»Magdalena«, begann ich. »Das Herz ist nicht für dich bestimmt. Ich habe mich getäuscht. Es gehört zu mir. Das begreife ich erst jetzt.«

211

Behutsam ließ ich das Symbol in die Jackentasche gleiten und fuhr fort:

»Ich hoffe, du bist mir nicht böse, Magdalena, dass ich es wieder an mich nehme. Es war gut, dass es bei dir lag, sonst hätte ich die Wahrheit wohl nie begriffen.«

Nachdem ich in die Stube getreten war, wo Matteo und Joy spielend auf dem Boden vor dem Kamin saßen, schaute er sorgenvoll auf.

»Die Gruppe ist weitergelaufen. Ist alles in Ordnung mit dir?«

Ich setzte mich nickend zu den beiden auf den Kuhfellteppich und fügte zwei Lego-Duplo-Teile zusammen. Joy krähte vergnügt und stibitzte sie mir aus der Hand.

»Ich bin happy. Es fühlt sich an, als sei ich angekommen. Dabei gehört mir weder diese Hütte, noch lebe ich in den Bergen. Ich kann Aachen doch nicht einfach so den Rücken kehren«, sann ich vor mich hin, ehe Matteo meine Hand nahm.

Joy versuchte augenblicklich, auf seinen Schoss zu klettern, sodass er mir seine Hand wieder entzog, um damit Joy zu stützen.

»Sorry, da will sich jemand in den Mittelpunkt drängen«, stellte er amüsiert fest und platzierte den vorwitzigen Zwerg zurück auf den Boden.

»Eine nach der anderen! Gott, bin ich beliebt. Könnte ich mich glatt dran gewöhnen«, kringelte er sich.

Joy gab nicht auf, sondern startete einen zweiten sportlichen Versuch, Matteos Körper zu erklimmen.

»Sie kommt nach ihrem Onkel. Eine Alpinistin«, lachte ich.

»Matteo hob sie in die Höhe und drehte sie spielerisch im Kreis, während Joy in überschwängliches Gefeixe ausbrach.

»Komm mit!«, bat er. Ein Flehen lag in seinem Ausdruck.

»Wohin mit?«, stellte ich mich naiv. Ich wollte Zeit gewinnen, denn meine Gedanken überschlugen sich.

»Zieh zu mir nach Vent, schau dir die Alm an und entscheide ganz in Ruhe.«

Unsicher betrachtete ich den Kamin. Die Asche glimmte, spendete aber trotzdem noch intensive Wärme. Ich hatte keinen Drang, nach Aachen zurückzukehren. Jedoch der Traum, eine Almhütte zu pachten? War das nicht zu abgehoben für jemanden wie mich? Gehörte ich nicht eher in eine Stadt? Und was war mit meinen Plänen? *Sophies Cupcake-Paradies.*

Suchend richtete ich den Blick auf meine Jacke, die in der Garderobe hing. Es war nur ein Stein. Was, wenn er wahrhaftig ein Symbol dafür war, dass ich ausgerechnet in den Bergen mein Glück finden sollte? Ich vertraute nicht auf spirituellen Hokuspokus, doch dieser Herzkiesel hatte etwas mit meinem Schicksal zu tun.

»Ich kann nicht fassen, was ich da gerade sage, aber ich würde die Hütte gerne sehen«, flüsterte ich atemlos.

Matteos Augen glänzten.

»Matto mammam«, lenkte das Mädchen unsere Konzentration auf sich. »Sie hat schon wieder Hunger«, staunte Matteo, ehe er sich hochrappelte und Joy mit sich in die Küche trug.

»Traumkind eben«, rief ich den beiden hinterher.

»Hat noch Mangokompott im Kühlschrank!«

Joys Quengeln nahm am Abend kein Ende, sodass wir sie zwischen uns legten, wo sie innerhalb weniger Minuten friedlich einschlief.

Am nächsten Morgen schleppte Matteo die Lebensmittel von der Materialbahn zur Hütte, ehe ich schlauerweise vormittags zu kochen begann, damit wir die Mahlzeiten nur aufwärmen brauchten, falls hungrige Mäuler auftauchten. Wir ergänzten uns hervorragend. Mein Regiment war die Küche, während Matteo es liebte, die Gerichte aufzutischen und mit den Gästen zu plaudern. Ich horchte auf.

»Hörst du das auch? Das ist doch ein Motorengeräusch.«

Matteo stimmte zu, ehe er von Neugier erfüllt zum Fenster lief. Der Ton, den wir einstimmig als Hubschrauber identifizierten, näherte sich.

»Alois ist zurück! Ich glaub's nicht! Das ist Andi!«

Aufgeregt stürmten wir nach draußen. Einige Wanderer richteten ihre Handykameras auf den nahenden Helikopter, um die spektakuläre Landung im Schnee zu filmen, die nun folgte. Matteo rief die Leute zurück, um Andi genügend Handlungsspielraum zu schaffen, und wartete, bis das Fluggerät sicher den Boden berührt hatte. Andi half Alois aus dem Sitz, der uns freudig entgegenwinkte.

»Er muss noch ein paar Tage Anstrengungen vermeiden!« Andi lachte, während sein betagter Schützling abwinkte.

»Hört nicht auf den. Der steckt mit den Quacksalbern unter einer Decke! Ich bin wieder wie neu. Haben wir Gäste?«

Wir luden den Bergretter auf einen Tee in die Hütte ein, ehe Alois von seinen Erlebnissen in der Klinik berichtete.

»Ich soll dir viele Grüße von Maria ausrichten. Was für eine Schwester«, schwärmte er. »Da werde ich doch glatt öfter krank«, witzelte er. Er war ganz der Alte.

»Untersteh dich, mir die Maria auszuspannen, du Schwerenöter«, scherzte Andi, der die vor sich hin brabbelnde Joy auf dem Schoss sitzen hatte.

»Kann ich euch mit ins Tal nehmen?«, bot er an, nachdem Alois bestätigt hatte, topfit zu sein.

»Vergiss nicht, die Tabletten zu schlucken! Dreimal am Tag eine!«, erinnerte er den Hüttenwirt, der sich zufrieden umschaute.

»Ich weiß nicht, wie ich dir danken soll, Sophie. Ihr seid top!«

»Vielleicht komme ich dich in Zukunft gelegentlich besuchen«, machte ich ihn neugierig, bevor ich ihm von unseren Plänen erzählte.

Alois schmunzelte wissend.

»Da schau her, der Matteo. Ich hab dir gleich gesagt, Madel, der ist ein Feiner! Behalt den.«

Rotwangig packte ich meine Sachen zusammen. Matteo bereitete Joy vor, indem er ihr eine frische Windel anzog und sie warm einpackte. Dann waren wir startklar.

»Wink dem Opa Alois, Joy«, rief ich ihr zu, ehe sie quietschend ihr Ärmchen hin und her wedelte.

Das Holzhaus lag wunderschön. Matteo war modern, gemütlich eingerichtet. Ich fühlte mich sofort wohl und stellte erleichtert fest, dass weder Geweihe an der Wand hingen noch, wie vermutet, ausgestopfte Tier auf den Schränken standen.

Schwarz-Weiß-Fotografien der hiesigen Landschaft dekorierten den großzügigen Wohn-/Essbereich und eine helle Ledercouch vor einem Kamin sorgte für Behaglichkeit.

Das einfache Holzhaus lag am Ortsrand nahe dem Fluss und bot einen herrlichen Blick über das Dorf auf der einen Seite und auf die wilden Berghänge auf der anderen Seite. Vent profitierte mit seiner Sackgassenlage von seinem Ruf als Bergsteigerdorf. Es galt als Ausgangspunkt für Touren zum Similaungetscher, wo einst Ötzi gefunden wurde, und zum Vernagt-Stausee in Italien.

Der abgeschiedene Weiler mit den alten Häusern und Höfen wirkte urig, so als ob die Zeit vor hundert Jahren stehen geblieben wäre. Immerhin gab es einen modernen Sessellift und einige Hotels.

»Da unten steht der elterliche Hof«, zeigte Matteo aus dem Fenster, bevor er sich erwartungsfroh zu mir drehte.

»Du wirst sie alle bald kennenlernen. Sie werden dich lieben.«

»Ich freue mich darauf, deine Familie kennenzulernen.«

Ich stellte entspannt meine Taschen ab und übernahm Joy, während er den Anrufbeantworter startete.

Erster Anruf, Montag, 20.30 Uhr: Hey, Matti, gehen wir heute Abend ein Bier trinken? Meld dich. Marco.
Zweiter Anruf, Mittwoch, 8.45 Uhr: Frau Meinhard Jugendamt Sölden. Rufen Sie mich bitte schnellstmöglich zurück. Wir haben höchstwahrscheinlich eine Pflegefamilie für Joy gefunden.
Dritter Anruf, heute, …

Matteo drückte auf Stopp.

»Mist, das ist zwei Tage her.« Er warf einen eiligen Blick auf seine Armbanduhr.

»Heute ist es zu spät. Die Ämter haben geschlossen.«

»Dann rufst eben du morgen früh zurück«, ermunterte ich ihn, während ich Joy in ihrem provisorischen Kinderzimmer den warmen Fleece-Einteiler auszog. Matteo hatte ein Gitterbettchen und einen Wickeltisch besorgt, auf welchem ich die kleine Maus ablegte. Ein überdimensionaler, bunter Spielteppich zierte den Dielenboden. Er war der geborene Vaterersatz. Ich lächelte, bevor mich die Realität einholte.

»Wie läuft das eigentlich? Kommen die her und schauen sich das Kind an?«, fragte ich verdrossen und schüttelte mich vor Abscheu. »Das ist ja wie auf dem Basar.«

Matteos Mimik verfinsterte sich.

»Sei froh, dass es solche Leute gibt, Sophie. Das sind Menschen, die sich ein Kind wünschen und viel dafür investieren. Nicht nur Geld, sondern Zeit, Liebe und noch mehr Verantwortung. Wir wären sehr glücklich, wenn Joy in eine liebevolle Familie käme.«

»So, wärt ihr das?«, unkte ich und zog Joy die alte Windel aus, nachdem ich die Wärmelampe über dem Wickeltisch angeknipst hatte.

»Hier geht das nicht länger. Ich muss Geld verdienen«, rechtfertigte er sich. Ich nickte, obwohl ich im Bilde war, dass er es nicht nötig hatte, sich zu entschuldigen. Was er für Joy getan hatte und immer noch tat, war mehr als ein Geschenk.

»Ja, klar verstehe ich das. Wir haben alle unsere Pläne. Komm Summchen, wir ziehen dir den Schlafi an und dann zeigst du mir den wichtigsten Raum von deinem Onkel, damit ich dir das Abendessen zubereiten kann«, lenkte ich vom Thema ab.

Es war perfekt. Wir spielten Vater, Mutter, Kind. Die kommende Veränderung würde mein Leben aufs Neue sortieren.

Ich war nicht dumm und wusste natürlich, dass das Vergnügen der letzten Tage aus einer besonderen Situation heraus entsprungen war. Wie eine blaulippige, vor Kälte schnatternde Göre, die sich trotzig weigerte, aus dem Wasser zu steigen, hielt ich mich an unserer Darbietung fest und wurde aufgrund dessen patzig.

»Wie ich es mir dachte«, beschrieb ich Matteos Küche in einem knappen Satz: »Steril und langweilig.«

»Was?« Seine Pupillen weiteten sich und er schien sich zu fragen, ob ich scherzte, doch ich meinte es bierernst.

»Man merkt, dass du keine Frau hast. Wie soll ich hier denn das Essen machen? Joy hat Hunger«, meckerte ich. Ich zog wie zum Beweis einige der Schubladen auf, in denen fein säuberlich aufgereiht Besteck lag.

»Wo sind die Obstschalen und Gemüseschüsseln? Du hast keine Gewürze?«, unkte ich böse. Matteo setzte ein Pokerface auf.

»Salz und Pfeffer. Langt das nicht? Du könntest Joy vielleicht ein Ei kochen, wenn du zum Hof herunterläufst und Mutter bittest, dir eines zu geben«, schlug er vor.

»Das meinst du nicht ernst, oder?«

Ich besah ihn mit einem vielsagenden Blick. Es verhielt sich mühsamer als erwartet.

»Ich gehe morgen Einkäufe machen«, beschloss ich energisch.

»In Vent gibt es nur einen winzigen und völlig überteuerten Tante-Emma-Laden«, gab er grinsend zu bedenken.

»Dann *fahre* ich eben in die Stadt. In Sölden wird ja wohl ein Supermarkt existieren, oder?«

Matteos Augen blitzen vor Schalk.

»Warum schaust du so belustigt? Sag! Was ist los?«

Nachdem Matteo die unscheinbare Tür neben der Küche geöffnet und mich wortlos in den Raum geschoben hatte, blieb mir die Spucke weg. Der Geruch von Vanille und Zimt stieg mir in die Nase.

»Ein Vorratsraum«, rief ich begeistert aus und erblickte übervolle Regale mit eingemachtem Obst, Pilzen, Säckchen mit getrockneten Kräutern, Tees, Kartoffelkisten und einen Schrank voller Gewürze. In der Gefriertruhe ruhten bis zu Rand Wildbret, Fisch und Rindfleisch und in einem Kühlschrank fand ich frisches Obst und Gemüse in rauen Mengen. Ich prustete los. »Du hast mich reingelegt, du gemeiner Kerl.«

»Nicht immer gleich urteilen, Sophie«, wies er mich liebevoll zurecht, ehe er meinen Körper an sich zog und ich mich beschämt mehrmals entschuldigte. Kurz darauf roch das ganze Haus herrlich nach gebratenen Pfifferlingen mit Knoblauch und frisch gebackenem Fladenbrot.

Entzückt betrachtete ich den schlafenden Matteo. Er schlummerte trotz des Sturmes wie ein Murmeltier und auch Joy schien nichts davon mitzubekommen. Ein Unwetter solchen Ausmaßes hatte ich nie zuvor erlebt. Gewaltiges Donnergrollen hallte in den Berghängen wider. Das Rauschen des Flusses erschien mir aufgrund des Platzregens viel ausgeprägter als gestern. Ich stand leise auf und bewegte mich zum Fenster. Blitze erhellten sekündlich die Hochebene von Vent. Das Gewitter hatte sich in den Hängen verfangen, denn es zog einfach nicht weiter. Matteo setzte sich auf.

»Oh, habe ich euch geweckt?«

»Nein, das ist normal hier. Wegen der Höhe. Du wirst dich daran gewöhnen, Sophie aus dem Flachland. Komm her«, brummte er verschlafen, bevor er mich unter seiner Decke an sich zog, ich den Rücken beruhigt an seinen warmen Körper kuschelte und die Augen schloss. Zweimal hörten wir in dieser Nacht ein lang gezogenes Poltern, das mich verschreckt aus dem Fenster schauen ließ. Ich sah an den gebogenen Umrissen der Bäume, dass ein extrem starker Sturm herrschte, doch viel mehr erkannte ich in der Dunkelheit nicht.

Am Morgen schien das Schauspiel vorüber und die Sonne strahlte vom blanken Himmel, als sei nicht das Geringste geschehen.

Einzig das sonst klare Gletscherwasser des Flusses floss lehmiggelb in seinem aufgewühlten Bett durch den Ort.

Joy hatte von all dem nix mitbekommen und wie ein Murmeltier durchgeschlafen. Man spürte, dass sie ein Kind der Berge war.

Sofort nach dem Frühstück hatte Matteo mit dem Jugendamt telefoniert und war freudestrahlend zurück an den Esstisch gekommen, wo ich mit Joy saß und sie mit warmem Hirsebrei und Apfelschnitzen fütterte.

»Du glaubst es nicht. Die haben ein ganz tolles Paar aufgetan. Sie ist gelernte Erzieherin, er Mediziner. Besser kann es für Joy nicht laufen«, freute er sich in die Hände klatschend.

»Wieso, die Berufe sagen null aus«, gab ich zu bedenken und hob Joy den Löffel hin.

»Doch! Es bedeutet, dass sie gut situiert sind und die Frau sich mit Kids auskennt«, verdeutlichte er seine Meinung, ehe er fortfuhr. »Warum bist du bloß immer so miesepetrig? Freu dich mit Joy!«

»Meine Erzieherin im Kindergarten war eine dumme Gans. Ich habe sie gehasst und bin dreimal weggelaufen, bis ich schließlich in Marcs Gruppe zu den Glühwürmchen durfte, auch wenn das für meinen Bruder ein Albtraum war«, widersprach ich Matteo energisch, der laut auflachte.

»Das sieht dir ähnlich. Du bist wohl bereits als Dreikäsehoch kompliziert gewesen. Ich werde Marc in Bälde darauf ansprechen und bin gespannt, was er zu erzählen hat«, schäkerte er, bevor er sich grinsend Kaffee nachschenkte.

»Na ja, wie dem auch sei, auf jeden Fall kommt das Paar schon heute Mittag, um Joy für zwei, drei Stunden zu besuchen.

Die erste Zeit wird eine Familienhelferin vom Jugendamt anwesend sein und gesetzt den Fall, dass es klappt, erhöhen wir die Anzahl der Treffen, bis Joy sich bei ihnen geborgen fühlt und sie sie auch mal mitnehmen können.«

»So kurzfristig? Das geht nicht! Was sollen wir denen denn erzählen?«

Mein Protest ging im Klingeln von Matteos Handy unter. Der Anrufer schien eine ernste Angelegenheit zu besprechen, denn Matteo zog die Stirn in Sorgenfalten.

»Verstehe! Ich komme raus. Bis nachher«, verabschiedete er sich und suchte meinen Blick, den ich angespannt erwiderte.

»Was ist los?«

»Der Sturm hat in der Nacht einige Bäume umgeknickt. Im Forst sind zwei Muren abgegangen, die Teile eines Wanderweges blockieren. Ich muss mit anpacken. Das ist ein echter Notfall.« Sein Tonfall wirkte beunruhigt. Seine sonst so bedächtigen Bewegungen erschienen plötzlich fahrig und nervös.

»Du wirst die Leute alleine empfangen müssen und ich habe keinen Zweifel daran, dass du das meisterst«, zwinkerte er mir zu und zeigte auf Joys Schlafzimmer. Vielleicht kannst du ihnen erzählen, was Joy gerne hat und was nicht. Damit erleichterst du ihnen das Leben«, lachte er, während er nach seiner Arbeitshose griff.

»Was?«, protestierte ich. »Das kann ich nicht! Wie stellst du dir das vor?«

»Bitte, Sophie! Erhebe einmal keine Einwände, okay? Du managst das. Am Abend machen wir es uns gemütlich. Versprochen.«

Ich bekam Herzklopfen, als ich den kernigen Matteo in Arbeitskluft sah. Er trug derbe Hosen und Stiefel, was seine männliche Statur betonte. Ich sah ihm, nachdem er mich und das Baby zum Abschied geküsst hatte, nach, wie er sich im Gehen die dicke, grüne Jacke überwarf und mit Funkgerät, Seilen und Helm bewaffnet zum Geländewagen schritt.

»Bis heute Abend, Schatz. Ich liebe dich«, murmelte ich, als er losfuhr.

Aufgeregt kochte ich eine Kanne Kräutertee und stellte Kandiszucker und Sahne auf den Tisch.

»Wir bekommen Besuch, Summchen. Schau, ich habe extra einen leckeren Rührkuchen gebacken. Ach, mein Pummelchen, wir müssen uns Mühe geben«, überlegte ich, während ich sie fest an mich drückte. »Sind ja nur drei Stunden. Vielleicht werde ich deine Oma und Opa zwischendrin mit dem Rest Kuchen überfallen. Wenn die auch so nett sind wie dein Onkel, ist das zweifellos eine gute Ablenkung«, wog ich ab.

»Dann können deine neuen Eltern ein paar Minuten mit dir alleine sein.«

»Matto. Fieh«, plapperte Joy und verzog ihr Mündchen.

»Fieh bin wohl ich?«, fragte ich hellauf begeistert.

»Soophieee«, wiederholte ich das schwierige Wort.

»Versuchs nochmal! Soophieee«, gab ich Hilfestellung.

»Fiehhhh.« Joy patschte in die Händchen. Lobend strich ich ihr über die Löckchen.

»Das ist schon sehr gut. Und jetzt ziehen wir dich um, dass du hübsch bist für unsere Gäste.«

Die Xanthippe, die in Matteos Wohnbereich stand, verkörperte sämtliches, was ich mit dem Begriff *unangenehm* verknüpfte.

Auffallend konservativ gekleidet und ausgestattet mit einer penetranten Stimme, die mir durch Mark und Bein ging, stürzte sie sich mit einer Inbrunst auf Joy, dass mir übel wurde. Sie hatte bei der Begrüßung kaum Notiz von mir genommen. Kaffee und Kuchen hatte sie einsilbig abgelehnt, unterdessen ihr Gatte, der wie ein Schatten neben ihr weilte, sich ergeben allem fügte, was sie anordnete.

»Gib dem Mädchen doch mal die Geschenke, Leopold. Ich habe eine Überraschung vorbereitet«, kicherte sie blasiert, während sie meine Anwesenheit weiterhin ignorierte. Sie trug die quengelnde Joy auf dem Arm, die sich wand, weil es ihr nicht gelang, von der fremden Person wegzukommen. Mein Herz blutete.

»Hat die kleine Dame schlechte Laune?«, versuchte der Besen die für sie unangenehme Situation auf Joy zu schieben, ohne auf das Kind einzugehen. Ihr Klammergriff bewirkte, dass Joy sich immer lauter schreiend durchbog, was mich innerlich erstarren ließ.

»Leopold! Nimmst du mal die eigensinnige, kleine Dame? Schau mal, was ich für dich habe!« Sie hielt Joy ein rosa Päckchen hin, das sie wegschlug.

»Ich könnte sie kurz beruhigen«, bot ich mich an, während ich das Zittern meiner Stimme zu unterdrücken versuchte. Frau Meinhard schien mit dem Vorschlag einverstanden, denn sie erhob sich und nickte mir kurz zu. Ich sah ihr an, dass sie merkte, dass es nicht nur dem Kind, sondern auch mir nicht gut ging.

»Das Weinen am Anfang ist normal, Frau … wie war gleich ihr Name?«

»Sophie Andres. Witwe von Benjamin Andres. Er war Joys Vater«, rief ich ihr aufgelöst entgegen, bevor ich Joy entgegennahm, die inzwischen hochrot angelaufen war. Sie schwitzte vor Anstrengung, während ich versuchte, sie zu beruhigen. Ich konnte sie unmöglich diesen Leuten überlassen. Sie registrierten doch, dass es ihr schlecht ging. Mit der Kleinen auf dem Arm ging ich in die Küche. Ich musste kurz Abstand gewinnen, um mich wieder zu fangen und verfluchte im Stillen Matteo, der mir das eingebrockt hatte.

»Frau Andres, Joy fremdelt und muss sich an die neuen Beziehungspersonen gewöhnen. Sie werden sehen, wenn die Pflegeeltern das nächste Mal kommen, haben wir ein glückliches Baby«, bemerkte sie mir hinterherlaufend. Etwas Flehentliches lag in ihrer Stimme.

»Sie sagten, Sie sind die Ehefrau des verstorbenen Vaters?«

»Ja, die bin ich und nun stoppen wir das ganze Theater. Joy ist mit den Nerven am Ende. Sie sehen ja, dass sie sich nicht wohlfühlt!«, entschied ich und zeigte auf Joys hochrote Wangen. Sie hatte glasige Augen. Entschlossen ließ ich Frau Meinhard in der Küche stehen, schritt mit Joy ins Kinderzimmer und legte sie in ihr Bettchen. Vorsichtig legte ich eine Handfläche auf Joys Stirn.

»Ist schon gut, Summchen«, beruhigte ich sie.

»Fiehhh. Fiehhhh. Fiehhhh«, heulte diese, derweil sie versuchte, mit ausgestreckten Armen wieder an meinen Körper zu gelangen, als hinter mir eine Gestalt auftauchte und die Hand nach dem Mädchen ausstreckte.

»Lassen Sie sie los!«, befahl ich mit fester Stimme, bevor die Frau erschrocken zurückzuckte und wütend den Raum verließ, während sich Joy augenblicklich entspannte.

»Sie hat vermutlich Temperatur. Wir müssen ihren Besuch verschieben«, ordnete ich an, nachdem ich wieder im Wohnzimmer aufgetaucht war.

»Außerdem weint Joy sonst nie. Sie ist der reinste Sonnenschein und fühlt sich einfach nicht wohl.«

Frau Meier, die nach Luft schnappend nach Frau Meinhards Unterstützung trachtete, wurde laut.

»Wir sind extra kilometerweit hier hoch in dieses abgelegene Kuhkaff gefahren, um unser Pflegekind kennenzulernen. Sie sehen doch, dass das Mädchen kein Fieber hat. Sie irren sich.« Und an Frau Meinhard gewandt: »Ich verstehe nicht, was die Person hier zu bestimmen hat. Joy ist doch angeblich Vollwaise.«

Mein Blick verhärtete sich. Die Familienhelferin schaute unsicher hin und her und ich spürte, dass sie überlegte und nach Worten suchte, bevor sie zu sprechen begann.

»Wir brechen die Maßnahme jetzt Joy zuliebe ab. Sie bekommt die schlechte Stimmung durchaus mit, was kein guter Start ist, um eine Basis aufzubauen. Frau Andres, wir werden uns unter vier Augen unterhalten müssen. Sie boykottieren mit ihrem Verhalten Joys Chance und ich darf Sie allen Ernstes bitten, das in Zukunft zu unterlassen. Herr und Frau Meier sind sehr engagiert und hervorragend als Pflegefamilie geeignet. Auf Wiedersehen.«

Kapitel 15

Nachdem die Haustür zugeklappt war, holte ich Joy aus dem Bettchen und ließ ich mich erschöpft auf das Sofa fallen.

»Mammam! Fieeeh.« Joy quiekte fröhlich, während ich versuchte, runterzukommen. Sie hatte sich beruhigt, doch ich kochte innerlich vor Aufregung. Was würde Matteo sagen? »Egal was dein Onkel sagt. Ich habe das Richtige getan. Jetzt hast du Hunger, Pummelchen. Das habe ich mir gedacht. Komm, wir essen den Marmorkuchen. Schlimme Menschen«, mokierte ich mich über die unsympathischen Leute und setzte Joy an den Tisch, die sogleich nach dem Kuchen griff.

»So weit kommt es noch, dass du bei solchen Menschen landest. Das hätte dein Papa nicht zugelassen. Der kann dir zwar nicht helfen, aber ich bin auch noch da! Ich passe auf, dass du eine gute Ersatzmama bekommst, Summchen. Das schwöre ich dir!«

Abends hob ich die zufriedene Joy in die warme Badewanne und sang ihr, während ich sie mit dem Frottierhandschuh in Katzenform wusch, ein Liedchen vor.

»ABC, die Katze lief im Schnee. Und als sie wieder rauskam, da hat sie weiße Stiefel an. ABC …«

Ich platzierte der vergnügten Joy ein Schaumkrönchen auf dem Kopf und stippte ihr lachend mit dem Zeigefinger auf die Nasenspitze.

»Jetzt bist du eine Schaumprinzessin.«

»Miau. Mammam.«

Sie griff nach dem Waschlappen.

»Sag nur, du weißt, was eine Katze ist. Ahhh, natürlich haben Oma und Opa auf dem Hof Katzen, stimmts? Meine ist ein Kater und heißt Bruce. Er ist gerade bei meiner Mama. Vielleicht bleibt er da auch, dort geht es ihm nämlich sehr gut! Ich habe eine nette Mama, musst du wissen. Eine liebe Mutter zu haben, ist das Wichtigste auf der Welt, Summchen.«

Ihr Mündchen verzog sich zu einem herzhaften Gähnen. Nachdem ich die erschöpfte Joy in ein Handtuch gewickelt und vorsichtig trockengerieben hatte, zog ich ihr einen Pyjama über und legte sie in ihr Gitterbettchen. Keine Minute später waren ihre Lider geschlossen und sie gab gedämpfte Schnarchgeräusche von sich.

Ich küsste sie, bevor ich auf leisen Sohlen hinausging, noch einmal auf die Stirn.

»Träum süß, kleine Biene. Bis morgen.«

Als das blubbernde Geräusch des Dieselmotors vor dem Haus erstorben und Matteo rotwangig hereingekommen war, um mich innig in die Arme zu schließen, war die Welt wieder in Ordnung. Wir saßen, nachdem er geduscht und sich frische Sachen übergezogen hatte, am Kamin und erzählten uns gegenseitig von unseren Erlebnissen.

»Und? Wie ist es gelaufen?«, fragte er, bevor er herzhaft in ein Stück Marmorkuchen biss. Ich wägte kurz ab, ob ich die Angelegenheit bagatellisieren oder schönreden sollte, entschied mich dann aber für die Wahrheit. Matteos Körper versteifte sich.

»Sophie, das kannst du nicht bringen.«

Sein Blick hatte etwas Resigniertes und ich spürte, dass er sich den Ablauf des Besuches von Joys zukünftigen Pflegeeltern anders erträumt hatte. Trotz allem blieb er besonnen.

»Dabei bin ich ja selbst verantwortlich. Delegiere Aufgaben an dich, die eigentlich meine gewesen wären«, ärgerte er sich.

»Matteo«, bat ich ihn um Verständnis.

»Es gibt bestimmt Pflegeeltern, die besser zu Joy passen. Glaub mir, wenn du die gesehen und erlebt hättest. Dem Bienchen war nicht wohl zumute mit den Leuten.«

Demoralisiert ließ ich die Schultern hängen.

»So schnell geben die sowieso nicht auf. Wie ich Frau Meinhard kenne, sieht sie uns den Patzer nach und fixiert einen zweiten Termin mit dem Paar. Und ich finde, das ist okay.« Matteo sah mir in die Augen.

»Die beiden waren hundertpro aufgeregt und unsicher, was den Umgang mit Joy anbelangt. Du musst ihnen Anfangsfehler nachsehen!«

Ich nippte an meinem Glas.

»Anfangsfehler, tsssss«, spottete ich. »Da ging es eher um die Chemie. Joy kann die Person nicht riechen.«

Mit dem gut gemeinten Hinweis, ihnen Zeit zu lassen, stand Matteo plötzlich auf und kramte in den Taschen seiner Jacke.

»Hier, für dich«, erklärte er, indem er vor meiner Nase einen Schlüssel baumeln ließ.

»Was ist das für ein Schlüssel?«, fragte ich neugierig, derweil ich danach griff, um mir den Anhänger näher zu besehen, der aus einem Stück geschnitzten Fundholzes bestand. Es stellte einen fliegenden Adler dar, dem Wahrzeichen für Freiheit und Stärke.

»Er gehört zu der Hütte, von der ich dir erzählt habe. Ich habe ihn eben geholt, damit du sie dir ansehen kannst.«

Mein Magen überschlug sich.

»Echt? Oh Matteo, das ist spannend!«, rief ich und hielt mir erschrocken die Hand vor den Mund, weil ich befürchtete, Joy aufgeweckt zu haben. Ich lauschte angestrengt. Im Kinderzimmer blieb alles still.

»Die schläft wie ein Murmeltier«, grinste er und kuschelte sich an mich.

»Das hast du gut gemacht.«

226

Er duftete verführerisch nach einem Hauch Duschgel auf Männerhaut.

»Was hältst du davon, wenn wir den Stichtag deiner Hüttenbesichtigung auf den zweiten Termin des Jugendamts legen? Ich bin rationaler als du und eventuell ist es günstiger, dass ich das mit den Pflegeeltern im Alleingang regle«, schlug er vor und beruhigte mich, als er meinen unschlüssigen Blick sah.

»Kinder sind wie kleine Seismographen. Joy spürt das, wenn du nicht hinter den Leuten stehst. Es ist besser für sie, wenn du nicht dabei bist.«

»Also bin ich deiner Meinung nach verantwortlich und nicht diese widerwärtige Frau. Lern sie erst mal selber kennen, dann wirst du schon sehen«, konterte ich beleidigt. Meine gute Laune kippte und die aufdringliche Stimme in meinem Kopf hörte nicht auf, zwischen Recht und Unrecht abzuwägen. Ich wollte ihn verstehen und trotzdem war ich der Ansicht, dass Joy nicht zu dem Paar passte. Einen Moment dachte ich an Marc und Katja als Eltern, zerschlug den Gedanken jedoch wieder. Und Benjamins Vater war zu alt und Witwer. Er konnte sich nicht um ein Baby kümmern. Ein unangenehmer Druck hinter der Stirn machte sich bemerkbar. Bitte keine Kopfschmerzen!

Und Matteo und ich? Wir hatten beide unsere Träume. Matteo schlich den ganzen Tag durch die Wälder und ich würde alle Energie für das Herrichten der Alm und die Bewirtung der Wandergäste aufwenden. Es handelte sich um zwei Fulltime-Jobs. Für ein Kleinkind bliebe weder Zeit noch Kraft.

»Ich gebe dir eine Umgebungskarte mit. Du kannst dich gar nicht verlaufen. Ich habe die Alm auf der Karte angekreuzt und wenn etwas sein sollte, rufst du mich einfach an«, schlug Matteo vor, der mein Gedankenkarussell entweder nicht bemerkt hatte oder bewusst nicht darauf eingegangen war.

Wenige Tage später spazierte ich neugierig um das alte Bauernhaus mit den verwitterten Schindeln herum. Ein Rinderschädel hing über dem Scheunentor und ein ungemein leckerer Duft nach Heu, Holz und Kuhmist stieg mir in die Nase, als ich nähertrat, um in den Stall zu schauen.

»Hallo? Ist da wer?«, rief ich fragend hinein, während mir die Rinder friedlich aus ihren Boxen entgegenschauten, als seien sie solch seltsame Fragen und vor allem solch befremdlichen Besuch gewöhnt.

Matteo empfing unterdessen zu Hause das Paar, welches sich nach gutem Zureden von Frau Meinhard davon hatte überzeugen lassen, es noch einmal mit Joy zu versuchen. Er hatte mich kurz vor deren Ankunft aus dem Haus geschoben, mir aufmunternd zugeblinzelt, den Schlüssel für die Alm, einen Proviantbeutel mit Salamibaguette, Kaffee und die Karte entgegengestreckt und mich zum Abschied liebevoll an sich gedrückt.

»Viel Erfolg. Du wirst begeistert sein«, hatte er geflüstert.

Es war ein spontaner Entschluss gewesen, vor dem Aufstieg Matteos Eltern einen Besuch abzustatten, und nun stand ich hier wie ein Eindringling auf dem Hof und drehte mich suchend um, ehe ich ungläubig meine Nase in die Luft reckte. Denn neben dem Duft von Kuhdung meinte ich, einen Hauch Vanille zu schnuppern. Und in der Tat. Ich hatte recht. Auf einer Bank an der Rückseite des Hauses saß ein alter Mann in Lederhosen, der Pfeife rauchte. Er kehrte sein faltenreiches Gesicht zu mir, sah mich mit braunen Augen an, als würden wir uns ewig kennen, und klopfte auf den freien Platz neben sich. Folgsam reichte ich ihm die Hand, bevor ich seinem Wunsch nachkam und mich neben ihn setzte. Ich mochte ihn sofort gut leiden, obwohl ich ihn erst ein paar Sekunden lang kannte. Der Tabakgeruch, der uns umgab, hatte etwas Heimeliges.

»Ich bin Sophie«, stellte ich mich vor, ehe Matteos Vater wissend nickte. Er zog an seiner Pfeife und lächelte.

»Genauso habe ich mir dich vorgestellt«, murmelte er zufrieden. »Schön, dass du uns besuchst.«

»Das mit Magdalena tut mir sehr leid. Ich möchte Ihnen mein tiefstes Beileid aussprechen«, wand ich mich an ihn. Er hatte die gleichen Locken wie sein Sohn, allerdings ein wenig lichter und vollends ergraut. So würde Matteo aussehen, wenn er alt wäre.

»Die Eltern sollten vor den Kindern gehen. Es ist verflucht grausam, wenn es andersherum kommt«, nickte er und hinter seinen dunklen Pupillen brannte Schmerz auf. »Wir haben keine Kraft mehr. Meiner Frau geht es noch schlechter als mir.«

Mitfühlend schaute ich ihn an. Es gab partout nichts zu sagen, ich verstand ihn vollkommen. Es war die Hölle, was er durchmachte.

Gerade als ich diesen traurigen Gedanken zu Ende gedacht hatte, fingen im Dorf die Glocken an zu läuten. Wir saßen einfach nur nebeneinander und lauschten. Er mochte nicht wissen, was ich vorhatte, wo ich herkam oder wohin ich ging. Das tat gut.

Ab und zu schmauchte er an seiner Pfeife, was ein süßliches Vanillearoma in die Luft hinausließ.

»Es ist schön hier«, bemerkte ich. »Das Flecken ist auf irgendeine Weise kuschelig, urig und wild gleichzeitig. Ich mag es.«

»Vent ist der göttlichste Platz auf Erden. Ich bin hier geboren und hier werde ich sterben«, unterstrich er meine Ansicht.

»Ich bin Josef.«

»Freut mich, Josef! Ich komme jetzt öfter bei euch vorbei. Wenn ihr Hilfe braucht, dann bin ich jederzeit für euch da«, verabschiedete ich mich, nachdem ich mich erhoben hatte.

Josef fasste nach meiner Hand und hielt mich zurück. Erstaunt hielt ich inne.

»Dich hat uns der Himmel geschickt«, zwinkerte er mir zu, was ich nicht recht einordnen konnte. Warum sollte mich der Himmel geschickt haben?

»Hör immerfort auf dein Herz, Sophie!«, bat er und blies eine Wolke Tabakrauch in die Luft. »Du musst los! Es könnte Regen geben«, warnte er, ehe er mit dem Finger gen Himmel zeigte, um schmunzelnd hinzuzufügen:»Aber am Ende ... am Ende strahlt stets die Sonne. Weil du dein Herz am rechten Fleck trägst. Ich erkenne das.«

Immer noch positiv erstaunt hinsichtlich meiner wundersam schönen Begegnung mit dem Alten, suchte ich den Pfad nach oben. Ein schmaler Weg über Moos und Fichtennadeln führte mich steil durch dichten Wald. Der Untergrund war angenehm weich bei jedem Schritt und der Geruch nach Baumharz, sonnenerwärmter Rinde und Sand drang mir in die Nase und versetzte mich in eine aufregende Stimmung. Die Lärchen hatten bereits ihre gelbe Färbung angenommen und ich stellte mir vor, wie die Winter sein würden. In Aachen hatte es die letzten Jahre kaum Schnee gegeben.

Je ehrgeiziger ich höher stieg, desto leichter und freier fühlte ich mich und bald folgten die bekannten dünnen Schneefelder, die ich heute als Erste spurte. Von Weitem erkannte ich auf der gegenüberliegenden Hangseite die Reste der Gerölllawinen, die eine tiefe Rinne in den Berg gefressen hatten. Es sah besorgniserregend aus, aber Matteo und seine Mitarbeiter hatten die Lage im Griff.

»Das ist also dein Revier, Matteo. Nicht schlecht«, murmelte ich.

Ich beobachtete immer wieder die Wolken, um gewappnet zu sein, falls ein Gewitter losbrechen würde, doch bis jetzt sah alles ganz harmlos aus. Außerdem hatte ich den Schlüssel. Zur Not könnte ich ein Unwetter geschützt unter dem Hüttendach abwarten.

Glücklich schritt ich voran, während sich Sonne und Schatten abwechselten. Wie im echten Leben.

Meine Seele verschmolz mit der Wildheit der Natur und plötzlich traf mich die Erkenntnis mit voller Wucht. Die Berge gaben mir Lebenskraft. Ich fühlte mich so leistungsfähig und optimistisch wie noch nie. Die Flachländerin war Geschichte. Längst war ich eine Himmelstürmerin geworden.

Die Alm lag oberhalb der Baumgrenze auf einem verschneiten Wiesenplateau in Panoramalage. Vor meinem inneren Auge sah ich eine belebte Terrasse mit Biertischen und Bänken vor der Hütte. Eine Tafel, auf der die Tagesgerichte mit Kreide aufgemalt waren und großflächige, gelbe Sonnenschirme, die die hungrigen Wanderer entweder vor Sonne oder vor Regen schützten. Ich würde ein Willkommensschild aufhängen und Geranienkästen, so wie ich es in der Spielmannsau gesehen hatte. Ich genoss den Ausblick auf die Gebirgswelt, bevor ich aufgeregt nach dem Schlüssel kramte.

Der Schlüssel passte auf Anhieb. Ein Geruch nach Staub und Zirbelholz schlug mir entgegen, als ich die knarrenden Dielen betrat. Ehrfürchtig schritt ich in die kleine Kammer, öffnete die Fenster und die Läden, um Licht und Luft hereinzulassen. Ich strich mit den Handflächen über das glatte Holz.

»Meine Hütte«, murmelte ich und mein ganzer Bauch kribbelte, so wie immer, wenn ich von etwas fasziniert war. Sie war fantastisch.

Zwei gegenüberliegende Eckbänke an zwei Tischen luden zum Verweilen ein. Eine Durchreiche verband die Stube mit der winzigen Küche, in der sich ein Gasherd mit immerhin vier Kochstellen befand. In einem Anbau lagen Toilette und Bad. Ich drehte über dem Waschbecken versuchsweise den Wasserhahn auf und wartete. Er gab seltsame Geräusche von sich und dann fließend kaltes Wasser.

»Aber keinen Strom«, grübelte ich, während ich in den Wohnraum zurücklief. »Das kann im Winter zum Problem werden, es sei denn …« Mein Blick suchte den Kamin. Tatsächlich.

Versteckt in einem erkerähnlichen Bereich thronte ein gusseiserner Ofen, den man mit Holz befeuern konnte. Frieren musste man also nicht. Die Alm stand in Matteos Revier, was bedeutete, dass ich günstig an Brennholz kommen würde.

Die Petroleumlampen, die herumstanden, zeugten davon, dass der Pächter vor mir auch ohne Elektrizität ausgekommen war. Der Klingelton des Handys schreckte mich aus den Überlegungen.

»Esther?«

Guter Dinge setzte ich mich auf eine der Bänke, um mich in Ruhe mit meiner Aachener Freundin unterhalten zu können.

»Was sagst du?«

Esther schnaubte ungläubig, als ich ihr erzählte, wo ich mich momentan befand.

»Du willst eine einsame Berghütte anmieten? In 2700 m Höhe? Bis du betrunken, Süße?«, japste sie atemlos.

»Esther, ich sitze gerade in meiner kleinen Alm und fühle mich hier leicht und frei. Von hier kannst du die schneebedeckten Gipfel sehen und der Nachthimmel ist besprenkelt von Sternen. Stell dir vor, Matteo sagt, es gibt hier Adler und Steinböcke und Matteos Vater Josef ist so was von lieb.« Ich verschluckte und verhaspelte mich, da ich gar nicht wusste, wo ich ansetzen sollte mit all meinen Schilderungen.

»Erde an, Sophie!«, rief Esther lachend. »Das ist doch nicht meine Freundin. Die Städterin, die Marathonshoppen und lange Kneipennächte liebt und vor jeder Bodenerhebung Respekt hat, die höher ist als ein Maulwurfshügel. Mädel, in weniger als einem Monat beginnt die fünfte Jahreszeit. Karneval ohne Sophie? Das ist nicht dein Ernst, oder?«, japste sie ungläubig.

»Das ist mein voller Ernst, Esther. Zwischen Matteo und mir hat es mehr als gefunkt und Vent ist bezaubernd. Ich liebe es jetzt schon. Ich glaube … nein ich bin mir hundertprozentig sicher, dass ich hier mein Glück finden werde.«

Siegesgewiss schaute ich mich um.

»Esther! Das hier ist meine Zukunft! Ich werde Wanderer bewirten. Ich kann es gar nicht abwarten, mir raffinierte Gerichte auszudenken. Du wirst sehen, meine Alm wird sich binnen

Kurzem im ganzen Ötztal herumgesprochen haben und du musst unbedingt bald herkommen. Außerdem ist sie nur gepachtet. Im Notfall gebe ich sie wieder ab.« Ich holte aufgeregt Luft.

»Also ich vermute ja immer noch, dass Matteo dir täglich etwas in den Kaffee schüttet, aber gut, ich werde in absehbarer Zeit vorbeischauen und mich vergewissern. Und wenn ich nicht überzeugt bin, bringe ich dich höchstpersönlich zurück nach Aachen. Das schwöre ich dir, Baby! Steinböcke … tssss.«

Sie blies lautstark den Atem aus. Dann, ich schloss gerade die Hütte hinter mir ab, schien ihr irgendetwas Wichtiges einzufallen.

»Sag mal, wie macht sich denn die kleine Biene? Spielt sexy Matteo weiterhin Papa?«

»Was?«

Unruhig sah ich auf die Uhr. Ich hatte durch den Besuch bei Josef einige wertvolle Zeit verloren und in den Bergen wurde es im Herbst rasch dunkel.

»Esther entschuldige, aber ich muss absteigen. Der Pfad ist glatt und bei Nacht tückisch. Joy geht es gut. Sie bekommt bald Pflegeeltern, die ich persönlich zwar nicht leiden kann, aber da sie noch ein Baby ist, wird sie sich dort innerhalb kürzester Zeit einleben. Das sagt auch die Frau vom Jugendamt. Es ist nicht einfach, aber ich musste Matteo versprechen, mich rauszuhalten«, klärte ich sie auf.

»Aha! Die Frau vom Jugendamt also. Und was denkst du?«

»Esther, sorry, ich muss«, würgte ich sie ab und trat auf den Pfad.

»Alles klar!«, ächzte Esther, ehe sie ein paar Worte vor sich hin brummte, die ich nicht verstand und sich dann verabschiedete.

Joy. Meine Leichtigkeit zerplatzte von jetzt auf gleich wie ein Luftballon. Ich hatte infolge der abenteuerlichen Gegebenheiten den ganzen Mittag nicht an Joy gedacht. Ein seltsam schuldiges Gefühl berührte meine Mitte und ich überlegte, Matteo anzurufen, ehe ich diese Idee wieder zerschlug. Ich hatte das Recht, meinem Glück zu folgen. Es war mein Leben und mein Traum von einer Almhütte.

Einem Impuls folgend, fasste ich in die eine, dann in die andere Jackentasche, bevor ich verwundert innehielt.

»Wo bist du?« Doch sooft ich auch hineingriff, mein Herzstein war wie vom Erdboden verschluckt. Ich hatte ihn bewusst in dieser Jacke belassen, um ihn als Maskottchen mit mir zu tragen. Ich empfand es als höchst sonderbar, dass der Talisman ausgerechnet jetzt, wo ich mein Heil gefunden hatte, verschwunden war.

In Gedanken ging ich jeden gewanderten Kilometer noch einmal durch. Ich war auf dem Weg hierher weder gestürzt, noch hatte ich die Jacke ausgezogen. Möglicherweise hatte ich ihn während meiner Rast verloren? Dann fiel es mir wie Schuppen von den Augen. Josef! Die Bank neben dem Gemüsegarten!

Ich hatte die Jacke, weil es so angenehm warm gewesen war, auf der Bank abgelegt. Dabei war der Stein wahrscheinlich aus der Tasche gerutscht.

Ich nahm mir vor, auf dem Nachhauseweg bei Josef vorbeizuschauen, doch die Unruhe, die mich erfasst hatte, ließ sich nicht vertreiben. Sie heftete den ganzen Rückweg an mir wie eine Klette und das fühlte sich bei Gott alles andere als behaglich an.

Kapitel 16

»Summchen!«, rief ich erstaunt aus, als ich Joy auf Josefs Arm entdeckte. Ich hatte auf dem Hof seine dunkle, brummige Stimme vernommen und war ihr bis in den Stall gefolgt, wo ich sekundenlang beobachtete, wie er seiner Enkelin die Kühe zeigte. Die Tiere versuchten, mit ihren langen Zungen an seine Hand zu gelangen, während Joy verzückt quiekte. Es war herzerweichend, den betagten Mann zusammen mit dem Mädchen zu betrachten, das begeistert Sämtliches aufnahm, was der Großvater ihr beibrachte.

Die Idylle war nicht zu übertreffen. Die Rinder muhten. Eine rote Katze schlich um Josefs Beine und es roch paradiesisch nach frischem Heu und Stroh. Mir wurde klar, was für eine seltene Chance es für ein Kind beinhalten musste, im Kreis seiner Familie in solch einer ursprünglichen Atmosphäre aufwachsen zu dürfen.

Arme Joy! Sie war unter einem guten Stern geboren worden, jedoch das Schicksal hatte es sich mit der kleinen Maus anders überlegt.

»Fiee!«, rief Joy, als sie mich endlich in der Stalltür entdeckte, und schlagartig waren alle Tiere uninteressant. Matteos Vater lächelte breit, ehe er mir das Baby wortlos übergab.

»Bienchen! Wie geht es dir? Sie hat verweinte Augen. Wie ist es gelaufen?«, wand ich mich von Sorge erfüllt an Josef.

»Matteo hat sie gebracht. Ich habe versucht, sie zu beruhigen, aber die wildfremden Leute …«, erklärte er trocken, während ich in seinen Augen sah, dass er mit sich kämpfte. Dann griff er ruckartig zur Mistgabel und begann, die Futterraufen mit Heu zu versehen. Ich starrte auf seinen gebeugten Rücken. Ich wusste, dass das, was gerade als Emotionslosigkeit rüberkam, nichts anderes als Selbstschutz war. Er hatte seine einzige Tochter verloren. Nunmehr würde er sein Enkelkind an fremde Leute abgeben müssen. Ich öffnete den Mund.

»Sie fühlt sich nicht wohl bei den Pflegeeltern. Die Frau ist furchtbar«, fasste ich meine Befürchtungen zusammen, ehe sich Josef zu mir drehte und stumm nickte.

»Wie hat dir die Alm gefallen? Wirst du sie pachten?«, wechselte er das Thema. Matteo hatte ihm also von mir und meinen Plänen erzählt. Sein Blick wirkte müde und entkräftet. Seine energiegeladene Ruhe von heute Nachmittag war futsch. Er war plötzlich ein anderer Mann.

»Mama.«

Joy, die dieses Wort klar und deutlich ausgesprochen hatte, schmiegte ihren blonden Lockenkopf an meine Brust und schloss erschöpft die Lider. Mama? Hatte sie Mama gesagt? Mein Körper versteifte sich. Doch dann öffnete sich ein Fenster in meinem Herzen und alle Sonnenstrahlen, die mich je im Leben gestreift hatten, strömten hinein. Es fühlte sich atemberaubend gut an. Schöner, als neben Josef auf der Bank am Gemüsegarten zu sitzen. Noch wohltuender, als bei Alois in der Memminger Hütte zu kochen. Und, ich hielt es kaum für glaubhaft, sogar um ein Vielfaches wunderbarer als vor wenigen Stunden auf der Alm. Meine Lippen berührten ihren warmen Scheitel. Ihr kleines unschuldiges Herz an meinem.

Beschützend hielt ich sie in meinen Armen. Josef, der uns beobachtet hatte, kam näher.

»Ach ja, du hast hier etwas Wichtiges verloren. Es lag auf der Bank. Joy hat damit gespielt«, äußerte sich Matteos Vater.

Er öffnete seine Faust und als ich das steinerne Herz darin liegen sah, war es um mich geschehen und die letzten Puzzleteile fügten sich wie von Zauberhand zusammen.

Ich hatte mein Herz verloren. An eine putzige, pummelige Biene, die für ihr Leben gerne aß, überall hochkletterte und die gleichen Locken und Augen besaß wie ihr verstorbener Papa. »Josef«, flüsterte ich: »Ich brauche die Alm nicht. Sie ist vielversprechend, aber ich will Joy eine Mutter sein! Sie gehört zu mir. Ich weiß es. Sie wird hier aufwachsen. Matteo ist der geborene Daddy und wir werden uns gegenseitig unterstützen und ...« Tränenüberströmt hielt ich inne.

Josefs warme, schwielige Hand legte sich sanft auf meine Wange. »Rede mit Matteo, mein Engel. Dich hat der Himmel geschickt.«

Es duftete lecker nach Speck, als wir das Haus betraten. Matteo stand mit Schürze bekleidet und Weinglas in der Hand hinter dem Herd.

»Hey, du hast Joy mitgebracht? Das ist super! Hast du nochmal bei Josef vorbeigeschaut? Er findet dich übrigens sehr sympathisch. Warum weinst du?«

Matteo stürzte besorgt zu mir, als er sein Glas abgestellt und die Platten ausgeschaltet hatte.

»Ich heule vor Glück«, erklärte ich schluchzend und drehte den Kopf hilflos nach einem Taschentuch um. Meine Nase lief und bevor ich mir das Gesicht säubern konnte, musste ich erst die schlafende Joy ablegen.

»Gib sie mir«, kam er mir entgegen und brachte das müde Bienchen ins Kinderzimmer, wo er ihr vorsichtig die Jacke auszog und sie zudeckte.

Dann war er bei mir. Ich legte, nachdem ich die Tränen getrocknet hatte, meinen Kopf auf seine Brust und atmete tief ein und aus. Die kräftigen Arme, die mich so fürsorglich stützten, gaben mir Mut.

»Deiner Emotionalität nach zu urteilen, hast du dich wohl heute Mittag in ein Bretterhäuschen in meinem Forst verguckt? Glückwunsch. Kannst die Schlüssel behalten. Ich wusste, dass dir die Alm gefällt«, lachte er erfreut und fügte hinzu: »Unter der Voraussetzung können wir doppelt feiern! Hier ist es auch super gelaufen. Die Meiers aus München sind ganz hingerissen von Joy. Wir werden die Besuche häufen und vielleicht feiert sie bereits Weihnachten bei ihrer neuen Familie.«

Mein erstarrter Gesichtsausdruck ließ Matteo verwirrt innehalten.

»Habe ich was Falsches gesagt?«

»Unsere Tochter feiert im Kreis ihrer Familie den Heiligen Abend!«, rief ich energisch.

»In Vent! Bei dir, mir, Josef und ihrer Oma.«

Erschreckt hielt ich inne, denn in dieser Sekunde erscholl geräuschvolles Wimmern aus Joys Raum.

Den irritierten Matteo zurücklassend, stürmte ich zu unserem Baby und hob sie hoch.

»Mama! Mama!«, weinte das rotverheulte Bündel, während sie ihre Ärmchen um meinen Hals schlang.

»Das sind die Auswirkungen von ihrem Besuch in München«, folgerte ich miesepetrig: »Josef sagt, sie hat auch eben schon geweint?« Matteo, der die Szene erstaunten Auges verfolgt hatte, räusperte sich.

»Sie nennt dich Mama?«

Ich sah an seinem Mienenspiel, dass er aufgewühlt und ehrlich ergriffen war. »Seit wann tut sie das?«, fragte er kaum hörbar. Seine Stimme hörte sich heiser an.

Da platzte es aus mir heraus.

»Ja, sie sagt Mama. Und sie hat verdammt noch mal recht! Ich will ihre Mutter sein.«

Matteos Pupillen weiteten sich. Ich ging gerade einen schmalen Grat. Die Spanne zwischen Erfolg und Misserfolg war verschwindend gering. Er war der nächste Verwandte und trug als ihr Onkel die Verantwortung für seine Nichte. Dass er sich in mich verliebt hatte, bedeutete keinesfalls automatisch, dass er sich gleich eine komplette Familie wünschte. Ich war imstande jederzeit abzustürzen und das machte verletzlich und reizbar, gleichwohl versuchte ich mich zusammenzureißen.

»Matteo, hör zu, die Hütte ist wundervoll. Doch so schön sie auch ist. Sie ist nicht meine Zukunft. Joy ist meine oder besser gesagt unsere Zukunft.«

Auf Joy deutend sprach ich weiter.

»Ich möchte nichts anderes auf der Welt, als diesem kleinen Mädchen eine gute Mutter sein. Ich liebe sie!«

Kaum hatte ich die Sätze ausgesprochen, rechnete ich mit allem. Mit Matteos Einwand, mit Gegenargumenten und unüberwindbaren Hürden, die auf mich zukämen. Dennoch eines konnte ich: hartnäckig sein! Und ich würde für Joy kämpfen wie eine Löwin.

Halsstarrig schauend wartete ich ab. Wenn er mich fortschickte, dann nur mit Joy. Ich ließe sie nicht mehr allein. Sie hatte genug durchgestanden und irgendwie spürte ich auch den bedachten Josef an der Seite, der uns notfalls unterstützte.

Matteo öffnete den Mund, während ich vor Spannung vergaß, weiter zu atmen. Mein Hals wurde eng.

»Siehst du, Sophie aus dem Flachland. Dafür liebe ich dich! Für deine Herzenswärme und deinen Mut.«

Gespannt wie ein Flitzebogen lauerte ich auf die nächsten Worte.

»Stell dir vor, ich hätte dich gefragt, ob du Joys Mutter sein möchtest. Du hättest mir die Liebe, die ich für dich empfinde, nie abgenommen. Du hättest geglaubt, ich suche jemanden für Joy. Ich spüre schon lange, dass wir drei zusammengehören, aber ich konnte dir die Versorgung von Joy schlecht aufschwatzen. Du bist es schließlich, die sich tagsüber um sie kümmern wird. Die Arbeit als Waldhüter kann ich aus rein finanziellen Gründen nicht aufgeben. Trotzdem werde ich mit größtem Vergnügen für meine zwei Traumfrauen sorgen, das Versprechen habt ihr.«

Er schlang seine Arme um uns beide, sodass Joy vergnügt quietschte.

Danke, Schatz! Du bist die wundervollste Frau, die ich kenne.«

»Sag mal«, begann ich erleichtert: »Hast du dich damals nach der Urnenbeisetzung noch mit Benjamins Vater getroffen?«

Matteo verdrehte die Augen. »Nach unserem Disput war das ja schlecht möglich. Ich bin ziemlich enttäuscht nach Hause gefahren«, erklärte er.

»Aber das ist Schnee von gestern. Lass uns nach vorn schauen. Wir können Joys zweiten Opa über Heiligabend einladen. Was meinst du?«

»Super Idee! Ich koche mit Maroni gefüllte Gans, Rotkohl und selbst gemachte Knödel für alle«, schlug ich vor und schaute in die kleine Runde. »Na? Was meint ihr?«

»Mammam.«

»Sie hat Hunger!«, riefen wir im Chor, ehe wir aus voller Kehle lachten. Dann wurde ich ernst.

»Wir schwelgen in Zukunftsplänen. Was ist, wenn die Meiers aus München uns einen Strich durch die Rechnung machen? Wir sind nicht verheiratet.«

Matteo winkte ab.

»Aber liiert! Null Problemo! Frau Meinhard hat mich beim vorigen Treffen darauf angesprochen, dass du die Frau des verstorbenen Vaters bist. Außerdem hat sich Joy an uns gewöhnt und zu guter Letzt ist sie in Vent aufgewachsen. Opa Josef und Oma Katharina wohnen hier. Keine Sorge! Das bekommen wir hin. Wir müssen nur fairerweise so fix wie möglich Bescheid geben. Die Meiers werden todunglücklich sein, wenn sie davon erfahren. Lassen wir sie nicht zu ewig warten, meine Flachländerin!«

»Eines muss ich klarstellen, Schatz«, wand ich mich mit strenger Miene an ihn.

»Nenn mich als deine zukünftige Partnerin bitte nicht mehr Flachländerin! Die bin ich schon lange nicht mehr. Ich bin jetzt eine Himmelstürmerin«, erklärte ich ihm wichtig und nicht ohne Stolz.

»Komm her, Himmelstürmerin!«

Matteos Küsse schmeckten wie frische Minze mit einem Hauch Knoblauch.

»Minze und Knoblauch. Super Kombi«, dachte ich von Glück erfüllt in den Armen meiner Liebe, unter dem Dach eines heimeligen Holzhauses in 2300 Meter Höhe über dem Meeresspiegel, mitten in den österreichischen Alpen, in welchen ich nicht nur das Glück, sondern auch mich selbst gefunden hatte.

»Hast du gesehen? Das war eine echte Sternschnuppe, Summchen!«

Ich trug Joy auf dem Arm, die, in einen molligen Fleece-Overall gemummelt, fasziniert in den Himmel schaute.

»Das war ein Gruß an dich, von deinem Papa«, erklärte ich ihr, während ich sanft über ihre Wangen strich.

Es war ein paar Tage nach Weihnachten. Das Haus wimmelte von Menschen und ich war mit Joy vor die Hütte getreten, um etwas Luft zu schnappen. Vent lag in eine dicke Schneeschicht gehüllt, die Gäste hatten eine abenteuerliche Anfahrt mit Schneeketten hinter sich.

Der Fluss war an vielen Stellen gefroren und Eiszapfen dekorierten sämtliche Dächer.

Joy war nun offiziell unsere Pflegetochter. Das Jugendamt hatte, wie Matteo richtig vermutet hatte, kulant und zum Wohle des Kindes gehandelt. Joy bliebe mit dieser Lösung in der gewohnten Umgebung, auch unter dem Kompromiss, dass wir nicht verheiratet waren. Natürlich hatte uns das Amt nahegelegt, dies so schnell wie möglich nachzuholen, was Matteo und ich lächelnd zur Kenntnis genommen hatten.

Euphorisch schaute ich in den Sternenhimmel.

»Ich danke dir, Benjamin, dass du mir auf Umwegen diese wundervolle Tochter geschenkt hast, und dafür, dass ich Matteo kennenlernen durfte. Ich verspreche euch, dass wir Joy wie einen Augapfel hüten werden.«

Eine warme Hand legte sich sachte auf meine Schulter.

»Nicht erschrecken, ich bin es nur! Danke für die Einladung Sophie! Ich bin sehr froh, hier sein zu dürfen.«

»Herbert, komm her! Und ich bin glücklich darüber, dass du hier bist! Großväter sind ein Segen für Enkelkinder und andersherum«, lachte ich, während Herbert mir selig zustimmte.

»Du kannst auch ohne Einladung jederzeit herkommen. Unser Haus steht für dich offen, wann immer du willst.«

Er schluckte.

»Ich hätte nicht gedacht, dass ich in diesem Leben ein Enkelkind verwöhnen darf. Es ist ein Wunder.«

»Das ist es! Glaubst du, ich hätte vermutet, meine Zukunft hier, nahe der Baumgrenze, auf 2300 Meter Höhe zu finden? Das Leben ist wirklich unberechenbar.«

Ich lachte hell auf.

»Möchtest du das kleine Wunder mal übernehmen? Ich muss mich mal wieder innen sehen lassen und mich um die anderen Gäste kümmern.«

Ich drückte ihm Joy in den Arm, die sofort damit begann, Opa Herberts Brille zu erkunden.

»Mama! Das brauchst du nicht. Wir haben eine Spülmaschine.«

Mutter stand in der Küche. Vor ihr thronte ein riesiger Berg Teller und Gläser.

»Ach, lass mich doch. Das macht mir Spaß! Wo ist meine süße Enkeltochter?«, fragte sie besorgt, ehe sie sich suchend umschaute.

»Die ist in guten Händen. Sie ist mit Opa Herbert an der frischen Luft«, beruhigte ich Mutter, bevor diese meinen Blick suchte.

»Vielleicht kannst du ihm ein wenig Gesellschaft leisten«, schlug ich vor.

»Er ist wirklich ein gutherziger Opa. Und ein ziemlich attraktiver noch dazu«, antwortete sie und ein leichter Schalk breitete sich in ihrem Gesicht aus.

»Na dann, nichts wie raus in den Garten«, lachte ich und nahm ihr das Geschirrtuch aus der Hand.

»Warte! Sophie, ich bin unglaublich stolz auf dich! Du und Matteo, ihr leistet Großes und du bist so viel reifer und klüger, als ich es in deinem Alter war.«

»Mama, du warst alleinerziehend mit zwei Kleinkindern. Das ist doch eine Wahnsinnsleistung, so ohne Mann! Und ich habe meine Aufgabe auf enormen Umwegen gefunden«, bestärkte ich sie.

»Ich sehe, dass du glücklich bist, Sophie. Und das ist das Schönste, was einer Mutter passieren kann. Ich liebe dich!«

»Ich liebe dich auch, Mama. Ich habe riesiges Glück. Matteos Familie hat mich aufgenommen wie ein eigenes Kind«,

»Meine Große!«

Da lag ich nun weinend in den Armen meiner Mutter, bis Matteo uns entdeckte.

»Darf ich deine Tochter kurz entführen«? Er reichte mir ein Taschentuch und bat mich, mitzukommen, ehe ich ihm voller Neugier ins Schlafzimmer folgte.

»Komm mit, Sophie. Ich habe ein verspätetes Weihnachtsgeschenk für dich, das ich dir unter vier Augen überreichen möchte. In diesem Trubel habe ich bisher noch keinen günstigen Augenblick gefunden.« Sein Grübchen bildete sich, während er lachte.

Er zog ein winziges Päckchen hervor, welches in rotes Geschenkpapier eingewickelt war.

»Es ist kein Ring«, bemerkte er peinlich berührt. »Was nichts heißen soll.«

»Du machst es spannend«, antwortete ich, während ich das Papier aufriss.

»Der Schlüssel für die Alm?« Mein Blick wurde fragend.

»Aber ich sagte doch, dass ich sie nicht will.«

»Ja, ich weiß, was du gesagt hast«, unterbrach mich Matteo und nahm meine Hand.

»Die Kate gehört dir, Sophie. Ich habe sie dem Verpächter abgekauft, um sie dir zu schenken.«

Er strahlte stolz, indes sich meine Gedanken überschlugen.

»Joy ist schneller groß, als du denkst. In zwei Jahren ist sie aus dem Gröbsten raus und geht in den Kindergarten. Und Opa Josef hat sich schon bereit erklärt, sie ab und zu zu betreuen. Du solltest das Ziel, eine Hütte zu bewirtschaften, nicht aus den Augen verlieren. Lass dir Zeit! Plane! Und beginne dein Projekt, wann immer du es wünschst. Joy findet mit Sicherheit Gefallen daran, ab und zu mit hochzukommen«, bekundete er und nahm mein Gesicht in seine Hände. Und an den Feiertagen und Wochenenden bin ich ja schließlich auch da.

»Gemeinsam schaffen wir das! Natürlich nur, wenn du das auch willst, Sophie.«

»Matteo! Ich weiß nicht, was ich sagen soll.« Ich drückte ihn an mich. »Ich bin überglücklich!«

Ich war reich. Reich an Liebe, reich an Erfahrung und reich, eine Familie zu besitzen, wie die meine. Und das fühlte sich, zumindest gerade, verdammt gut an.

ENDE